KB137987

김태실 수필집

이 남 자

초판 발행 2014년 2월 24일
지은이 김태실

펴낸이 안창현 펴낸곳 코드미디어
북 디자인 Micky Ahn 편집디자인 정지현 교정 교열 장창조, 백동철
등록 2001년 3월 7일
등록번호 제 25100-2001-5호
주소 서울시 은평구 갈현로 318-1 1층
전화 02-6326-1402 팩스 02-388-1302
전자우편 codmedia@codmedia.com

ISBN 978-89-94178-89-9 03810

정가 12,000원

김태실 수필집

이
남
자

작가의 말

환갑還甲이다. 육십갑자의 갑으로 되돌아왔다. 뭉툭하거나 날카로운 것도 긍정의 옷을 입혀 부드럽게 해줄 수 있는 언덕이다. 충분히 숙달하여 깊고 원만한 언덕, 공자는 나이 예순에 생각이 원숙해져서 무슨 말을 들으면 곧 이해가 됐다고 한다. 살다보니 그 언덕을 넘었다. 비로소 눈에 보이는 지나온 길목 길목들, 더욱 넓은 이해와 긍정의 옷을 입어야한다는 다짐을 한다.

첫 수필집「그가 말 하네」를 출간한 지 7년이 지났다. 그동안 써온 글이 작은 산이다. 푸른 소나무와 붉고 노란 꽃나무 몇 그루를 옮겼다. 귀여운 다람쥐와 고운 목소리로 노래하는 새, 산에 든 바람과 햇살 몇 줌 불러내 두 번째 책을 엮는다. 어둠 속에 갇혀 있던 그들에게 빛의 옷을 입힌다. 자전적인 글이 많아 아쉽지만, 인생은 날마다 완성을 향해 나아가는 길이기에 성숙돼가고 있는 과정이라 믿어 본다.

서로 부르면 닿을 거리, 2막과 3막 사이다. 인생의 무대에서 깊은 감사의 인사를 올린다. 머물 수 없어 그리움이 손짓하는 이쪽을 떠나 앞을 향해 나아간다. 발자국을 새기며 걷는 걸음이 삶을 이루듯, 글자 하나하나가 모여 생을 그린다. 환갑의 언덕에서 쓰는 일에 마음 사를 수 있어 행복하다. 펜을 고쳐 잡고 새로운 마음으로 출발한다.

시작이다.

2014년 봄에 水傘 김태실

2막과 3막 사이

Contents

01 등대

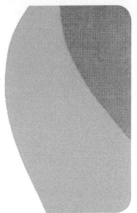

Contents

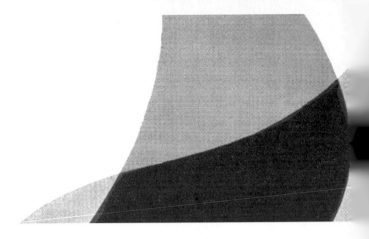

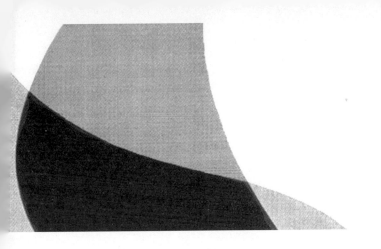
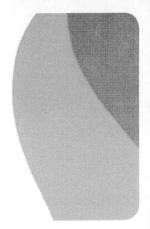

04
초록 날개

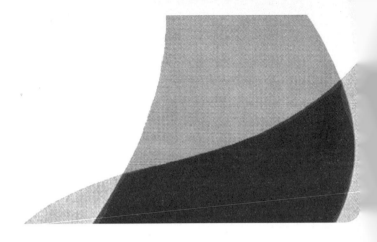

Contents

등대

Part 01

검은 진주

창밖엔 바람 한 점 없다. 금빛 가로등이 조용히 길을 밝히고 빨강, 초록색 신호등만이 규칙적으로 반짝이고 있다. 베란다에서 바라보는 거리는 늘 변함없이 그렇게 서 있는데 낮과 밤의 차이로 변화를 느끼게 한다. 새벽을 향한 가장 깊은 어둠으로 덮여 있는 거리, 북적되는 사람들의 발길과 자동차의 행렬이 사라진 길은 평화롭기까지 하다. 저 풍경처럼 사람들 모두가 평화로울 수는 없는 것일까. 세상에는 행복하게 살아가고 있는 사람이 있는 반면 가난과 기아에 생명을 잃는 사람이 있다. 사람으로서 마땅히 누려야 할 기본적인 권리마저도 누리지 못하는 사람들이 있다. 이 땅에 태어난 것이 내 뜻이 아니듯이 그들의 의지로 그 땅에 태어난 것은 아니리라. 그들의 눈은 유난히 빛난다. 한 곳을 응시하는 깊은 눈에 슬픔 같은 희망이 담겨 있다. 벗어 버릴 수 없는 검은 피부는 어둔 밤처럼 그들을 감싸고 있지만 꿈과 희망을 지닌 인간으로의 평등함은 세상사람 모두가 같은 것이다.

'와리스 디리'는 소말리아의 순수한 자연에서 사소한 것들에 감사하며 살아

이 남자 | **김**태실 수필

왔다. 그런 그녀가 여성 할례의 종식을 외치며 목소리를 높였다. 지금도 아프리카 내 28개국에서 행해지고 있으며 많은 여성이 생명을 잃거나 고통 중에 살아가고 있는 비밀을 드러낸 것이다. 수백 년 내려오는 관습인 여성의 성기 훼손(FGM : Female Genital Mutilation) 철폐운동의 상징이 되어 유엔 특별인권대사로 활동하고 있는 그녀의 피부와 눈빛은 칠흑의 밤을 닮았다. 처절한 아픔을 겪은 와리스 디리가 '사막의 꽃'으로 피어 세상을 변화시키고자 팔을 걷어 부치기 까지 그녀의 꿈은 사정없이 짓밟혔다. 끔찍한 고통을 받았던 그녀의 영혼은 희망을 움켜쥐고 살아낸 삶이었다. 아프리카 유목민 소녀가 세계적인 슈퍼모델이 되어 세상 모든 여성은 똑같은 존엄성을 지니고 있다고 외친다. 여성에게 가해지는 할례는 사라져야 한다는 그녀의 목소리에 뜨거운 마음을 보탠다.

한국전쟁 당시에 있었던 굶어 죽는 참상이 인도, 네팔, 가나, 소말리아 등에서 일어나고 있다. 한국전쟁 후에 세계 각국의 원조와 후원으로 사람들이 살아났듯이 우리도 굶어 죽는 세계 속의 어린이를 살리자는 취지의 특별기획 TV 방송을 보았다. 많은 어린이들이 먹을 것이 없어 굶어 죽는다는 사실에 놀라지 않을 수 없었다. 지구 저편에서 생생히 일어나고 있는 광경에 한 아이라도 살릴 수 있다면 하는 마음에 결연을 맺은 오세이 마이클, 우리는 날마다 서로 인사를 나눈다. 책상 위 작은 액자에서 바라보는 검은 피부 마이클의 눈빛은 희망적이다. 후원이라는 이름으로 맺어졌지만 알 수 없는 뜨뜻함이 그를 향해 열려졌다. 숫자 세기와 공놀이를 좋아하는 가나의 남자아이 마이클은 이제 생계를 유지하기 위해 돈을 벌지 않아도 된다. 학교에 다니며 공부를 하고 세상의 모순을 뒤집으며 많은 이들에게 희망을 주는 사람으로 커 나갈 것이다. 마이클은 성인이 될 때까지 내 가슴에서 진주로 자라게 되었다.

EMMAUS(이주사목센터)에 가면 언제나 밀핀미미를 만난다. 콩고가 고향이며 8남매의 장녀로 살아온 미미의 삶은 아픔 그 자체였다. 가정이 있는 파리 출신 아버지와 콩고 어머니로부터 태어나 사랑을 받지 못하고 이모의 사랑으로 목을 축인 그녀는 동생들을 위해 자신을 불살라야 했다. 생계를 유지하기 위한 고독한 행진인 것이다. 사랑하는 남편을 만나 한국에 왔고 이곳 생활 6년째인 그녀의 얼굴에서 콩고의 어둠을 본다. 검은 피부에 피어난 기미, 검은 피부에도 기미가 필 수 있다는 것을 알았다. 능숙한 한국말로 이야기하며 환하게 웃는 그녀의 미소에서 비로소 꽃피운 그녀의 자존감을 느낀다. 여성이 한 인간으로 인정받으며 살아갈 수 있다는 체험으로 살아가는 그녀는 이제야 꿈을 편다. 엠마우스 결혼이민자가족 지원센터에 나와 한국어 공부를 하는 이주 여성들의 아기를 봐주며 봉사하는 그녀의 삶은 행복해 보였다.

다름과 같음이 공존하는 세상에서 우리는 저마다 꿈을 지니고 살아간다. 피부색이 다르다고 인간이 아닌 것은 아니다. 이곳에서 내가 태어났듯이 그곳에서 그가 태어났을 뿐이다. 어느 나라를 막론하고 모두가 함께 기쁨과 즐거움을 누릴 수 있어야 평등한 삶이라고 할 수 있지 않은가. 존중받으며 행복하게 살아야 할 인간임에도 그들이 몸으로 느끼는 행복의 척도는 요원하기만 하다. 국가가 처한 상황이나 관습, 자연 현상이 그들에게 힘이 되어주지 못하고 있기 때문이다. 대화를 나누며 눈을 반짝이던 콩고의 여인을 생각한다. 그녀의 밝은 미소처럼 세상 모든 여성들이 행복하기를 빌어본다. 온갖 소음을 잠재우는 어둠의 실타래를 새벽이 풀어내듯이 그들의 꿈도 희망으로 풀리길 기대한다.

가을 나그네

가을에도 꽃이 핀다. 계절이 깊어갈수록 색깔은 더욱 짙어져 산야를 물들인다. 고운 색 앞에 서면 스며드는 경건함은 산사를 울리는 한 가닥 독경소리로 다가오고 생의 열정을 모아 올리는 기도로 온다. 노랗고 누런빛, 빨갛고 붉은빛, 화려한 주황과 갈색, 푸름이 퇴색되는 마른 빛까지 다양하게 피는 가을꽃은 성찰의 꽃이기도 하다. 봄의 새싹이 자라 단풍으로 물들기까지 이파리의 생은 간단하지 않았고 삶의 희로애락이 숨어있어 더욱 진솔한 빛이 된다. 그 빛깔에는 완숙한 영글음이 있다. 따사로운 햇살 받으며 우수수 떨어지는 눈부신 가을꽃이 마음을 들뜨게도 하지만 수북하게 쌓여 발걸음마다 바사삭 소리를 낼 때는 숙연해 진다. 가을꽃을 함빡 머리에 이고 있다가 자유롭게 날아가도록 바라보는 나무의 아량 또한 우리를 생각하게 한다. 이파리도 사람도 꽃이 되는 계절, 고운 색의 단풍처럼 사람도 물드는 가을에 나그네 되어 길 떠났다.

자연은 합창한다. 어느 곳을 바라봐도 이파리들은 환한 빛으로 불 밝혔다. 독특한 자기만의 빛깔로 자기의 자리에서 절정을 이루는 삶이다. 학가산 자연휴양림

이 남자 | **김태실 수필**

에서 정상을 향해 오르는 산길은 꽃길이었다. 단풍은 나를 스쳐 발등으로 떨어져 내리고 깊은 하늘빛과 조화를 이루는 가을꽃은 뒤이어 뛰어내릴 준비를 하고 있었다. 함께 지내온 정든 손을 놓으며 미풍에 춤을 추는 이별, 가야하는 길을 거부하지 않고 맞아들이는 순리다. 화려한 타오름을 가슴에 품고 과감하게 떠나는 용기다. 오솔길을 오르고 내리기를 반복하며 정상에 다다랐을 때 산등성이는 다양한 색깔을 입혀놓은 브로콜리 같았다. 청량한 바람이 몸을 휘감는다. 사람도 기쁨과 고통을 모두 이겨내고 나면 저 산등성이 같은 복스런 꽃을 피울 수 있을까.

누가 가을을 떠남의 계절이라 했는가. 모두 집을 떠나 단풍 꽃 활짝 피어있는 갑사로 왔나보다. 수북한 낙엽이 쌓여있는 산길에는 사람들의 행렬이 흐르고 있었다. 사천왕문을 지나 갑사 절 앞마당에 하늘을 찌를 듯 서있는 감나무에 주황색 감이 꽃처럼 피었다. 그것을 보는 사람들의 얼굴도 환한 미소로 피었다. 가을빛에 흠뻑 물들어 스쳐가는 사람도 단풍 향기가 나는 길에서 발그스름한 잎 하나 집어들었다. 한 장의 편지가 되어 가슴에 전해지는 이야기가 잎맥을 타고 흐른다. 수많은 단풍이 나그네 되어 길 떠나듯이 우리도 그렇게 자신의 삶을 살아내며 물들어 떠나야 하리. 용문폭포 바위에 붙어있는 갖가지 모양의 낙엽이 물줄기 속 꽃으로 피어 아름다운 것처럼 사람도 한껏 물든 모습으로 아름답게 떠나야 하리라.

청계천 물줄기를 따라 걸었다. 맑은 물이 징검다리를 굽이돌아 흐르다 하늘 높이 치솟는 분수가 되기도 하고 천천히 흐르기도 한다. 물결 근처에 회백색 꽃을 피운 갈대가 바람에 손을 흔들고 물속에 몸을 담근 수초는 물결 따라 몸을 누이고 있다. 그 곁에 팔뚝만한 잉어 두 마리 나란히 있다. 물결을 거슬러 오르다 쉬고 다시 물결을 거슬러 오르다 밀려나기도 하는 잉어를 보며 동행이라는 말이 떠올랐다. 따뜻한 말이다. 세상은 혼자 살아가지만 함께 하는 이가 있어 외롭지 않은 것이다. 오늘 내 곁에 함께하는 이 있어 생의 아름다운 꽃을 피울 수 있는 것이리라.

　제각각 자신의 빛깔로 물드는 가을이다. 하늘조차 푸르게 물들어 눈이 부시더니 어느 듯 온화한 빛으로 세상을 덮는다. 젊음을 내려놓은 빛이다. 나그네 되어 걷던 발걸음을 잠시 멈췄다. 광장시장 한복판에 자리 잡은 먹거리 터에서 두툼하고 구수한 녹두 빈대떡을 먹는다. 국수, 양념닭발, 순대, 빈대떡 등이 먹음직스럽게 수북한 장터는 삶의 활기를 띠는 사람 꽃으로 가득 차 있었다. 주름 가득한 손이 일구었을 삶의 풍요로움을 생각한다. 가족이라는 이름으로 함께 하기에 이겨낼 수 있었던 고단함이 이 가을에 더욱 빛난다. 단풍처럼 물든 삶이 단풍보다 더 곱다. 혼신의 힘을 다해 올린 기도의 응답처럼 고운 빛깔들, 남은 여정이 고달프지만은 않으리라. 사람 꽃이 세상에서 가장 아름답다는 생각을 하며 훈훈한 정이 오가는 길목에서 또다시 발걸음을 떼어 놓는다.

사람과 사람,
그 숨김없는 표정

세상의 모든 존재들에게는 표정이 있다. 그중 유독 사람에게는 기쁨, 호기심, 천진함, 슬픔 등이 묻어나는 표정에서 마음의 이야기를 전달받는다. 봄이면 새싹이 돋고 화사하게 꽃을 피우는 자연에서 생기발랄한 어린이의 마음을 읽을 수 있듯이 뚝뚝 떨어지는 낙엽을 보면서 한 생을 살아온 노년의 자연을 들여다볼 수 있다. 비가 오면 우산을 쓰고 바람이 불면 옷깃을 여미며 자연의 생각을 찾아낼 수 있게 하는 날씨와 하늘은 계절의 표정인 것이다. 연인의 눈빛에서 사랑을 확인하고 어머니의 얼굴에서 고귀한 희생을 발견하듯이 감춰지지 않는 것이 표정이다. 마음이 전달되는 얼굴은 쓰지 않아도 읽을 수 있는 편지가 된다. 때 묻지 않은 미소로 눈이 마주치면 자신이 웃는지조차 모르게 웃는 순수함, 지구에 생존하는 사람들의 공통점이다.

한 덩어리 지구에서 공존하는 삶의 길이 우리에게 주어졌다. 어쩌다 찾아간 타국에서 바람처럼 스쳐 지나다 마주치는 눈길에 마음 열어 환하게 답하는 맑은 미소를 만났다. 다시는 만날 기회가 없어도 옆 동네에 살고 있는 사람에게 반가움을 표시하듯 순수한 웃음을 건네는 친근함이다. 13억 중국에 머물러 지내고 있는 운남성 어린이의 살아있는 미소가 낯설지 않은 이웃으로 다가온다. 반짝이는 햇살처럼 피어오르는 꽃봉오리다. 아무도 걷지 않은 하얀 눈길을 처음 걷는 반가움이다. 한 장의 사진에 새겨져 웃고 있는 어린이는 세월이 가도 변함없이 머물러 각인되어지는 순수함이다. 활짝 편 손에 파이팅을 전해 본다.

눈빛이 살아있는 아이를 만났다. 이국인에 대한 호기심으로 가득 찬 강렬함에 흡입되어 사로잡히고 만다. 같은 시대에 태어나 흐르는 시간 속에서 유일하게 이루어진 만남, 삶은 축복이다. 아무것도 섞이지 않은 옹달샘의 순수가 깃든 표정은 문명이 스며들지 않은 자연에서 마음껏 날갯짓하는 한 마리의 새다. 빠진 이를 드러내고 웃고 있는 천진스런 아이의 표정은 그대로가 자연이다. 유아치 빠진 자리에 솟아날 영구치는 기다리지 않아도 어김없이 솟아날 것이다. 지구상의 모든 어린이가 거쳐야할 성장 과정에 있는 어린아이, 앞니가 빠진 그 아이는 말레이시아의 닥색쿠니 오라아스리족이다. 현재 20명의 극소수인종에 지나지 않은 소수민의 종족을 잇고 있다.

어느 나라나 여성의 매력은 어머니의 넉넉함을 느낄 수 있는 온화함과 너그러움이 싶다. 아름다운 젊음에 해가 더할수록 따뜻한 아량이 느껴지는 표정은 하루아침에 이룰 수 없는 것이다. 다듬어지지 않은 돌이 냇물의 물결에 갈고 닦여 부드러운 모양이 되듯이 삶은 우리를 완성해 교과서가 된다. 촘촘하고 빈틈없던 그물망이 조금 느슨해지는 것은 삶의 지혜이며 너와 나의 관계가 따뜻해 질 수 있는 세월의 가르침이다. 아무도 따라갈 수 없는 곰삭여진 표정은 어머니라는 이름

이 남자 **김태실 수필**

이 주는 훈장이다. 말레이시아 시골시장에서 삶을 일군 여인의 표정은 더없이 부드럽다. 지구상의 모든 어머니들이 엮어낸 아름다운 희생은 세상 끝날까지 이어질 것이기에 위대하다.

아무것도 없다. 한 마리 새처럼 나무에 깃들여 몸을 누이고 휴식을 취한다. 삶의 고달픔에 지친 한 남자의 눈길은 허공을 향해있다. 어둠 속에서 별바라기만이 희망을 찾을 수 있는 방법이며 하늘을 바라보는 여유만이 다시 일어설 힘을 주기에 그는 오래도록 하늘을 본다. 의욕도 열정도 그의 곁을 떠난 듯 보여도 다시 일어서야 하는 삶의 순환이 그를 가만 놓아두지 않을 것이다. 의욕적으로 다시 일어설 그때까지만이라도 잠시 허공을 응시하며 쉴 수 있는 여유를 가져보는 것은 지친 사람이 누려야 할 작은 소망이다. 무표정한 그의 표정에 환한 웃음이 깃들게 되는 날 힘찬 날갯짓으로 일어설 그의 희망을 그려본다.

지구상에 함께하는 사람들의 생각과 삶은 별반 다르지 않다. 기쁘면 웃고 슬프면 눈물을 흘리는 감정은 상대의 마음을 엿볼 수 있는 표정이 된다. 날씨의 변화에 따라 옷을 갈아입듯이 마음의 변화에 따라 나타나는 얼굴 표정은 그 사람의 심기를 읽을 수 있는 교과서가 되어준다. 밝은 표정을 지닐 수 있기 위해 긍정적인 생각으로 상대를 배려하는 것은 무엇보다 필요하다. 웃으면 세상이 함께 웃지만 울면 혼자 운다는 말이 있다. 오늘 아픔 때문에 눈물을 흘린다 할지라도 내일이라는 희망이 있기에 웃을 수 있어야 한다. 지금 절망의 늪에서 좌절하고 쓰러져 있다 할지라도 다시 일어설 수 있는 용기가 찾아올 것이기에 흙을 밟고 서있는 한 아름다운 표정을 지어야 한다. 공기 속에 존재하는 삶을 마시며 무르익어 단내 나는 미소로 세상에 화답해야 한다.

바람결에 서서 질곡의 삶, 값진 땀방울

    사진은 언어다. 과거를 들여다보는 눈이다. 촬영되는 그 순간의 모습으로 영원을 사는 사진은 수많은 이야기를 담고 있다. 사물이 눈으로 볼 수 있게 드러나지만 그 안에 담겨있는 내면은 마음으로 보아야 잘 보인다. 보는 사람의 시각에 따라 다각도로 말하는 그의 언어를 통해 우리는 언제든 그 시대를 다녀온다. 사진의 저변확대가 이루어진 요즈음 사진은 사람들이 물 마시는 일 만큼이나 가까워졌다. 우리 일상사를 그려내며 다양한 삶이 숨어 있는 그 속에서 따뜻하고, 냉철하며, 부드러운 언어를 발견한다. 카메라로 찍은 것은 다 사진이지만 사진의 단계를 넘어서 모든 형식을 갖춘 작품이 되기도 한다. 작품의 단계를 넘어 작가의 정신이 들어가 있는 예술이 되기까지 사진은 발전을 거듭한다. 결국 역사에 길이 남는 예술은 사진에서 시작되는 것이다. 면면이 이어져온 가족과 이웃, 또는 지구 안에 머무르는 한 세기의 유대 관계가 한 장의 사진으로 말하기 때문이다.

    흐른다. 자동차와 가로수의 잎사귀 흔들리는 소리를 들으며 바람이 되어 흐른다. 계절은 따뜻함을 향해 달리건만 빈 박스와 폐휴지를 싣고 가는 모습은 서늘한 일상이다. 작은 꿈 하나 가슴에 품고 이겨내는 삶이다. 무심히 스쳐 지나는 자동차가 야속하지 않다. 오히려 그 길을 잠시 빌리며 걷는 한걸음 한걸음이 주름진 손에 쥐어지는 노동의 대가를 생각하며 힘을 받는다. 저물어가는 햇살의 따스함을 붙잡으려 안간힘을 쓰는 수레의 삶은 고물고물한 손자의 손에 얹어줄 사랑이 되기에 절망스럽지 않다.

간월암 암자가 보이는 바닷가에는 화사한 웃음의 노인이 있다. 몇 시간 후면 바다 속에 잠길 물 빠진 갯벌 끄트머리에서 지나는 길손에게 과거로의 회상여행을 할 수 있게 하는 삶이다. 황량한 바람이 휘몰아치는 세상의 바다에서 온몸으로 받아 안은 바람의 밥을 먹고 행복을 살려내는 손길이다. 바닷물이 들어오면 자리를 내주고 바닷물이 나가면 그 자리에서 사람의 발걸음을 기다리는 바람 같은 인생, 어쩌면 삶은 기다림의 연속인지도 모른다. 파라솔을 의지 삼은 노인의 모습에는 끝없는 삶의 굴곡이 아픔만은 아니라고 말해주고 있다. 셔터가 눌러지는 순간 그 모습으로 영원히 존재하는 추억 속의 노인은 한 가족의 아버지였으리라. 서정주 시인은 자신을 키운 건 팔 할이 바람이었다고 했다. 이 세상에 태어나 살아가는 우리를 키운 건 이와 같은 부모, 혹은 가족이리라.

건널목 길가 모퉁이에서 무수히 스쳐 지나는 발길 속에 칡뿌리와 몇 가지 나물을 앞에 놓고 먼지를 털어내는 손길이 있다. 바람과 맞선 삶이다. 맑은 샘물을 찾아 나서는 이들이 그 손길을 찾을 때 그를 존재하게 하는 훈풍이 된다. 삶을 이어가는 하루의 일상이 다큐멘터리가 되어 흐른다. 어제도, 그제도 자신의 자리에서 들국화처럼 피어 살아내는 존재의 모습, 우리를 키운 어머니의 희생이기도 하다.

'언어는 이미지가 보여 주는 것을 말로 표현할 수 있다. 이미지는 언어가 말하는 것을 보여줄 수 없다. 그러나 그려진 이미지가 보여 주는 것과 언어로 표현된 것은 결국 같은 것이다.' 라고 말한 20세기 초현실주의 거장 르네 마그리트의 말을 상기한다. 두 가지 이상이 주는 이미지 중첩으로 우리를 사유케 하는 그 눈으로 바라볼 때 바람결에 선 삶은 보이는 것 뿐 아니라 내면에 숨어있는 따뜻한 사랑을 느끼게 한다.

무언가 하고 있다는 것은 그래도 희망이 있다. 달고나의 추억을 되살리는 손, 칡뿌리와 몇 가지 채소를 파는 마음, 쓸모없어 버려진 휴지를 주워 모아 재활용할 수 있도록 기회를 만드는 발길은 비록 바람으로 흐를 지라도 삶의 희망이 있는 것이다. 여기 희망조차도 버리고 가장 낮은 자세로 생명을 이어가는 삶이 있다. 어느 곳을 바라봐도 암흑뿐인 이들의 서글픈 삶에서 한줄기 빛이 될 희망은 어디에 숨어 있을까. 한때는 웃음꽃 만발한 가정에서 아버지의 자리를 지켰으리라. 아이들의 아빠와 아내의 남편으로서 풍요로운 삶을 엮어 내었던 시절이 있었으리라. 한 순간 무슨 벼락이 이들 마음의 희망을 앗아갔단 말인가. 21세기를 지나고 있는 이 시대에 시린 바람막이가 되어 쓰러져있는 이들의 삶은 어디에서 보상 받아야하는가.

사진은 바람도 멈추게 한다. 파라솔로 막아내던 바람이나 건널목 길가를 달려가던 바람, 스치는 자동차의 매연과 함께 춤추던 바람이 셔터 한번으로 멈추어 섰다. '나는 아무도 없는 텅 빈 길을 찍고 싶지 않다. 내가 사진을 통해 재현하는 것은 건축물이 아니라 감수성 짙은 연가이다'라고 말한 윌리 호니스는 일상이 사진이었고 사진이 인생이었다. 그의 말처럼 순간의 멈춤으로 수많은 이야기를 들려주는 사진은 그대로 한 권의 책이 된다. 과거에서 현실을 보고 현실에서 과거를 듣는다. 사람들이 보는 사진 한 장은 일부분에 불과하지만 그 속에는 삶이 존재하고 따뜻한 정이 흐르며 오랜 세월 함께 가는 친근함이 살아 있다. 바람처럼 흐르는 삶이 인생이기에 흘러가는 인생을 세우기 위해 우리는 끝없이 셔터를 누른다. 셔터를 누르는 그 순간 또 하나의 역사가 기록되는 것이다. 한편의 이야기가 살아 있는 바람결에 서서.

겨울 향기

하늘이 흰 꽃가루를 뿌린다. 잠깐 사이에 세상이 흰 겉옷을 걸쳤다. 어느 순간 쌓아놓고 침묵하는 겨울의 얼굴. 쌓였던 눈을 한 꺼풀씩 녹이며 포근한 바람까지 불어줄 때면 3일은 춥고 4일은 따뜻했던 삼한사온三寒四溫의 규칙이 사라졌음을 실감한다. 겨울인데도 봄 날씨 같아 목련은 꽃눈을 매달고 있다. 기후 온난화로 사라진 삼한사온三寒四溫, 그러나 강물을 얼리는 혹한의 추위는 겨울의 참맛을 느끼게 한다. 혹독한 추위를 안고 오는 겨울은 눈과 얼음 위에서 아름답게 빛나곤 한다.

고요한 양수리의 겨울은 푸른 파스텔 톤이다. 남한강과 북한강이 만나 한강이 시작되는 두물머리 강 가운데까지 파랗게 얼어있다. 언 물 표면으로 희미하게 반영되는 산 그림자가 외롭다. 누군가 던진 작은 돌멩이들이 점을 찍으며 앉아 있을 뿐 겨울 강은 침묵한다. 아직 피어오르지 않은 태양의 기운은 어둠의 저편에서 잠들어있고 새벽이 비춰주는 빛은 물가의 다양한 얼음 꽃을 눈뜨게 한다. 물이 꽃을 피웠다. 물꽃으로 가득한 계절이다.

강을 가로지른 높은 도로에서 자동차는 이어달리기를 하고 강가에 줄지어선 갈대는 떠오르는 아침 햇살을 받아 눈부시게 빛나고 있다. 바람에 몸을 맡기고 흔들리는 순백의 꽃으로 가득한 강가, 그 곁에 서본다. 마음이 차분해진다. 어둠 속에서도 제 모습을 잃지 않고 있다가 햇살의 온기를 받고 자신의 자리에서 빛을 받는 만큼 빛나는 순명의 머리 조아림. 욕심 없이 흔들리는 갈대꽃의 무소유가 묵연하다. 찬바람을 가르며 달리는 자동차 안에서 갈대를 바라보는 시선은 찰나에 지나지 않지만 묵묵히 수행하며 서 있는 자태가 고고함을 말해주고 있다.

연꽃이 무성했던 밭 한가운데 섰다. 한겨울이 아니었다면 감히 들어설 수 없는 곳에 들어서 얼음과 어우러져 있는 연잎의 잔해를 보았다. 숲을 이루었던 연잎들의 너울거림과 청초하게 피어 감탄을 자아냈던 연꽃의 순연함이 사라진 밭은 허망했다. 다시 푸른 잎 그득한 계절이 올 것을 꿈꾸며 갈색의 연잎과 연밥들은 얼음 속에 머리를 박고 지난날을 그리워하고 있다. 얼음밭이 되어버린 연밭에서 한참을 서성이며 꿈을 주워보았다.

따사로운 햇살이 얼음과 어울린다. 얼음은 마음을 풀어 햇살에 화답한다. 자연은 겨울이 만든 신비로운 가르침에 조화를 이루는 꽃이 되어 피고 지기를 반복한다. 행여 우리가 걷는 길이 날카로운 겨울이라 해도 그 안에 따사로운 햇살이 비추일 때면 마음을 녹여야 한다. 마음을 녹여 본연의 모습으로 돌아와야 한다. 그럴 때 우리는 순연한 제 모습을 갖추게 되는 것이다.

겨울 길을 걸었다. 하얀 입김을 푹푹 내뿜으며 걸었다. 한 바퀴 돌아 다시 이 계절이 와야 만날 수 있는 겨울의 얼굴에 내 얼굴을 가까이하고 속삭인다. 다음 세상에 아무리 모진 생명으로 다시 태어난다 하더라도 윤회를 믿는 것이 차라리 마음 편하다는 무라카미 하루키의 소설에서처럼 나는 늘 이쪽에서 너를 잊지 않겠다고. 태양이 떠오르기 전 어둠 같은 겨울이지만 눈과 얼음으로 꽃을 피우는 너는 아름답다고. 다가오는 계절은 또 다른 희망을 품고 달려오고 있겠다.

성탄이 주는 선물

해마다 다가오는 성탄이건만 매번 다른 마음으로 맞이하게 되는 것은 어찌된 일일까. 그만큼 세월이 주는 깊은 가르침이 의미가 되기 때문인지 모른다. 믿음을 지닌 사람에게나 신앙이 없는 사람에게나 설레는 기대와 행복을 안겨주는 성탄은 그 자체로도 훌륭한 선물이다. 성탄을 통해서 따뜻한 인간애가 살아나고, 평화가 넘실대는 세상이 되어 잃어 버렸던 행복을 되찾기도 하니 얼마나 다행스런 일인가. 대림 기간이 끝나면 어김없이 다가오는 성탄은 한 가지씩 마음의 준비를 하면서 기다린 구세주 탄생의 날이다. 아기 예수의 탄생을 기쁨으로 기리고 순수한 마음이 되어 내면에서 잠자던 그리스도 사랑에 눈을 뜬다. 그것은 세상을 살리는 일이기도 하다.

내가 다니는 성당 신부님은 주일마다 숙제를 주신다. 주로 가족이 같이 집안 청소하기, 짤막한 문자나 메모로 가족끼리 사랑한다는 말 전하기, 하루에 두 번 희생하기 등이다. 잘 하겠느냐는 물음에 큰 소리로 대답할 때까지 몇 번이고 되묻는 신부님이 괜한 일 하시는 것 같다는 생각이 들었다. 또한 부부끼리 발 닦아주기,

자녀는 부모님을 부모님은 자녀의 발 닦아주기 등과 같은 숙제를 내주면 과연 실행할 사람이 몇이나 될까 하는 의문이 생기면서도 마지못해 대답을 하곤 했었다. 사랑하는 사람이 먼저 떠나 혼자 남게 된 사람은 예수님과 시간을 보내라고 하며 숙제는 계속 이어졌다. 그러던 어느 날 남편이 내게 다가와서 발에 크림을 듬뿍 바르고 주무르기 시작했다. 꼭 씻어 주어야만 하느냐며 마사지 해주는 것도 닦는 것이나 마찬가지라는 것이다. 남편의 응용력에 놀라면서도 피로가 싹 가시는 행복을 맛보는 시간이었다.

주일마다 내주는 숙제를 하다보면 하루하루 성탄이 다가온다. 숙제는 성탄을 맞이하기 위해 가정의 화목함을 살려 내고자 하는 뜻이 숨겨져 있었다. 새로운 숙제를 받을 때에야 한 주를 정신없이 살았다는 반성을 하게 되기도 하고 그럴 때면 또 다른 한 주를 힘차게 시작할 마음의 각오가 새로워졌다. 그나마 듬성듬성 실천한 숙제 덕분에 집안에 따뜻한 기운이 감돌고, 서로가 소중한 사람임을 느끼게 되는 가족 공동체가 제 모양을 갖추는 것 같아 보이기도 했다. 한 발 한 발 마음밭을 경작해 나가는 길에 들어서 있었기에 그렇게 준비를 하며 맞게 되는 성탄절은 풍성한 기쁨으로 안긴다.

성탄절이 다가올수록 거리에 반짝이는 불빛이 마음을 들뜨게 하고 자선 냄비에는 따뜻한 정성이 모여 들었다. 삼천만 원을 소리 없이 넣고 사라진 독지가가 있는가 하면 티없이 맑은 어린이들의 작은 손길도 이어졌다. 인터뷰하는 기자의 질문에 '어려운 사람을 없애려고 한다' 고 당차게 말하는 여섯 살 어린이의 말을 듣는 순간 폭소를 터뜨렸지만 마음은 숙연해졌다. 세상 사람들 가슴에 뜨거운 사

이 남자 | **김태실 수필**

랑의 불 한 덩이씩 넣어주며 가장 작은 이로 태어난 아기예수, 물욕에 사로잡혀 이웃을 돌아보지 못하고 살던 사람들에게 자신을 들여다 볼 수 있는 눈을 심어주는 성탄은 누구에게나 주어지는 선물이다. 뎅그렁 울리는 구세군의 종소리는 양심을 흔들어 깨우고 울려 퍼지는 캐럴송은 사람들의 발걸음을 교회로, 성당으로 모여들게 한다. 빽빽하게 모여서 서로 성탄을 축하하며 마음밭에 따뜻한 사랑의 불을 지핀다.

어디에서 지내다 성탄절에 아기예수 앞에 모이는지 아무도 묻지 않는다. 여러 가지 사정으로 꾸준한 신앙생활을 하지 못하고 있던 수많은 사람들이 성탄절만큼은 동방박사들처럼 별의 안내를 받아 찾아온다. 일 년에 한 번을 찾는다 해도 그의 마음에는 성탄의 기쁨이 살아 있고, 세상을 살아가는데 감사함이 눈을 뜨는 은혜의 밤이 되어 준다. 길게 이어지는 경배의 시간에서 그동안 잠자던 믿음이 살아나고 수천 명이 함께 어울려 올리는 성탄미사에서 깊은 일치와 소속감을 느끼며 신앙으로의 의욕적인 발걸음이 되기도 한다. 기쁨을 간직하고 살아가는 것은 행복한 삶이 되며 이웃에 평화를 나누는 일은 그리스도의 사랑이 충만한 세상을 만드는 일이기에 성탄은 모든 사람에게 선물이 되는 것이다. 새삼 신앙을 갖고 있다는 사실이 기쁘다. 믿음 안에서 생활해 나갈 수 있게 돌보아 주신 주님의 사랑이 감사하다. 송이송이 흩날리는 눈송이가 사람들의 마음에 행복으로 내려앉듯 성체로 내 안에 스며든 예수님의 평화가 나를 한 마리 나비가 되게 한다.

거룩하고 따뜻한 밤

어김없이 연말이 다가왔다. 겨울답지 않게 포근하던 날씨가 하얀 입김이 뿜어지는 차가운 날씨로 우리 곁에 왔다. 날씨만큼 스산한 경제 때문인지 성탄절인데도 불구하고 거리에 캐럴송은 드문드문하다. 각박해진 현실에 섞여 살며 서로 무심한 듯 살던 사람들이 이때만은 마음을 주고받으며 정을 확인하게 된다. 평소 드러내지 못했던 마음을 축복 가득 담아 건네는 안부로 모바일폰 문자는 연신 울려댄다. 성당으로, 교회로 모여든 사람들이 서로의 훈김으로 마음을 녹이며 순수한 사랑에 물드는 크리스마스이브는 거룩하고 따뜻한 밤이다.

1년에 서너 번, 율전동성당은 인파로 가득 찬다. 대축일(부활절, 성모승천대축일, 성탄절 등)을 잊지 않고 오랜만에 찾아온 사람들과, 꾸준히 신앙을 지켜온 사람들이 어우러져 성전은 비좁게 느껴질 정도다. 가슴에 따뜻한 바람이 불어 찾아온 사람들을 반가운 얼굴로 맞이하며 함께 성탄의 기쁨을 나누는 데는 성가가 큰 몫을 한다. 천상의 고운 음이 마음에 파고들어 너와 나였던 관계가 우리로 바뀌어 한마음이 된다. 온 정성을 모아 화음을 이루는 아름다운 성가가 있기에 크리스마스이브의 밤은 더욱 거룩하다. 아기예수 탄생의 축일을 지내며 겸손과 사랑을 마음밭에 심는 것은 우리 자신이 거룩하게 다시 태어나는 일이기도 하다.

하나의 초에 불을 밝혔다. 아직 불 붙지 못한 초가 불 밝힌 초에서 빛을 전해 받고 다시 다른 초에 빛을 전한다. 두 손으로 감싼 한 자루의 촛불이 하늘대며 타들어가는 이브의 밤에 우리는 기꺼이 정성을 나눈다. 다른 사람의 초에 불을 밝혀주는 일은 사랑과 수고를 나누는 일이다. 천여 개의 초가 일제히 눈을 뜨자 어두움을 열고 밝음이 펼쳐졌다. 천여 명의 가슴이 따뜻해진다. 제 몸을 태우며 빛을 밝히는 초에서 아름다운 희생과 배려와 감사를 배우는 밤, 따뜻하게 덥힌 가슴으로 어두운 마음을 밝혀 줄 수 있다면 그것은 세상을 빛으로 채우는 일이다.

모형 외양간에 꾸며진 성탄의 정경에 옷깃을 여미고 섰다. 세상에 태어나 말구유에 누울 수밖에 없었던 아기예수, 수천 년 지나도 해마다 여전히 구유에서 가장 작은 사람으로 누워있다. 성탄을 기해 헤아릴 수 없이 많은 사람들이 어려움에 처해있는 이들을 돌아보고, 감옥에 갇혔던 수인들이 풀려나고, 외면했던 마음들이 화해한다. 돌봄을 받아야 하는 아기로 태어나지만 삶의 방향을 바꿀 수 있게 사람을 변화시키는 예수 탄생의 의미는 세상을 바꾸는 힘이기에 거룩하다. 각자의 마음에 아기예수를 품은 구유로 다시 새롭게 태어나는 밤, 하루하루 더욱 편안한 구유처럼 마음을 씻어내야겠다.

미사를 마치고 나가는 사람들의 손에 떡 한 덩어리씩 주어진다. 손난로처럼 따뜻한 콩설기를 받은 사람들이 웃는다. 메리크리스마스를 외치며 맞잡은 손과 가벼운 포옹에 사랑한다는 말이 담겨있다. 늘 만나던 사람의 얼굴이 오늘따라 더 다정해 보이는 것은 서로의 마음이 그만큼 따뜻하기 때문일 것이다. 매일이 오늘 같다면 얼마나 좋을까 생각해본다. 365일 날짜가 다르듯이 색깔이 다른 날들, 그러나 큰 행복의 기억을 저장해 두었다가 흐리고 우울한 날에 나눠주어 균형을 잃지 않게 한다면 한 해가 한결같으리라.

한 해의 끝자락이다. 폭풍우처럼 격렬했던 슬픔도 더없는 만족으로 행복했던 날도 지나쳐왔다. 막다른 골목처럼 답답하게 느껴지는 일이 있다면 그것 역시 어느 결에 지나갈 것이다. 아쉬우면 아쉬운 대로 마무리를 해야 할 때다. 제야의 종소리가 울리는 그 순간을 기해서 또 다시 새로 시작할 수 있는 기회가 주어지기 때문이다. 쨍하게 차가운 한겨울이지만 크리스마스이브가 준 따뜻한 마음을 간직하고 새해의 얼굴을 마주하고자 한다. 목 마를 때 한 모금의 음료를 시원하게 들이키듯, 힘들 때마다 성탄의 밤은 위로가 되어 희망을 안겨줄 것이다.

이 남자 | **김태실 수필**

마음이 가는 곳

세상엔 보이지 않는 선이 있다. 가늘게, 굵게 연결되어 있는 선은 마음이 가는 길이다. 마음이 가는 곳에 몸도 간다고 했던가. 평소 자주 만나지 못하는 이들을 향해 어떠한 어려움도 뚫고 달려가는 명절은 온갖 색의 선들로 가득한 세상이 된다. 하늘길, 뱃길, 기찻길, 자동차길이 가장 분주해지는 명절은 마음을 표시하는 길이다. 시댁을 가거나 친정을 방문하면서 이루어지는 만남은 끈끈한 정을 쌓는 기회가 되어 정을 잇게 된다. 만남은 정이다.

하늘길을 뚫고 딸이 왔다. 한국을 떠난 지 2년 만에 대면하는 얼굴이다. 직업상 미국에서 생활하는 딸과 인터넷 화상통화로 대화를 나누기는 하지만 직접 얼굴을 마주하는 기쁨과는 다르다. 오랜만에 집을 찾은 딸과의 삶이 하루하루 꿈결같이 지나갔다. 멀리 있어 생일에 끓여주지 못했던 미역국과, 떡만두국을 비롯한 한국적인 음식을 해주자 맛있게 먹으며 행복해했다. 늘 함께 있을 때는 미처 알지 못했던 가족의 소중함을 더욱 진하게 느껴보았다. 모처럼 4식구가 함께 외식을 하는 기회도 15일의 휴가 속에 새겨 넣었다. 가족이기에 마음이 향하고, 마음이 향하기에 갖게 되는 만남은 정을 키우며 삶을 이어주는 끈이 되어준다. 몇 년간 더 미국생활을 위해 떠나야 하는 딸과의 헤어짐이 아쉬웠지만 그 곳에서 당당히 가슴을 펴고 살고 있다는 기쁨 또한 크기에 또 다른 만남을 기약하며 떠나보냈다.

설 명절에 아들만 셋인 큰 시누이의 초대를 받았다. 조카 내외와 손자, 손녀들이 북적대는 번성한 가족의 정을 느껴볼 수 있었다. 품 안에서 키우다 가정을 꾸린 아들 부부와 줄줄이 태어난 손자 손녀들로 다복한 큰 시누이 부부는 마냥 행복해 보였다. 외삼촌과 외숙모인 우리 부부에게 세배를 하는 조카 내외와 고물고물한 손자 손녀의 세배를 받고 세뱃돈을 나눠주며 즐거워할 수 있는 것도 명절이 있고 만남이 있기에 가능한 일이다. 한파와 대설로 고향 가는 길이 평소보다 2~3배 걸린 명절이지만 포기하지 않고 달려갈 수 있는 것은 그 곳에 가족이 있기 때문이다. 명절에 만나는 가족 사랑은 어느 것으로도 막을 수 없는 힘이다. 멀리 떨어져 지내다 만남을 통해 정을 확인하고 행복해 할 수 있다.

남편과 함께 큰언니를 찾아갔다. 자손들이 다녀간 뒤 북새통을 이루던 여운으로 혼자 외로움을 달래고 있었다. 아홉 남매의 맏며느리로 큰살림을 살던 언니의 일생은 언제나 바쁘고 힘들게 살줄 알았다. 그러나 삶은 그렇게 복잡하지만도 않은 모양이다. 1남 3녀의 자녀들 제 갈 길 가고 형부마저 하늘나라로 떠난 언니의 노후생활은 한적하고 외로워 보였다. 아파트 단지 사람들과 어울리고 신앙생활하면서 즐겁게 살고 있다지만 가족을 향한 마음은 바다를 그리워하는 조가비처럼 파도 소리를 낸다. 거쳐 가지 않을 수 없는 삶의 단계를 본다. 무엇이든 할 수 있는 자유의 시기가 있는가 하면, 마음은 간절하나 몸과 여건이 마음대로 되지 않는 시기가 있다. 가족이 함께 어울려 살 때 복잡한 마음에 결혼 등으로 바삐 떠나보내려 하지만 실상 모두 떠났을 때의 외로움은 감당하기 힘든 쓸쓸함으로 남는다. 함께 어울려 살던 때가 행복이었다. 그 행복은 결국 꿈처럼 지나는 삶이라는 것을 가슴에 새겨본다.

가끔 안부 전화를 넣을 때마다 사진 찍어달라는 말을 빠트리지 않는 고모님을 찾아뵈었다. 남편과 나를 중매로 만나게 해준 친정고모는 나이 80을 훌쩍 넘겼음에도 쩌렁쩌렁한 목소리는 여전하다. 2남 1녀의 자녀들이 가정을 꾸려 손자 손녀가 장성했고 또 한참 예쁘게 크고 있다. 3개월에 한 번씩 집집마다 돌아가면서 모이는 가족모임이 법처럼 이어지고 있어 부러운 가족이다. 다정하게 이름을 불러주는 고모 앞에서 나는 다 큰 어린애가 된다. 연로한 어른을 즐겁게 해드리기 위해 나를 허물어 고모의 마음이 되어 본다. 가족이란 세월이 흘러도 변치 않고 정보따리를 푸는 관계인가보다. 언제 쓰일지 모르는 얼굴 사진을 카메라에 담아오는 마음이 차창 밖으로 스쳐 지나는 겨울 풍경만큼 스산했다.

설 명절을 기해 마음이 가는 곳에선 온갖 즐거움이 피어 올랐다. 그 곳엔 행복의 근원인 가족이 있기에 더욱 아름다웠다. 멀리 떠나 있는 자녀들이 집을 찾아오고 사랑스러운 손자 손녀들이 할아버지 할머니를 기쁘게 해주는 명절은 그리움을 해결할 수 있는 기회다. 만남의 장소를 향하는 길이 아무리 어렵다 해도 인내하며 달려가는 것은 사랑이고 그리움이며 핏줄을 향한 정이다. 평범한 일상생활에서 가족이 있는 곳을 찾는 꿈을 꾸는 것, 삶을 연연히 이어가게 하는 명절은 만남을 주선하는 확실한 중매쟁이다.

꽃봉오리 만개하여
고목되다

인연은 만남을 통해 이루어진다. 우연처럼 다가오는 인연이 있는가하면 필연으로 맺어지는 인연도 있다. 태어나 삶이 이어지는 동안 수많은 사람이 서로의 곁을 스치며 추억을 남기기도 하고 결혼을 통해 한평생 함께하는 부부의 연을 맺기도 한다. 인생의 계절을 함께 지나며 견고한 성벽처럼 무게를 지니는 부부의 연은 숭고하다. 한번 자리 잡아 심겨진 나무가 무구한 세월 나이테를 키워 고목이 되듯 정을 키워가는 부부의 연은 아름다운 동행이다.

관면혼배를 하는 꽃 같은 남성과 여성을 보았다. 주일 저녁미사 중에 행해진 관면혼배는 지금 막 결혼생활을 시작하고자 하는 남녀가 부부의 연을 맺는 약식결혼이다. 성당에서 결혼식을 올리는 경우도 있지만 예식장에서 혼인을 하게 될 경우 신앙인으로써 절대자인 하느님 앞에 부부가 되겠다고 약속하는 행위다. 축성된 반지를 교환하고 서로 사랑하겠다는 고백을 하며 자녀가 태어나면 신앙 안에서 기르겠다는 서약은 부부의 탄생을 의미한다. 혼배를 마치고 사진촬영을 하는 새내기 부부가 참으로 예뻤다. 약속의 징표인 반지 낀 손을 앵글 앞에 나란히 펼치고 부부가 된 것을 기뻐하는 모습은 팔랑팔랑 반짝이는 나무 이파리인양 싱그러웠다. 막 심겨진 묘목 같은 어린 새내기 부부가 뿌리를 잘 내려주길 빌었다.

결혼생활은 변화가 많다. 매일 날씨와 기온이 다르듯이 부부관계가 한결같지 않다는 것을 체험하며 30여 년을 살아왔다. 꽃이 활짝 핀 상태라고 할 수 있는 우리 부부는 거칠 것 없는 행동을 하기도 한다. 모임에서 장기자랑 할 기회가 있었다. 원더걸스의 인기곡에 맞춰 춤을 춰야하는데 참가하는 5명이 일률적으로 맞춰 입고자 하는 옷이 내겐 없었다. 남편이 마침 지방에서 올라오는 동기를 서울역에서 만난다며 가까운 남대문 시장에 들러 구해 보겠다고 했다. 중년의 남성 둘이 여성옷 전문점을 찾아가 '아내가 미친 듯이 춤을 춰야한다'는 말을 하고 골라온 치마바지와 티셔츠는 반짝이가 화려하게 달려 있었다. 남편이 사온 옷을 입고 무대에서 열심히 춤을 추었다. 어떠한 상황이라도 이해하며 서로를 바라볼 수 있는 수용의 단계, 튼실하게 자리매김한 어깨 넓은 나무라고 할 수 있다.

전통혼례복 차림으로 회혼례를 올리는 부부를 보았다. 60년을 함께 살아온 것이다. 수백 년 자란 나무를 보는 것처럼 든든하고 존경스러웠다. 웬만한 비바람에 꿈쩍 않을 것 같은 평온한 표정, 어떤 유혹에도 흔들리지 않을 여유로움을 지닌 부부의 모습에서 꽃의 단계를 넘어선 나무를 본다. 서로의 가슴에 깊이 내린 뿌리는 모세혈관처럼 퍼져 연리지나무가 되었다. 잠잠히 곁에 있어도 환히 읽혀지는 마음, 순박한 표정으로 손을 펼친 무소유, 풍상을 겪은 굵은 살갗의 변화가 지난 세월을 말해주고 있다. 고목이다. 초록이 부럽지 않은 빛나는 고목이다.

부부의 연은 참으로 고귀하다. 흙이 도자기로 탄생하는 것처럼 꽃이 나무로 변하는 일이다. 하루아침에 이루어질 수 없는 일이기에 아름다움의 극치를 이룬다. 생활 속의 천재지변을 견디고 이겨내야만 하는 삶, 오랫동안 실패를 거듭하며 예술품을 다듬고 다듬어 불후의 명작을 완성시키는 일만큼 가치 있는 삶이기에 부부라는 이름은 아름답다. 우리 부부도 한 30년 더 살아 화혼례를 올릴 때쯤, 수백 년 한자리를 지켜온 나무처럼 고목이 되어 볼 수 있을까. 그 때가 되면 삶은 '무엇'이라고 말하며 지금의 나를 돌아보고 웃을 수도 있겠다.

소리는 삶이다

한 해를 마감하는 시점에서 시작된 감기가 새해 2월이 시작되고도 한참을 갔다. 거의 두 달 동안이나 이어지는 감기를 다스려보려 양약도 먹고, 한약도 복용해 봤지만 증상을 달리할 뿐 감기는 내게서 떠나지 않았다. 온몸이 매 맞은 것처럼 아프다는 어른들의 말씀을 실감하며 더 이상 견디기 힘든 지경이 되었을 때에야 눈이 떠졌다. '늙는구나'를 느끼면서 구정 명절을 지내놓고 종합병원 응급실을 찾았다. 그 곳은 적나라한 삶의 현장으로 온갖 소리들을 담고 있었다. 소리는 살아있음의 표시다.

내게 주어진 침대 한 칸에 몸을 누이고 수액을 맞으며 눈을 감았다. 까라지는 정신에도 들려오는 소리들은 제각각 다르면서 하나로 섞이고 있었다. 여기저기에서 이어지는 기침소리, 환자 이름을 부르는 소리, 가래 뱉는 소리, 묻고 답하는 소리, 사람 찾는 소리, 신발 끄는 소리, 신음소리, 자지러지게 우는 아기 울음소리, 천정에 달린 커튼 펴고 접는 소리가 어우러져 질펀했다. 새삼 앰블런스가 '앰~블 앰~블' 소리를 내는 듯 들렸다.

기본적인 몇 가지 검사를 하고 결과를 기다리는 시간에도 소리는 끊이지 않았다. 간호사들의 바쁜 발자국 소리, 쉼 없이 일정하게 돌아가는 기계 소리, 환자에게 검사 결과를 이야기 해주는 의사의 말소리, 서랍 여닫는 소리, 다양한 음악으로 울려대는 휴대전화 소리, 웃는 소리, 뭔가 먹는 소리, 아까와는 다른 아기의 숨 가쁜 울음소리… 한 방울씩 혈관을 타고 몸속으로 흘러들어가는 수액을 보며 이 많은 소리들이 갖는 의미에 대해서 생각했다. 각기 제 의미를 전하는 소리들.

처방을 받은 사람들의 자리가 비워지고, 다시 채워지기를 반복하고 있었다. 응급실 자리가 모자라 기다리는 사람이 꽤 된다고 어느 보호자가 이야기 한다. 응급실은 정수기의 필터를 닮았다. 물을 마음 놓고 먹을 수 있게 걸러주는 필터처럼, 입원실이 한정되어 있는 병원에 입원해야 할 사람과 집에서 치료할 수 있는 사람을 구분해주는 역할을 하고 있으니 말이다. 난생처음 응급실을 찾은 내가 스스로 집에 가야 한다는 생각을 하고 있을 때 모든 잡음을 사로잡는 소리가 들렸다. 두세 살쯤 된 여자 아이의 탁 트인 목소리가 응급실을 가득 채웠다. 목청껏 운다. 그래, 아플 때는 저렇게 시원하게 울기도 해야 하는 거다.

한국 최초 최고의 소리 디자이너 김벌래님은 '무슨 소리든 뜻이 있다'고 했다. 50여 년을 한결같이 소리 만들기에 삶을 바쳐온 그는 콜라 병뚜껑 따는 소리를 비롯해 지렁이 기어가는 소리까지 만들어내며 소리에 미쳐 살았다. 어머니를 일찍 잃은 자신의 인생이 힘겨웠고 기가 죽을 수밖에 없는 가정환경이었지만 작은 소리에도 귀를 기울이면서 모든 일을 긍정적으로 생각했다는 것이다. 한평생 소리와 함께 산 그를 살린 것은 소리다. 결국 소리로 인해 청각을 잃었고, 보청기를 통

이 남자 | 김태실 수필

해 다시 소리 세계에서 사는 그의 사인은 '늘 신나게 사는 김벌래'다.

청각에 장애를 갖고 있지 않는 한, 사람은 매순간 소리와 함께 산다. 소리를 벗어날 수 있는 곳은 아무데도 없다. 고요한 산사에서조차도 나뭇잎을 스치는 미세한 바람소리를 비롯하여 날아오르는 새의 깃털 움직임까지 얼마나 많은 소리들이 함께 하는가. 고요하면 고요할수록 들려오는 마음의 소리 또한 벗어날 수 없는 소리다. 소리는 삶이고 삶은 소리다. 인간이 숨을 놓는 날에야 소리를 떠났다 할 수 있지 않을까.

한 줌의 약을 받아들고 응급실을 빠져 나왔다. 싸늘한 공기에 섞여 분주한 자동차 소리, 사람들의 발자국 소리, 겨울바람소리가 흐르고 있었다. 내 안에는 감사가 흐르고, 어떠한 일도 긍정적으로 받아들여 함께 어울리고자 하는 소망이 목숨처럼 휘돌고 있었다. 음력 새해가 시작되었다. 건강한 소리 속에서 건강한 소리를 내며 살고자 하는 열망이 고개를 든다. 저녁 해가 아직은 눈부시다.

등대

방파제 끄트머리에 호젓이 등대가 서 있다. 등대는 쉼 없는 날갯짓을 접고 잠시 쉬는 갈매기의 휴식처가 되어주며 포구로 돌아오는 배를 맞이한다. 백색 외관이거나 붉은색 외관의 등대는 그곳으로부터 육지가 시작된다는 것을 알려준다. 바다로 나간 배의 위로가 되고 길 잃은 배에게 불빛을 비추며 기준이 되어주는 등대는 바다를 삶의 터전으로 살아가는 사람에게 없어서는 안 될 지표다. 바다 같은 세상에 사는 우리에게 등대 같은 사람이 있다. 방향을 잃고 어느 쪽으로 가야 할지 모를 때 붙들어주는 손이다. 무엇이 옳고 그른지, 헷갈릴 때 기준이 되어주는 표지다. 좌충우돌 맞부딪치며 무릎 깨지는 때 손잡아 일으켜주는 사람이 있기에 세상은 질서를 잡아가고 있다. 세상 바다에서 등대 같은 사람을 보며 좌초하지 않는 뱃길을 항해한다.

자신의 자리에서 묵묵히 빛을 밝혀 주는 사람, 세상의 모든 어머니는 등대와 같다. 아침바다를 향해 나가는 배의 안전을 바라고 어둔 밤 돌아올 때 따뜻한 눈빛으로 땅보다 먼저 나와 기다리는 등대처럼 자식을 맞이한다. 언제라도 가슴을 열어 놓아 포구에 닻을 내리듯 찾아들 때 품어 안는 가슴이다. 어머니의 곁을 떠나

이 남자 | **김태실 수필**

있는 시간이 많을수록 고달픈 세상을 살아가야하는 자식을 생각하며 한결 같이 자리를 지키고 있는 고향이다. 세상바다에 휘둘려 길 잃은 배처럼 등대의 눈빛이 그리워 찾아드는 자식을 따스한 품에 받아 위로해 준다. 그 품에 안겨 한바탕 울고 나면 가슴에 일던 폭풍도 슬그머니 자취를 감춘다. 어머니는 폭풍을 잠재우는 능력도 지닌 등대인 것이다. 세파에 시달릴 때 절실하게 요구되는 등대가 되어주기 위해 어머니는 서 있어야 한다. 생각하는 것으로도 위로가 되는 어머니는 변함 없이 마음에 살아 반짝이는 빛으로 영혼을 비추어준다.

등대의 꼭대기를 향해 많은 계단을 올라갔었다. 돌고 돌아 올라간 등대의 눈은 화룡정점으로 바다를 지켜보고 있었다. 오로지 한 곳을 밝히는 빛이다. 바다를 오가는 배는 등대의 눈에서 길을 찾는다. 2009년 2월 16일 87세를 일기로 선종한 김수환 추기경은 우여곡절 많은 바다 같은 세상에서 등대가 되어준 분이다. 우리 사회가 중요한 고비에 부딪힐 때마다 예언자적 목소리로 영향을 끼쳤다. 메시지나 강연, 시국담화를 통해 한국 사회의 구조적 모순을 짚어내는 일에 앞장섰다. 가난하고 소외된 사람들의 호소에 함께 아파하면서 귀를 기울인 김추기경은 '인간 기본권'과 '사회정의'가 지켜져야 한다고 강조했다. 달릴 곳을 향해 달렸으나 잘못된 방향이라는 것을 깨닫는 순간 그 자리에 서서 한줄기 빛으로 나침반이 되어준 사람이다. 내면으로 난 계단 하나하나를 밟고 올라가야만 열리는 순수의 빛으로 세상의 등대로 서있었다. 우리 사회 민주화 운동의 버팀목이기도 하였던 그분은 각막기증으로 다른 이의 눈을 밝혀주며 등대의 소임을 마쳤다.

등대는 야간에 바다를 향해 광파표지 방식의 조명을 비춘다. 반면 가시거리가

1.5마일 이하가 될 때는 음파표지 방식의 경적을 울려주어 항해 중인 선박에게 등대의 위치와 항구의 지명을 알려준다. 우리가 어디에 있든 조명을 비추고 경적을 울려주는 등대가 있다. 귀를 막아도 들리는 경적이고 깊이 숨어도 환하게 비추는 빛이다. 잠시도 쉬지 않고 스스로를 바라보게 하는 등대는 양심의 소리다. 피할 수 없는 등대의 눈은 세상바다를 항해하는 나를 끊임없이 조명한다. 방향을 잡고 나아가는 뱃길에서 자칫 잃기 쉬운 양심의 길을 벗어나지 않게 하기 위해 한시도 눈을 떼지 않는다. 때론 바다로 나가 돌아오고 싶지 않은 한 척의 배를 기다리며 오래 바다만 바라보기도 한다.

한국 최초의 팔미도 등대는 50킬로미터까지 비추며 10초에 1번씩 백섬광을 번쩍거린다. 광달거리 약74km인 오륙도등대, 죽도등대, 울기등대는 가장 멀리 비추는 길잡이가 되어 서있다. 오로지 바다를 항해하는 배가 길을 잃지 않도록 자기 역할을 충실히 하고 있는 것이다. 세월이 변해도 배가 들고 나는 뱃길의 노선은 변할 수 없는 것이기에 등대의 눈빛을 기준삼아 길을 잃지 않는지 모른다. 나는 그 누구에게 등대가 되어 본적 있는지 생각해본다. 길 잃은 이의 길이 되어주며 외로운 이에게 위로의 등대가 되어 본적 있는지, 눈물 흘리는 이가 기댈 수 있도록 말없이 어깨를 내어 준적 있는지 생각해본다. 자신의 위치를 알려주는 양심이라는 불빛이 있지만 심하게 흔들리고 있는 사람의 손을 잡아 함께 간다면 세상의 폭풍을 이겨낼 수 있으리라. 그것은 마음의 폭풍을 잠재우는 일이며 평화를 나누는 일이다. 필연으로 함께한 세상에서 행복을 나누는 등대가 되어 서로 손을 맞잡는다면 우리는 순항할 수 있을 것이다.

시간의 밭, 꽃 피우다

6월답지 않은 비가 내렸다. 천둥 번개를 동반한 빗줄기는 세차게 퍼붓다가 한결같이 내리기도 했다. 7월 중순에 찾아오던 장맛비를 연상하게 하는 요즘의 비 내림은 굳이 장마기간을 정하지 않아야 한다는 생각을 갖게 한다. 생각지도 않은 우박이 내린 곳도 있다. 그러더니 비 그치고 난 후 한여름 폭염처럼 덥다. 때 없이 사철 있는 과일과 채소처럼 다양한 날씨를 맞게 되는 요즘이다. 계절과 계절 사이를 지나는 시기같이 내게 세월의 단락을 거쳐 지나는 시기가 지금이 아닐까 생각한다.

아기 손을 잡고 걷는 젊은 엄마를 보면 부러워서 한참을 본다. 목욕탕에 데리고 와 온몸을 씻어주는 엄마와 어린이, 전철에서 엄마 옆에 기대어 잠든 아기, 뭔가 사달라고 조르는 아이조차 그리움을 불러일으키는 존재다. 어느덧 자신의 일에 몰두하는 자식들의 얼굴조차 보기 힘들기 때문인가 보다. 미국 간호사로 자신의 꿈을 찾아 떠난 큰애의 빈방에서 온기를 찾아보려 하지만 두고 간 물건과 침대가 오히려 큰애의 손길을 그리워하고 있다. 아침에 출근하고 저녁 늦게야 집에 오는 작은애와는 간간이 문자를 주고받고 휴일에 잠깐 얼굴 보며 대화를 나눈다. 자식 많아도 장성하여 제 볼일로 바쁘면 빈집 같다더니 그 말이 맞는 것 같다. 그나마 아침저녁으로 들락거리는 작은애의 온기에 위로를 받는다. 앨범을 뒤적이며 아이들과 함께한 지난 시간 속으로 들어가 행복을 주워 오곤 한다.

벽제 천주교 공원묘원에 계신 시부모님 산소를 찾았다. 수십 년 동안 산소지기가 다듬어왔던 것을 남편과 함께 다듬기로 한지 두해 되었다. 때를 입힌 묘에 듬성듬성 쑥과 풀이 있어 뽑아내는 작업을 했다. 살아생전 어머니가 좋아하셨던 쑥이지만 산소를 점령하기 전에 뿌리를 뽑아내야 한다. 풀을 뽑으며 어머니와의 인연을 생각했다. 친정 고모님의 소개로 처음 만난 시어머니는 이웃집 아주머니처럼 소박했었다. 아무 거리낌 없이 대화를 나누었던 관계가 고부간이 되었으니 묘한 인연이다. 남편과 결혼하기 전에 이미 돌아가신 아버님은 사진으로만 뵈었지만 오랫동안 함께 살았던 어머니는 많이 그립다. 밤나무와 산철쭉으로 둘러진 산소는 귀가 먹먹할 정도로 고요한데 멀리 산새소리만 은은하여 그리움을 더한다.

어느 날 저녁 남편의 전화를 받고 근처 음식점에 갔다. 닭발을 안주삼아 한잔 할 수 있는 곳이었다. 남편은 소주를 나는 복분자를 마시며 인생사에 대한 이야기를 나눴다. 그동안 함께 살아준 시간에 대해 남편은 내게 나는 남편에게 고마워했다. 기호가 다르고 성격이 다르지만 살다보니 맞춰지는 부분이 많았고 이제 서로 다른 부분까지도 감싸 안으며 고마워 할 줄 알게 된 것이다. 술을 즐기지 않는 내가 복분자 한 병을 마시는 기록을 세웠던 날이기도 하다. 쓰러졌다 일어서기를 반복하며 기어이 살아내야 하는 것이 인생이라는 것에 조금 눈을 떠본다.

이 남자 | 김태실 수필

여중시절 미술반 몇 명은 선생님과 여주 도자기 굽는 곳에 갔었다. 작업실에서 고운 흙으로 반죽된 진흙덩이를 맨발로 밟았고 물레를 돌려 소품을 만들며 신기해했다. 신륵사 옆 가마에서 구워 나온 화병의 신비로움, 쏟아질 듯 반짝이던 밤하늘의 별들, 그때의 추억은 지금도 만날 때마다 즐거운 이야기가 된다. 1,000도 내외의 불가마에서 익은 도자기가 완성된 모양으로 피어나듯, 인생살이는 가장 아름다운 꽃을 피울 수 있게 하는 가마다. 불기운에 몸을 맡기고 고요히 변화하는 도자기처럼 마음을 열어 하루를 고맙게 받아들이는 것은 꽃을 피우기 위한 변화의 시간이 되는 것이리라.

햇살

햇살 그리운 날이 있다. 하늘이 잔뜩 흐릴 때 촘촘한 빗살 머리에 이고 싶은 날이 있다. 비오고 바람 부는 쓸쓸한 날에 햇살이 더욱 그립다. 온몸에 신열이 나고 마른 기침으로 정신없을 때, 짓눌리는 삶의 무게에 갈팡질팡 할 때 희망 같은 햇살은 필요하다. 사람의 삶은 춥고 어둡게 평생을 살아가지도 않고 일생을 기쁨만으로 살아지지도 않는다. 기쁨과 즐거움의 일기를 쓰다가 어느 틈에 칙칙한 겨울의 늪을 지날 때가 있다. 그럴 때 햇살은 숨통 트이는 밧줄이다. 그 밧줄 붙잡고 수렁을 건너면서 한 단계 성숙한 눈이 열리게 된다. 햇살은 삶의 에너지다.

바람을 타고 어디선가 날아와 내 집 화단에 꽃을 피우는 풀꽃처럼 미국으로 흘러든 부부가 있다. 아침부터 밤까지 열심히 살아가던 부부였지만 한순간 찾아온 사고로 아내는 시력을 잃었고, 절망한 그녀에게 남편의 극진한 간호는 약이 되어주었다. 건강을 회복한 아내는 다시 출근하기 시작해 손에 익은 일을 쉽게 해낼 수 있었다. 매일 버스를 타고 아내를 출퇴근시키던 남편은 한 달 만에 아내를 혼자 다니라 했다. 그 날부터 아내는 남편의 도움 없이 생활해야 했다. 그러나 남편은 항상 아내 등 뒤에서 버스를 타고 넘어질까 지켜보며 함께 있었다. 앞을 보지 못하는 아내가 혼자서 일상생활을 해 나갈 수 있기를 바라는 남편의 마음이었던 것이다. 부부사랑이란 이런 것일까. 남편은 아내에게 햇살이 되고 있었다.

윤석인은 류머티스 관절염으로 몸이 굳어 13세 이후 직립보행을 해본 적이 없다. 뼈마디를 갈아내는 고통에 어둠 속으로 침몰해가는 삶이었지만 미국 제임스 기본스 추기경이 쓴 가톨릭 입문서 '교부들의 신앙'을 읽고 빛을 찾게 된다. 박성구 신부와의 만남으로 그녀는 영성화가의 길을 걷게 되고 수녀가 됨으로서 헬렌 켈러와 설리번선생 같은 관계가 되었다. 그녀는 침대에 누워 아기 손 같은 조막손으로 그림을 그린다. 중증장애인인 그녀는 그 모습 그대로 장애인에게나 비장애인에게 삶의 의욕을 일으켜 준다. 가톨릭 2,000년 역사상 처음 탄생한 사지 마비 수녀, 멀고 먼 길을 에둘러 치유된 영혼으로 돌아와 이제 상처난 사람들을 치유하고 있다. 윤석인(보나) 수녀의 그림은 곳곳으로 퍼져 나가 사람들의 마음에 평화를 주고 그녀를 아는 사람들의 삶에 용기를 심어 주는 햇살의 역할을 한다. 우리의 삶이 절망할 수밖에 없는 어둠처럼 느껴진다 할지라도, 햇살을 향해 나아가고자 한다면 햇살 같은 밝은 삶이 될 것이다.

수필가이며 영문학자인 故장영희 교수를 생각한다. 그녀는 갓난아기 때 소아마비를 앓은 후 줄곧 목발에 의지해 살았던 1급 장애인이었다. 엎친 데 덮친 격으로 두 번의 암 판정을 받게 된다. 그 상황에 밝고 긍정적인 생각을 갖기는 매우 어려운 일이다. 그럼에도 불구하고 그녀의 영혼은 누구보다 자유롭고 맑았다. 그녀의 글은 생명의 소중함과 희망과 신뢰의 메시지로 가득했다. 잠시 떠나고 싶지만 영원히 떠나고 싶지는 않은 곳이 이 세상이라고 말하던 그녀가 세상을 떠난 지 벌써 1주년이 넘었다. 누구보다도 열정적으로 살았고 세상에 대해 한없이 따뜻한 눈길과 긍정적인 생각을 가진 소유자였다. 불행한 삶에도 나름의 가치와 희망이 있음을 끊임없이 증거하고, 참을 수 없었던 아픔조차도 건강하고 당당하게 전환시킨 그녀는 '희망을 버리는 것은 죄악이다'라고 말했다. 그녀는 갔지만 그녀가 남긴 글은 사람들에게 또 다른 희망을 낳는 햇살이 되고 있다.

삶이 한결같은 것이 행복일까 아니면 한결같지 않은 것이 행복일까 생각해본다. '장애물 하나 뛰어 넘고 이젠 됐다' 하고 안도의 한숨 몰아 쉴 때면 생각지도 않았던 또 다른 장애물이 나타난다고 말한 故장영희 교수의 말처럼 삶은 장애물 경기다. 한치 앞을 분간하지 못할 어둠을 헤매다가 빛을 발견하면 순간 희망이 솟아나 어둠을 이겨낼 수 있듯이, 햇살은 죽음과 같은 고통을 이겨낼 수 있게 한다. 햇살을 생각하며 겨울의 삶을 뚫어 나가고 햇살을 그리며 고통의 터널을 빠져나간다. 햇살은 삶의 에너지다. 다만 햇살이 비춰도 햇살을 느끼지 못할 때가 문제인 것이다. 지금 아픔 중에 있고 지금 어깨를 짓누르는 삶의 무게에 다리 힘이 풀렸을지라도, 햇살 같은 희망 한줄기 꼭 붙잡고 있다면 햇살 안에 들 수 있게 된다. 시간의 여행자인 우리에게 햇살은 삶의 이유이다.

이 남자 | 김태실 수필

꿈을 지피는 풍로

바람이다. 내딛는 걸음을 부추기는 건 바람이었다. 연둣빛 물이 올라 한 발짝 내딛을 때마다 응원처럼 따라붙던 어머니의 눈빛은 기어이 세상의 진리를 깨닫게 했다. 물고기가 물의 너른 품을 감지하듯, 잎사귀가 수액을 품은 나무의 수고를 깨닫듯 한순간 세상의 이치를 열어주는 바람이었다. 포근히 불어오는 오월의 바람에 산천초목은 싱그럽게 살이 오르고 푸름이 깊어진다. 자연이 성장하여 성숙되듯 우리를 철들게 하는 바람은 어머니를 닮았다. 만삭의 몸에서 분신을 쏟아내는 순간 눈으로만 세상을 볼 수 있는 것이 아니라는 것을 알게 되는 것처럼, 보이지 않는 곳을 살필 수 있는 또 하나의 눈을 뜨게 했다. 어머니라는 이름은 사랑의 바람을 일으키는 풍로다.

첫 출산을 하는 순간 어머니가 떠올랐다. 풋사과처럼 철없던 자식이 비로소 하늘같은 사랑을 깨닫게 된 시점이다. 칠남매를 낳아 키우느라 깊어진 주름의 사연이 확연히 보였고, 기역자로 굽은 허리에 짊어졌을 삶의 무게가 가슴깊이 느껴졌다. 거친 손으로 긍정과 배려의 철학을 심어주던 어머니, 언제 어느 때나 가슴속

이 남자 | **김태실 수필**

에 숨어있는 지혜의 불씨를 살려주던 바람이었다. 제 몸을 자식의 먹이로 내어주는 애어리염낭거미처럼 인내하며 때를 기다리고 자신을 내주어야 할 때는 모든 것을 주라는 가르침, 그렇게는 못 산다고 머리를 흔들었다. 어머니 같은 희생의 삶을 살아갈 자신이 없었다. 자식의 꿈을 지피기 위해 풍로가 된 어머니의 인생은 투신 그 자체였기 때문이다.

자신의 존재를 녹여야 하는 희생의 삶은 살지 않겠다고 했지만, 생명의 기운이 가득한 오월에 출산을 하면서 변했다. 하루가 다르게 커가는 새 생명을 들여다보며 풍로의 삶을 살아야 한다는 것을 스스로 인지했다. 자연을 어루만지는 오월의 바람처럼 기원의 바람을 일어 불씨를 살려야 하는 몫을 맡은 것이다. 살려낸 불씨가 꿈을 향해 나아갈 수 있도록 불길을 살려 주어야 하는 삶이다. 어머니가 되어야만 떠지는 눈을 간직하게 됐다. 무슨 일이든 기대만큼 이루어지는 피그말리온 효과처럼 어머니의 기대가 이루어지는 때이기도 했다. 가족을 위해 살과 뼈를 녹이던 어머니의 삶이 앞장서서 걸었다. 그 길을 따라 걸어야 했고 사랑의 바람을 일으키는 풍로로 살아야 했다.

어머니가 가르쳤던 삶을 내가 살았고, 이제 딸이 살아야 할 때가 다가왔다. 설익었던 삶의 길에서 '엄마'라는 이름을 부여받을 첫 출산이 얼마 남지 않았기 때문이다. 하늘이 열리듯 새 생명이 태어나면 그녀도 깊은 눈을 뜨리라. 생산의 고통을 넘어 분신의 탄생을 바라볼 때 가슴 깊은 곳에서 응원의 바람이 이는 것을 체험하리라. 세월이 흘러 싱그러운 걸음으로 성장하는 모습을 보며 기쁨의 눈을 뜨고, 한 집안의 어두움을 흡수해 맑게 거른 바람을 안겨주는 풍로의 삶을 알게 되리라. 가정의 평안을 다듬었던 어머니의 삶, 앞장서 걸었던 어머니들의 걸음을 깨 닫게 되리라.

풍로는 늘 어머니 가까이 있었다. 부엌 한 쪽을 차지하고 있던 볼품없는 그 것은 반들반들 했다. 한 쪽으로 밀쳐뒀다 필요할 때 쓰고 또 밀어두면 그만인 것을 어머니는 정성들여 닦고 어루만졌다. 풍로도 보답하듯 빛을 냈다. 마치 귀한 물건처럼 빛이 났다. 어머니는 폭풍우 많은 삶의 바람을 풍로 속에 차곡차곡 쌓았을 것이다. 고통과 괴로움을 그 속에 담고 슬픔과 외로움도 함께 묵히는 방법을 익혔을 것이다. 삶의 고달픔을 연료로 써서 생명의 바람을 일으켰나 보다. 가족의 마음에 평화를 심어주고 연둣빛 꿈을 향해 나아갈 수 있게 밀어준 바람, 꿈과 행복을 살려주던 어머니는 풍로였다. 사랑의 바람이었다.

오래된 물건들이 어우러져 있는 가게에서 풍로를 봤다. 할 일을 다 한 사람처럼 의연히 앉아 있는 풍로는 잊었던 어머니를 생각나게 했다. 꺼져가는 불씨를 살려주고 꿈과 열정을 부추기던 어머니가 생각났다. 시대를 흘러 먼지가 닦인 채 저녁 햇살을 받고 있는 저 풍로는, 누구의 곁에서 삶을 지피다 여기까지 흘러온 것일까. 한 가정의 고락을 사랑의 바람으로 변화시킨 수고가 고스란히 느껴졌다. 고귀한 삶이다. 풍진 세상을 살던 어머니도 지금은 평안 속에 머물러 있다. 희생으로 점철된 삶이 가슴을 흔들어 놓는다. 한달음에 달려간 기억이 그 품을 파고든다. 생각에 젖어 한참을 바라보던 눈길을 거두고 발길을 돌렸다. 나를 두고 홀연히 떠난 어머니처럼 나 또한 어머니 같은 풍로를 두고 떠나왔다.

세상을 존재케 하는 것은 풍로 같은 사랑의 바람 덕이다. 어머니에서 자녀로,

자녀에서 그 자녀로 끊이지 않고 이어지는 어머니들이 세상을 버티게 했다. 뜨겁고 힘 있는 열정이었다가 점점 힘을 잃으면 뒤이어 살아나는 새로운 바람, 그렇게 세대는 교체됐다. 어머니가 되면 안다. 풍로 같은 심장을 쉼 없이 움직여 자식의 꿈을 지피고 희망을 살려내야 한다는 것을. 상처 난 가슴에 사랑의 약을 발라 새살이 돋게 용기를 주어야 한다는 것을. 구석구석 어둠을 몰아내고 평안과 행복을 햇살처럼 피워내야 하는 것은 어머니만이 할 수 있는 일이다. 한평생 일궈내는 사랑의 바람은 삶의 이치를 깨닫는 눈을 뜨게 하고 보잘것없는 삶을 보석과 같이 빛나게 만든다. 삶의 참 의미를 깨닫게 해주는 어머니, 얼마나 고귀한 이름인가.

남자의 비애

가을이 깊었다. 스산한 바람이 분다. 고운 빛깔의 잎들이 단단하게 매달려 있던 가지를 떠나 바람 손에 이끌려 흩날리고 있다. 떨어진 잎들은 우르르 몰려다니거나 길 한쪽에 모여 가을 이야기를 수런거린다. 그런 중에도 햇살에 반짝이는 잎들이 아직 나뭇가지에 남아 있다. 얼마의 시간이 지나면 그마저도 떨어져 나가겠지만 아직은 홀로 제 모습을 지켜내야 할 것이다. 때문에 고운 색으로 물든 몇 장의 잎을 달고 있는 나뭇가지가 이 가을에 대견하고 또한 애처롭게 보인다. 마음대로 할 수 있는 일이 별로 없는 남자가 견뎌야 하는 외로움, 가을 남자는 가을 나무를 닮았다.

수십 년 전부터 테니스를 치며 지내온 남편의 친구들이 있다. 혈기왕성할 때부터 마음을 주고받던 그들은 이제 가끔씩 안부차 만나곤 한다. 어느 날 남편이 세 명의 친구를 만나 저녁식사를 한다기에 시로 등단한 계간지 세 권을 들려 보냈다. 그러자 늦은 밤 남편과 함께 친구들이 케익과 과실주 한 병을 사들고 집으로 들이 닥쳤다. 축하노래를 부르고 왁자지껄한 가운데 이야기꽃이 피었다. 제일 형님

이 남자 | 김태실 수필

격인 60대 후반의 A는 남자의 비애에 대해 털어놓기 시작했다. 지금도 통학버스를 운전하며 열심히 사는 그는 아내를 안고 싶어 했다. 아내를 안으려 할 때마다 그의 아내는 미쳤느냐며 뿌리치곤 한다는 것이다. 그럴 땐 정말 살고 싶지 않다고 했다. 자신의 아내를 안을 수 없는 남자의 마음은 참담하다는 것이다. 남편과 함께 옆에서 듣고 있자니 민망한 생각이 들었지만 남자의 마음을 알 수 있는 기회가 되었다.

남자 B는 박사다. 탄탄한 직장에서 인정받으며 젊은 시절을 보냈다. 그를 보면 부러울 것이 없어 보였다. 그랬던 그가 퇴직을 하고 그동안 못했던 일들을 하고 싶어 했지만 그것이 마음대로 되지 않았다. 직장에 매여 하지 못했던 해외여행을 아내와 같이 하고 싶어 했다. 그러나 아내는 남편을 귀찮아 한다는 것이다. 매일 친구들과 어울려 다니기에 바쁘고 남편은 안중에도 없다고 한다. 남자 A처럼 아내를 안을 수도 없고 역시 잠자리를 멀리 한지도 한참 된다는 것이다. 그는 퇴직 후엔 하고 싶은 일을 마음껏 할 수 있을 것이란 꿈이 있었다고 했다. 여간해서 자신의 이야기를 하지 않던 사람이다. 그런데 자신의 처지를 숨김없이 털어놓는 그의 말을 들으며 왜 깊은 중년의 남성들이 비애를 느껴야 하는지 생각하게 됐다.

세 번째 남자 C의 이야기는 나를 더욱 안타깝게 했다. 치매든 어머니를 15년 정도 수발했으며 어머니에 대해서 아내는 손끝 하나 대지 않았다고 한다. 88세로 세상을 떠날 때까지 어머니를 보살피면서 남자의 마음은 뭉그러졌다고 했다. 마치 목석처럼 무심한 아내의 반응에 어쩔 수 없이 견뎌야했던 남편의 고충이었다. 어머니를 모시며 힘들게 산다는 말은 들었어도 늘 밝게 웃으며 기분 좋게 살던 그였다. A와 B가 이야기한 부부관계는 이미 수도승처럼 체념한지 오래라고 했다. 친구들과 친구의 아내가 있는 자리에서 자신의 비애를 털어놓는 그가 새삼스럽게 보였다. 난생처음 남편 친구들의 허심탄회한 말을 들으며 나뭇잎 몇 장 달고 있는 앙상한 나무가 생각났다.

한때는 수천의 푸른 잎을 달고 햇살에 반짝였던 나무다. 한가정의 든든한 가장으로 직장생활을 하며 피땀을 흘렸다. 자식들을 키우고 편안한 가정을 위해 젊음을 살랐다. 퇴직하고 나이든 이제야말로 즐겁고 행복하게 살아야 할 때가 아닌가 한다. 그럼에도 불구하고 아무것도 할 수 없는 자신들의 입장을 비애로 느껴야하는 남자의 가을이 추웠다. 아무리 힘들어도 아내와의 관계가 따뜻하다면 이겨낼 수 있는 일이다. 마음이 따뜻하다면 비애는 없을 것이다. 한 번도 듣지 못하던 그들의 속 깊은 말을 들으며 쓸쓸한 남자의 가을이 느껴졌다. 몇 장의 단풍을 매달고 안간힘을 쓰는 나뭇가지처럼 안쓰러웠다. 햇살이 비춰 추위를 이길 수 있는 나무가 되기를 빌어 본다. 아직 겨울은 오지 않았다.

꿈꾸는 남자

사람은 현재를 살고 있다. 그럼에도 밤이면 꿈의 세계를 다녀오곤 한다. 꿈의 필요성을 느끼지 않아도 꿈은 자연스레 찾아온다. 원하지 않아도 저절로 찾아와 행복의 꽃가루를 뿌려주던가, 절벽에 매달려 애를 쓰는 상태를 만들어 놓기도 한다. 자신의 의지와는 상관없이 어쩔 수 없는 상황을 만들어 놓는 꿈의 위력은 대단히 크다. 복권을 사기도 하고, 중요한 일을 결정하거나 취소하기도 한다. 불확실한 미래를 꿈에 의지하고 선택하여 행복해하거나 낭패를 보는 일은 우리 주위에서 비일비재하게 일어나고 있다. 사람의 마음을 송두리째 흔들리게 하는 꿈, 깨어보면 흔적도 없이 사라지는 꿈은 신기한 마법 같다.

늘 옆에서 잠을 자는 남편은 꿈을 잘 꾼다. 잠귀가 밝은 나는 남편 입에서 새어 나오는 신음소리에 반사적으로 잠을 깬다. 무척 힘든 상태의 꿈을 꾸고 있는 듯이 보이면 얼른 손을 잡고 흔들어 깨운다. 깨어난 남편은 한숨을 돌렸다. 커다란 방에 갇혀 있다가 자물통을 열고 도망가면 잡히고, 다시 온갖 어려움을 뚫고 도망가면 또 잡히기를 계속하고 있는 중이었다. 가만히 있어도 되는데 왜 계속 도망 다

넜는지 모르겠다고 한다. 편안히 잠자리에 들어서도 전혀 알지 못하는 곳을 다녀올 수 있는 꿈은 영혼의 세계처럼 신기하다. 자신도 모르게 생각되어지는 것이 꿈속에서의 상황이라는데 현실에서 일어나는 풀지 못할 힘겨움이 그를 짓누르고 있지는 않은지 생각해 보았다.

남편은 가끔 군대 꿈을 꾼다. 분명 제대했는데 또 입대 영장을 받는다든가, 입대해서 온갖 어려움에 시달리는 꿈이다. 군인들은 제대 날짜를 받았을 때부터 하루하루가 길게 느껴진다고 하는데 꿈속에서 그 날짜가 마치 천년처럼 길게 느껴진다고 한다. 그런 꿈을 꾸고 있을 때 깨워준 내게 고마워하기에 남편의 꿈에 마음이 쓰이는지도 모른다. 하사로 제대한 남편은 군대생활을 보물처럼 간직하고 있었는지 결혼하고 몇 달 동안 거의 매일 내게 이야기 해 주었다. 하루 종일 고된 훈련을 받거나, 사역을 다녀오던 군 생활이 소중한 추억이 되었음을 알 수 있었다. 다시는 반복될 수 없는 상황이 꿈으로 재연된다는 것이 신기하고, 꿈속에서의 고달픔이 깨어나면 사라진다는 사실이 다행스럽다. 꿈은 새로운 시각으로 현실을 바라볼 수 있는 눈을 열어준다.

나는 꿈을 꾸지 않는 편이다. 태몽도 시어머님이 수고스럽게 두 번이나 꾸어주셨다. 그런 어머님이 아들에게 꿈꾸는 능력을 물려주셨나보다. 인간의 수명이 70살이라고 할 때 우리는 50톤의 음식을 먹고, 12만 7천 5백번 꿈을 꾼다고 한다. 이왕이면 행복한 꿈을 꾸었으면 좋으련만 비교적 힘들게 헤쳐 나가야 하는 경우가 많다. 남편이 마술램프의 주인이 되어 거대한 하인을 마음껏 부릴 수 있는 꿈을 꿀 수 있다면 얼마나 좋을까. 4차원의 세계를 넘나드는 최첨단 과학자로 자신을 괴롭히려고 달려오는 상대를 멋지게 굴복시키는 통쾌한 꿈을 꿀 수는 없는 것일까. 오늘 밤엔 11년 전에 돌아가신 어머님을 꿈속에서 만나 남편이 좋은 꿈을 꾸게 해달라고 부탁드려 봐야겠다.

사람들이 행복한 꿈을 꾸었다는 이야기를 하면, 그것도 몇 편에 이어서 꾸었다고 하면 부러웠다. 어떻게 현재를 살아가면서 천하를 호령하는 임금이 되고 무엇이던지 원하는 것은 다 얻을 수 있는 꿈을 꿀 수 있단 말인가. 현실에서 이루어질 수 없는 상황을 꿈에서 체험할 수 있으니 꿈은 삶의 원동력이면서 깨달음의 보고가 되어 준다. 주로 키가 자랄 시기에 무서운 꿈을 꾼다는 말이 있는데 남편은 이제 더 크지 않아도 될 정도의 키를 가지고 있다. 더 크지 않아도 되는 깊은 중년의 남자가 꿈을 꾼다. 마음대로 도망쳐 지지도 않고, 무서운 상대가 따라오며 위협하는 상황에 피할만한 장소도 없는 꿈을 꾸게 되면 나를 부르라고 했다. 원더우먼처럼, 혹은 마징가 젯트 처럼 꿈속으로 달려가 상대를 무찔러 주겠다고 했다. 황혼으로 물들어가는 나이에 남편은 영원히 손 놓지 못할 친구가 되어 내 마음을 흔든다.

이 남자1

남자의 어깨가 출렁인다. 한 잔 술에 취해 세 여자 앞에서 울고 있다. 깊은 가을 때문일까. 아니면 도로를 구르는 마른 낙엽의 건조하고 바삭한 소리가 그를 슬프게 만들었을까. 이미 초겨울로 접어들어 가을의 흔적은 사라져 가고 있는데 남자는 가을처럼 울고 있다. 마치 사춘기를 맞은 소년처럼 살얼음 같은 감성을 지니고 흔들리는 남자가 되어 방황하고 있다.

34년 3개월을 한 직장에 뿌리 내렸던 남자다. 시대의 흐름에 편승할 수밖에 없어 명예퇴직을 하고 1년 4개월 동안 용역업체 근무를 해오던 남자가 그것마저 정리하고 오늘은 어깨를 들썩이며 운다. 처음 용역업체에서 1년 계약직으로 근무할 때 겪던 무시와 수모를 잘도 견디어 내더니 얼마 전부터 부딪치는 한 사람 때문에 못 견뎌 하곤 했다. 한 주에 두 번씩 마주치는 근무 시간이 감옥처럼 힘든지 "오늘 그놈이랑 근무야" 하며 나가곤 했었다. 수십 년 조직 생활도 거뜬히 살아낸 사람이 못된 사람 하나 못 이기고 괴로워하느냐고 말은 했지만 남자의 힘겨움이 가슴을 후벼파는 아픔이었다. 결국 술에 취해 전화 한 통화로 그만 두더니 그곳에 있던 얼마 안 되는 옷가지를 가지고 왔다.

　남자는 그 사람과의 기억을 지우지 못하고 며칠 동안 술을 찾으며 공허해 했다. 세상이 싫고 그렇게 맛있어 하던 음식도 싫고 자랑스러워하던 가족도 싫고, 지금 남자에게는 무엇 하나 흥미가 없다. 남자는 우울하고, 우울하고, 우울했다. 사람이 40~50대의 시기를 지나갈 때 신체적 변화와 불안, 우울증과 같은 정신적 변화를 겪는다고 하더니 남자는 그런 시기를 맞이하고 있었다. 오십대 중반을 넘어선 남자는 핏기 가신 핼쑥한 얼굴로 잎을 다 떨군 앙상한 나뭇가지가 되어 가슴 시려 했다. 왜 살아야 하는지조차 의미를 찾지 못하겠다는 남자는 언제까지인지 모를 방황 속에서 흔들리고 있다. 무엇이 이 남자를 바로 세워 줄 것인가. 무엇이 이 남자의 가슴에 희망의 싹을 트게 해줄 것인가 가슴이 아팠다.

　일주일쯤 우울의 늪에 빠져 허우적대던 남자가 바람 쐬러 나갔다. 휴대전화로 전화를 해 베란다 창밖을 내다보라는 것이다. 밖을 보니 뚝방 밑 개천 옆 바위에 걸터앉아 개미처럼 작아진 남자가 손을 흔든다. 10층 아파트를 바라보며 열심히 손을 흔드는 남자의 가슴이 늦가을 햇살처럼 밀려온다. 웃고 있는지, 울고 있는지 남자의 목소리가 떨린다. 이렇게 있으니 그냥 좋다고 말하는 남자는 눈부신 햇살을 받으며 긴 물줄기 옆에 작은 점처럼 앉아있다. 흐르는 물길을 보며 무슨 생각을 하고 있는 것일까. 가족을 위해 달려왔고 지치지 않는 열정으로 이제까지 살았다. 직장 생활에 억매여 때론 자신의 욕구를 채우지 못한 면도 있었으리라. 화려했던 젊은 날을 잊지 못해 현실을 더욱 비참하게 생각할 수도 있으리라. 혼자 머물며 침묵하는 남자는 바람처럼 자꾸만 날아가는 마음을 잡기 위해 애쓰고 있는 것일까. 아니면 더 무거운 우울 속으로 사로잡혀 드는 것일까.

한참을 방황하던 남자가 찬바람을 몰고 들어왔다. 식탁 위에 누렇게 바랜 은행 잎 4장을 올려놓는다. 황금색은 사라지고 일부분이 갈색으로 퇴색된 부채 모양의 잎을 희망처럼 품고 왔다. 버석대는 잎들을 헤치고 식구 수대로 마음에 드는 낙엽을 골랐을 남자의 손을 생각했다. 겁 없던 학창시절 풀잎 같던 손, 세상 무서울 것 없던 힘줄 불끈 솟는 청년의 손, 전기기사의 위험천만 했던 손이다. 수십 년간 군은살이 박이도록 테니스 라켓을 잡았던 손, 기름때를 묻히며 삶을 일군 손, 정의 편에 서서 아픈 사람을 어루만지던 손, 기도하던 손이다. 남자는 은행잎을 찾은 것이 아니라 우울을 이겨낼 길을 찾은 것이고 인생의 허무를 벗어나게 해줄 용기를 주은 것인지도 모른다. 어떠한 환경에서도 절망하지 않고 잔잔한 미소로 낙엽처럼 변화되어야 할 때라는 것을 익히기라도 한 것일까. 자연 교과서에서 돌아온 남자는 다소 평온한 듯, 아무 일 없었다는 듯한 표정이 되었다.

삶의 길에서 우리는 얼마나 많은 좌절을 겪는가. 그리고 회복하는가. 그럴 때마다 한 마디씩 자라는 나무처럼 철이 들거나 홍역을 이겨낸 아이처럼 성숙해지곤 한다. 때론 과감히 가던 길을 되돌아서 또 다른 방향으로의 길을 찾아 나서기도 해야 한다. 그런 과정은 어느 누구도 대신해 줄 수 있는 부분이 아니며 오로지 자신과의 싸움에서 이겨 내야만 하는 것이다. 지금 이 남자에게 그런 때가 왔는가 보다. 앞으로 어떤 길로 들어설지 모를 남자는 인생의 깨달음을 줍고 있다. 화려했던 지난날에서 깨어나고 소유물에 대한 집착에서도 벗어나야 하며 다른 사람이 인정해 주는 것에 목매이지 않는 자유를 누려야 할 때다. 비우면 비운만큼 빛으로 채워질 남자의 인생은 스스로 소화해 나가야 할 과제가 되어 그의 앞에 놓여 있다. 사랑하는 것은 곁에 있어 주는 것, 오늘 나는 내 남편 이 남자가 별을 줍는 마음이 되길 기다린다.

이 남자2

육십 터널을 지나온 남자의 어깨가 차분하다. 어둡고 습한 터널에서 몸부림치며 방황하던 어깨선이 자리를 잡은 듯 보인다. 가슴에 일어나는 벌떡이던 혈기와 제어되지 않는 좌절감에 괴로웠던 남자, 그의 눈빛이 차분해졌다. 사라지지 않는 생의 억울함을 감추고 있는 것일까. 아니면 삶의 흐름을 터득하고 비로소 순하게 받아들이게 된 걸까. 오늘 그가 있기 위해 천둥은 그를 흔들었고 번개는 그를 찔러댔다. 남자가 거쳐온 삶은 낮도 밤도 어둠이었다.

공기업에서 34년 3개월을 근무하며 젊음을 바친 남자는 명예퇴직 후 다른 직업에 발을 붙이지 못했다. 자신이 갖고 있는 기술직에 잠시 머물렀다가도 이런 저런 사정으로 그만두곤 했다. 남자에게 세상 사람들은 너무나 불합리했고 못마땅했다. 두루두루 어울리며 적응하지 못한 그는 매일 술을 마셨고, 딱 맞는 일을 찾아낸 듯 알코올에 젖어 들었다. 아침에 눈을 뜨면 출근하듯 술을 마셨고 열심히 근무하듯 시시때때 알코올을 찾았으며 밤이 돼도 야근하듯 술에 젖어 들었다. 그에게 이제 다른 직업은 없는 듯 보였다.

충실한 직장 생활에선 포상이 따른다. 상장과 상금이 있거나 휴가를 받는 특혜가 있다. 밤낮없이 술에 빠져 살아온 그에게도 특혜가 따랐다. 10층 아파트 베란다에 서서 "여기서 뛰어 내리면 죽을까?" "아버지가 쉰아홉에 돌아가셨어."하며 59세를 넘기면 안 된다는 자신만의 공식에 사로잡혀 들었다. 40년 전에 돌아가신 아버지의 나이를 넘어서 더 산다는 것은 불효라는 것이다. 어떤 공식에 대입을 했기에 그런 답이 나왔을까. 21세기인 요즘 100세 시대에 남자의 나이는 젊다. 제2의 인생을 충분히 살아볼 만한 나이임에도 불구하고 그는 죽음을 마치 친구처럼 부르고 불렀다.

남자가 술 마시는 일에 충실할 때 자식의 혼사는 이루어지고 있었다. 일 년 내내 쏟아지던 소나기가 잠시 멈추고 반짝 해가 날 때처럼 맑은 정신으로 상견례와 혼인식을 넘겼다. 자랑으로 여기던 자식 둘을 몇 개월 차이로 출가시킨 남자는 이제 허전해서 울었다. 그의 삶이 고스란히 담긴 보물, 청춘을 바쳐 키운 자식이었기에 더욱 소중했으리라. 세상을 다 잃은 듯 절망했다. 휘몰아치는 폭풍에 흔들리며 희망이 없는 듯 헤맸다. 살 이유가 없다는 남자에게 삶은 소중한 것이라는 말은 바람이었다. 언제까지 이 어두운 터널을 걸어야만 하는 걸까하는 생각이 들었다.

늦은 밤, 전화가 울리고 술에 취한 남자의 목소리가 들린다. 자신의 위치를 알려주며 와달라고 하는데 위치파악이 안 된다. 다만 수십 년간 몸담아 근무한 직장 근처라는 감이 왔다. 남자는 자신의 젊은 날을 그리워하며 한참 때 번듯하게 다녔던 근무지를 다람쥐처럼 맴돌곤 했다. 다시 돌아갈 수 없는 시절을 맴돌면서 위로를 받는지 모른다. 차를 몰고 달려가 보니 자전거는 쓰러져있고 머리에선 피가 흘렀다. 남자를 차에 태우고 자전거는 트렁크에 싣고 병원 응급실로 달렸다. 몇 바늘을 꿰매며 터널 한 발짝을 지나왔다.

초인종이 울린다. 젊은 새댁의 다급한 목소리다. 무슨 일인가 하고 나가보니 11층 쪽을 연신 가리키며 말을 못했다. 개인 사업을 하는 11층 젊은 부부는 가게 문을 닫고 퇴근을 했지만 자신의 집 앞 엘리베이터에서 내리지 못했다. 그곳엔 옷을 모두 벗어 가슴에 안고 팬티 바람으로 문 앞에 서있는 남자가 있었다. 그를 끌어 안고 집으로 왔다. 자신의 집이 몇 층인지 구별하지 못할 정도로 다른 세상을 살고 있는 그 마음은 무엇일까. 인생의 해는 지고 있는데 서둘러 밤으로 걸어가고자 하는 그의 발걸음은 무엇을 말하는 것일까. 막막한 걸음이지만 또 한 발짝 터널을 걸었다.

터널은 어둡다. 꽃 피는 봄과 싱그러운 여름, 화려하게 물든 단풍의 계절 가을도 어둠 속에선 보이지 않는다. 한 해를 마무리하며 설레는 마음으로 새해를 맞는 시기도 남자에겐 그저 터널일 뿐이었다. 작은 돌부리에 삐끗하고 넘어지기도 하는 어둠, 빛은 멀고 삶의 의미를 잃은 날들은 이름마저 잃었다. 삶이 똑 고르게 밝기만 하겠는가. 또한 어둡기만 하겠는가. 터널은 끝이 있을 것이고 그 끝을 벗어나면 빛 앞에 서게 되리라는 희망을 버릴 수 없었다. 빛을 향해 가는 길에 거쳐야 할 어둠이라고 스스로를 위로하며 남자의 어깨를 자꾸 쓰다듬었다.

순천만이 떠오른다. 갯벌 사이 에스 라인의 굵은 획 하나, 일몰에 용암처럼 붉게 타는 물줄기다. 두 손을 모아 가득 뜨면 손가락 사이로 빠져나가는 물임에도 해지는 저녁이면 감탄을 자아내는 황금 줄기가 된다. 사람도 저녁 해를 받을 때

순천만의 물줄기처럼 아름다울 수 있다면 얼마나 좋을까. 짱뚱어와 온갖 갯벌 생물들이 어울려 살고 흑두루미와 노랑부리저어새 등 200여종의 조류가 찾아 드는 습지 사이로 묵묵히 흐르는 물줄기처럼 의연할 수 있다면 얼마나 좋을까. 가을을 넘기는 남자에게 인생길은 어두운 터널이다. 진정 순천만의 수로처럼 아름다운 저녁 시간이 될 수는 없는 것일까.

남자에게 영어 회화를 배우자고 했다. 일주일에 두 번 수업이 있는 구청 구민회관에 나가자고 했다. 미국 샌디에고에 둥지를 튼 딸을 찾아가려면 영어는 필요하니 함께 하자고 했다. 그가 응했다. 딸을 연인처럼 아끼고 사랑한 아빠였기에 결심할 수 있었으리라. 다행히 강의실 분위기는 화기애애했고 어설퍼하는 우리를 친구로 맞아 주었다. 학창시절에 배웠던 잠자는 영어를 깨워 접목시키며 재미를 느끼는 동안 1년이 훌쩍 지났다. 남자는 점차 사람들과의 관계가 원만해졌다. 알코올에 젖어 있는 시간은 점점 줄었다. 터널을 벗어나기 시작한 것이다.

인생의 가을은 바람이다. 지나갔는가 싶으면 또다시 찾아와 옷깃을 펄럭이게 한다. 걷잡을 수 없는 가슴앓이와 삶의 혼돈을 거쳐야하는 길목 바람, 생의 길에 숨어있는 터널이다. 유대경전 미드라쉬에서 솔로몬의 지혜로운 말'이 또한 지나가리라.'를 떠올린다. 괴로움도 즐거움도 지나가는 것, 삶은 흐름이다. 어두운 터널을 벗어난 남자가 온몸에 빛을 받는다. 눈빛은 순하고 어깨는 차분해졌다. 마라톤을 완주한 선수처럼 희망이 담긴 표정이 됐다. 한결 편안해진 남자의 삶이 수백년 된 나무처럼 의젓하고 아름답다. 비바람과 천둥 번개가 다시 올지라도 그는 흔들리지 않을 것이다. 34년을 함께 살아온 남편, 이 남자는 지금 빛 속에 있다.

거룩하거나
거룩하지 않거나

　　한 사람의 일생이 어떻게 흘러 왔는가는 그 사람의 현재를 보면 어느 정도 짐작할 수 있다. 흐르던 물의 방향을 180도 돌린 삶이 아니라면 거개는 현재의 모습에 지난날이 스며있다. 자신의 언행에 담겨있는 삶의 흔적은 여간해서 숨길 수 없고 쉽게 바뀌지지도 않는다. 세 살 버릇 여든 간다는 속담이 있듯 한 번 형성된 사고방식은 평생을 지니게 되는 경우가 허다하기 때문이다. 옳고 그름의 판단은 사람의 성품에 따라 차이가 있다. 간발의 차이로 태어난 쌍둥이조차 조금은 다른 삶을 살게 되는데 어떻게 세상 모든 사람이 한결같을 수 있겠는가. 그렇지만 삶이란 궁극적으로 거룩함을 향해 나아가는 것이라 할 수 있겠다.

　　2013년 3월, 266대 교황이 선출됐다. 가톨릭 2,000년 역사상 첫 예수회 교황이 탄생한 것이다. 전 세계 48개국 추기경 115명 가운데 아르헨티나 부에노스아이레스에서 태어난 새 교황은 '가난한 이를 위한 가난한 교회'가 되어야 한다는 사고를 지닌 매우 소박한 사람이다. 거룩하고 존경스러운 삶이 아닐 수 없다. 교황 선출 방식인 '콘클라베'는 투표권자 3분의 2의 지지를 받아야 한다. 결과에 실패하면

이 남자 | **김태실 수필**

교황청 시스티나 성당 굴뚝에 검은 연기가 피어오르고, 성공했을 때는 흰 연기를 피운다. 전 세계는 굴뚝에서 피어오르는 연기의 색에 집중한다. 교황이 선출되기까지 몇 달이 걸릴 때도 있지만 이번에는 이틀에 걸쳐 5번의 투표 끝에 흰 연기가 올랐다. 그만큼 어렵지 않게 선출할 수 있었다는 것은 새 교황의 인품과 신앙심의 믿음일 것이다.

프란치스코 교황이 탄생하는 순간 우리 집은 경사가 났다. 남편의 세례명이 프란치스코이기 때문이다. 교리 후 세례명을 고를 때 12세기 가난의 성자, 평화의 사도인 프란치스코 성인의 높은 영성을 따르겠다는 의도가 있었다. 꽃과 나무 동물들과도 교감을 이룬 성인의 청정한 삶을 본받겠다는 뜻이 있었다. 잡기에 밝고 매사 인간적인 고집을 주장하며 살아온 그의 삶은 거룩함과는 다소 거리가 있어 보였다. 허나 남편과 아버지의 자리를 지켜온 그의 삶이 곧 거룩함이 아닐까. 교황과 같은 이름인 남편과 깊은 중년의 삶을 함께 할 수 있다는 사실이 감사하다.

한국 가톨릭 역사상 처음으로 추기경에 서임된 김수환 추기경을 생각한다. 2009년에 선종한 그는 한국교회에 등대와 같은 분이었다. 가난하고 소외된 사람들의 울타리가 돼주고 사랑과 평화를 실천한 종교지도자였다. 모든 사람은 행복해야 한다고, 정치가들은 올바른 정치를 해야 한다고 일침을 놓는 가르침은 힘이 있었다. 생을 마감하면서 각막 기증으로 생명 나눔을 보여주며 떠난 삶, '사랑 하세요'를 가슴에 새겨준 횃불 같은 분이다. 추기경이 선종하자 마지막으로 그를 보기 위해 명동성당을 향해 이어지던 길고 긴 행렬을 잊지 못한다. 사람들의 가슴에 꿈과 희망의 메시지를 심어주고 떠난 그의 삶은 거룩했고 영원히 꺼지지 않는 불빛으로 살아 있다.

거룩하거나 그렇지 않거나 생은 이어진다. 본의 아니게 자신이 의도한 것과 다른 길을 걷는 경우도 있지만, 대부분 자신의 생을 운전하는 것은 본인이다. 주어진 삶을 어떻게 그려나가는가는 스스로 결정하게 된다. 후회하지 않을 생을 살아갈 수 있다면 복된 삶이다. 마음은 거룩하게 살고 싶은데 여건상 그렇지 못한 삶도 있다. 거룩한 삶을 살기 위해선 먼저 밝고 긍정적인 사고로 문제를 바라보아야 할 것이다. 그 삶을 본받으려 애쓰는 부단한 발걸음도 필요하다. 세상사람 모두가 거룩할 순 없지만 한 사람 한 사람이 그 길을 향해 나아간다면, 가족과 사회가 행복하고 세상이 밝아지지 않을까. 겸손한 마음으로 희망을 바라보게 하는 거룩한 삶은 세상을 비추는 한 줄기 빛이다.

고민1

꽃이 고민을 할까. 새들도 고민을 할까. 나무가 고민이 있긴 있는 걸까. 한낮에 의식하지 못하던 태양을 어둠이 내려앉는 일몰 지점에 확연히 볼 수 있듯이, 인생의 저녁 무렵에 접한 말 못할 사실 앞에 고민하고 있다. 그렇다면 꽃도 피워야할 때 피기 위해 고민할 것이고 새도 새끼를 보호하며 잘 키우기 위해 고민하겠구나 생각했다. 또한 나무는 나무대로 한 발짝도 움직일 수 없는 자리에서 물기 쪽으로 뿌리를 뻗으며 안간힘을 쓰는 고민이 있을 수 있겠다. 세상에 존재하는 것은 나름의 고민을 안고 살아간다는 것을 새삼스럽게 생각해 본다. 언제부턴가 슬그머니 생긴 고민은 내 의지로 어쩔 수 없어 더욱 고민하고 있다.

잠자는 모습이 곱다는 소리를 듣고 자랐다. 누울 때의 모습 그대로 아침에 눈을 떴었다. 별 뒤척임 없이 소리도 없이 자는 모습은 잠자는 숲속의 공주 같다는 소리를 듣기도 했다. 그랬던 모습이 언제부턴가 뒤척임이 심해지고 고명처럼 얹어진 코골이, 알리바바와 40인의 도둑들에서 두목의 잠버릇처럼은 아닐지라도 심각하게 변해가고 있다. 처음엔 조용하던 숨소리가 때론 전형적인 코골이 모양을 갖추기도 한다는 것이다. 입을 꼭 다물고 자는데도 코를 곤다는 사실을 믿을 수가 없다. 어떤 세월의 강을 건너왔기에 상상할 수 없는 잠버릇을 갖게 되었을까. 무의식에서 일어나는 일이라 더욱 고민스럽다.

모임에서 여행을 가면 며칠 동안 같은 방을 쓰는 경우가 있다. 2명이나 4명 혹은 6~7명이 한 방을 쓴 일도 있다. 그럴 때면 코고는 사람이 꼭 있다. 본인은 잘 자는데 다른 사람들을 잠 못 들게 하는 코골이는 다음 일정에 차질을 빚게 만들기도 한다. 주위 사람들에게 피해를 주는, 피하고 싶은 사람 중의 하나인 악역의 역량을 갖추게 되었다는 것이 믿어지지 않는다. 어느 날은 조용하다가 어느 날은 거친, 드러내 놓을 수 없는 잠버릇에 가슴앓이를 하고 있다. 어딘가 떠나야할 일이 생기면 가장 먼저 고민하는 것 중의 하나가 되었다.

프랑스 태생의 문학비평가인 가스통 바슐라르는 소음을 자연화 한다는 글을 〈공간의 시학〉에 발표했다. 나를 불편하게 하는 일체의 것에 대해 자연적인 것이라 생각하며 '아카시아 나무를 쪼고 있는 딱따구리' 소리를 상상한다는 것이다. 현실에서 접하는 다양한 소리를 자연의 소리라 상상하고 받아들일 수 있다면 얼마나 좋을까. 바람 부는 날 나뭇잎 몸 부비는 소리, 맑은 개울물 졸졸 흐르는 소리, 은방울 구르는 듯 지저귀는 청아한 새소리 등으로 상상할 수 있었으면 참으로 좋겠다. 상상이 안 될 때는 전등 스위치를 켜듯, 혹은 전기밥솥의 전원을 켜듯이 관자놀이를 지압함으로써 상상의 단계로 넘어가게 할 수는 없을까. 그러면 피해를 주거나 받는 일 없이 서로가 편안할 거라는 생각을 했다. 자연의 소리로 상상도 안 되고 의지적으로 고치려 노력해 볼 수도 없는 사실 앞에 고민만 하고 있다.

생리적으로 사람은 양성의 호르몬을 지니고 있다. 나이들수록 남성은 여성화 되고 여성은 남성화 되는 경향이 짙다. 기본적인 성은 변하지 않지만 여성이 남성화 되는 것은 여성호르몬 에스트로겐이 줄고 남성 호르몬 테스테론이 증가하여 일어나는 현상이다. 없었던 코골이가 생긴 것은 아마도 그 영향이 아닐까 생각한다. 특히 주부로서 관록이 붙을수록, 아줌마의 자리가 편안하게 느껴질수록 그런 현상은 자연스럽게 온다는데 코골이의 주범인 그 세월을 어떻게 보상 받아야 할까. 과거에는 '어린이는 나라의 기둥'이라고 했다. 요즘은 '아줌마는 나라의 기둥'이라고 한다. 나라의 기둥인 아줌마 자리를 내놓고 싶진 않지만 달갑지 않은 코골이 증상은 거부하고 싶다. 의식이 무의식을 바로 잡을 수 없다는 사실에 고민한다.

계곡을 흐르는 물의 속성은 한결같은 소리를 내며 아래로 아래로 흘러내린다. 인위적으로 물길을 바꾸지 않는 한 순리를 따르는 물의 진실이다. 봄에 앞 다투어 솟아 팔랑대다가 가을에 무심히 떨어져 나가는 나뭇잎, 세월이 흐를수록 몸을 키우며 나이테를 더하는 나무의 변화는 자연스러운 것이다. 자연의 일부인 사람이 깊은 아줌마의 시기에 숨소리가 거칠어지는 것이 자연스러운 현상이라면 받아들여야 하지 않을까. 세월은 가는데 언제까지 잠자는 숲속의 공주이길 바라겠는가. 다만 더 심해지지 않길 바랄뿐이다. 나와 함께 밤을 지내는 사람에게 큰 피해를 주지 않길 바라는 마음이다. 오늘도 무의식 속에 존재하는 코골이의 머리를 쓰다듬으며 말한다. "밤이야, 너도 자야지."

고민2

살아가면서 참으로 다양한 고민이 생긴다. 하나 해결 하면 바로 뒤따라 오는 또 다른 고민, 산 넘어 산이다. 사람이 한생을 살아가면서 어떻게 고민 없이 살겠냐만은 쓰레기를 치우듯 고민을 치우고, 치우기를 반복하면서 사는 것이 삶인가보다. 세찬 바람이 불어오면 세차게 돌고 가녀린 바람이 불어오면 잔잔히 도는 바람개비처럼 닥쳐오는 일에 몸을 맡기고 순리대로 흐를 수 있다면 무슨 걱정이겠는가. 큰 고민은 높은 산을 오른다 생각하고 작은 고민은 낮은 언덕을 오를 때처럼 가볍게 해결하면 좋을 텐데 순리대로 따를 수 없기에 더욱 고민스럽다. 지금 당면해 있는 사건이 그 어느 때보다도 큰 고민으로 느껴진다.

결혼하고 평범한 주부의 삶을 살아왔다. 자식을 낳아 키우고 유치원은 어디를 보낼까를 시작으로 초등학교에 입학해선 적응을 잘하기를, 질풍노도 같은 사춘기를 잘 건널 수 있기를 염려하며 지켜보았다. 이제 혼인을 시키고 나니 딸이 새 생명을 잉태했다는 기쁨과 함께 날아온 절체절명의 사건 앞에 맞닥뜨렸다. '아기가 태어나면 누가 볼 것이냐' 란 제목이다. 맞벌이 하는 신혼부부의 어려운 생활을 감안할 때 부모가 나서서 도와주면 그처럼 좋은 일은 없다. 시댁은 강원도이니 천상 친정에서 돌봐야 할 상황이다. 손자 손녀를 키우는 일이 과거엔 당연했지만 요즘엔 조부모도 자신의 삶을 존중받아야 한다는 시대이다. 중년 이후의 삶을 투자해서 손자를 키워 주어야 하느냐, 아니면 자녀의 일은 자녀에게 맡기고 황혼의 삶을 즐겁게 사느냐하는 기로에 서있다.

웬만한 고민은 주로 혼자 해결한다. 좀처럼 다른 사람에게 속내를 털어놓지 않는 타입이지만 새 생명이 탄생하면 할머니로서 어떻게 해야 하는지에 대한 문제만큼은 혼자 해결하기가 어렵게 느껴졌다. 친숙한 사람을 만나거나 모임에 나가서 다른 사람들은 어떻게 하고 있는지, 어떤 결정을 내려야 하는지 의견을 듣곤 했다. 생각보다 해결책도 다양하고 이런 일로 고민하는 사람들이 많다는 것을 알았다. 말을 꺼내기가 무섭게 "봐줘야겠네요, 봐주세요." 하는 사람이 있는가 하면 "봐주긴 뭘 봐줘요. 안 봐주는게 좋아요."하는 사람이 있다. 어느 장단에 춤을 춰야할지 몰라 고민스럽다.

과거 한국의 주부들은 결혼과 함께 남편과 자녀 뒷바라지에 혼신의 힘을 다했다. 시집과 친정의 가족관계에서 헤엄치고 살다보면 젊음은 훌쩍 지나간다. 희생적인 삶이었던 시절, 자신의 꿈은 형편에 묶여 꾹꾹 눌러야만 했다. 이제 세월은 흘러 100세 시대에 접어들었고 뒤늦게 날개를 펴 행복을 만끽하는 사람이 많아졌다. 한 번뿐인 삶, 자신을 사랑하고 스스로 기쁜 삶을 사는 것이 필요하다는 시대다. 그런 뜻에 뒤늦게 합류했다. 그렇기에 더욱 고민하고 있다. 그나마 나를 위해 열어 놓았던 시간을 차단하고 딸의 어머니로, 손자의 할머니로 내 힘을 보태 주어야 하는가 하는 문제로 잠이 오지 않는다.

아기가 주는 기쁨은 아무도 대신할 수 없다는 그녀는 적극적으로 봐주기를 권한다. 자식을 혼인 시키고 덩그러니 남은 부부가 웃을 일이 없었는데 손자가 있으니 사람 사는 집 같다는 것이다. 아예 자식들과 같이 살기 시작했고 북적대는 집안이 좋다고 한다. 그렇게 되면 외출이 어렵고 잡히는 것 아니냐는 반문에 "사람은 원래 잡히는 것 아니에요?" 한다. 아기를 보느냐 마느냐로 고민하던 내게 일격을 가한 한마디였다. 눈을 반짝이며 웃음을 머금은 그녀의 얼굴은 정말 행복해 보였다. 이 세상에 가족만큼 소중한 것은 없고, 가족의 행복이 나의 행복이라는 그녀의 지론은 참으로 타당하다.

아기를 봐주면 자신의 인생은 끝이라는 또 다른 그녀는 절대 봐주지 말라고 한다. 좋은 마음으로 시작했다가 관계가 악화되는 경우가 대부분이고 억매여 있다 보니 스트레스가 쌓여 우울증이 생기기도 하고 빨리 늙는다는 것이다. 형편상 봐줄 수밖에 없는 어떤 할머니는 여러 가지 상황이 그녀를 괴롭혀 혼자 소리 내어 울곤 한다는 것이다. 자식 키우고 남편 뒷바라지 했으면 됐지 언제까지 매여 사느냐고 한다. 그만큼 고생하고 살아온 스스로에게 이제 즐길 수 있는 기회를 주어야 한다는 것이다. 손자 손녀는 말할 수 없이 예쁘고 사랑스럽지만, 힘든 가운데서도 엄마가 직접 자식을 키울 수 있는 기회를 주는 것도 좋은 일이라는 것이다.

45대 미국 대통령 버락 오바마와 컴퓨터 황제 빌 게이츠, 노벨상을 수상한 퀴리 부인의 딸 등은 모두 조부모가 교육하거나 키웠다. 조선 중기의 대학자 이황도 손자 안도를 교육시켰다. 부모는 자녀에게 욕심을 갖는데 비해 조부모는 여유를 갖고 사랑으로 양육하기에 좋다고 한다. 반면에 법륜스님은 아이가 생기면 여자로서의 권리보다 엄마로서의 의무가 먼저라고 한다. 손자 손녀를 봐주는 일은 엄마로부터 사랑받을 권리를 빼앗는 것이며 '엄마'라는 존재는 낳아준 의미보다 '길러준 존재'라는 것이다. 양 갈래 길에서 고민하고 있다. 커다란 산이다. 한 발 두 발 걸어올라 산을 넘을 것이냐, 말 것이냐의 명제 앞에 서성인다. 과연 어떤 결정을 해야 후회하지 않을 현명한 답이 될까. 새 생명이 탄생하기 전까지 조금 더 고민해 봐야 할 것 같다.

봄비

하늘이 잔뜩 흐리다. 무언가 한바탕 쏟아질 듯한 잿빛이다. 이내 희뿌연 하늘에서 비가 내린다. 봄이면 바람 든 무처럼 이유 없이 마음이 공허한 내게 봄비는 슬픔을 일으켜 세운다. 한없는 우울에 빠져 들게 한다. 특히 봄비가 내릴 때면 만날 수 없는 별리의 아픔이 되살아난다. 사별은 영원히 아물지 않는 슬픔이다. 오래전 희망 가득한 봄이 하늘 무너져 내리는 절망이었다. 사랑하는 사람을 보내고 허망함에 허덕일 때 눈물처럼 비가 내렸다. 봄비는 슬픔이다.

한동안 삶의 의미를 잃어버린 상실감 속에 살았다. 허물어진 마음으로 허공을 날아 다니 듯 허우적허우적 헤맸다. 육신의 고향 어머니를 사별한 봄이다. 어머니의 부재는 그동안 얼마나 포근한 삶이었는지를 깨닫게 해 주었고, 어머니 없는 사람들의 외로움을 짐작하게 했다. 어머니를 흙 속에 묻고 돌아오자 비가 내렸다. 비를 따라 하염없이 눈물을 흘렸고 마음이 추워서 울었다. 봄비가 한 번 두 번 내릴 때마다 산천은 푸릇푸릇 생기가 도는데 생명의 근원을 잃어버린 내겐 혹독한 한기만 휘감아 돌았다. 죽을 듯 마음을 앓았다. 그해 피어나는 꽃을 보지 못하고

이 남자 | **김태실 수필**

봄을 보냈다. 어머니 기일이 있는 봄이 돌아오면 여전히 마음을 앓는다. 그 위에 눈물처럼 비가 내린다.

어느 해 봄에 허덕지덕 또 하나의 혈육을 잃었다. 불혹의 나이를 넘기며 찾아온 병마에 시달리다가 세상을 떠난 언니를 기억한다. 봄은 살아나는 계절이면서 소멸하는 계절이기도 하다. 일제히 쏟아져 나오는 연둣빛 싹과 피어나는 꽃을 막을 수 없듯이 대책 없이 우리 곁을 떠나는 정든 사람의 죽음도 막을 수가 없다. 사별의 아픔이 하도 커 삶의 의욕이 사라지는 나의 봄에 유난히 비가 잦은 것은 왜일까. 이별의 아픔을 딛고 새싹들의 생성에서 힘을 얻으라는 뜻일까. 아니면 허허로운 마음에 대신 눈물을 흘려주는 것일까. 겨울장막을 한 겹 한 겹 벗겨내어 생기 돌게 하는 봄비를 언제쯤이면 반가운 시선으로 바라 볼 수 있게 될지 모르겠다. 봄비는 마음속에 숨어있는 슬픈 기억을 끌어내 나를 눈물짓게 만든다.

2010년 봄은 유독 잔인했다. 서해 백령도부근에서 해군 104명을 태운 초계정 천안함이 두 동강나는 참사가 벌어졌다. 58명은 구조 되었지만 46명은 함미와 함께 바다 속으로 가라앉았다. 아들이요 남편이요 아버지인 수병들이 한 순간 죽음의 길로 들어섰다. 봄빛이 가득해야 할 3월에 몇 차례의 폭설이 내리는가하면 하루 이틀 참았다가도 이내 잔뜩 찌푸린 하늘에서 비 내리기를 자주 한다. 잦은 봄비에 하늘 무너지는 가족들의 슬픔은 얼마나 깊으랴. 방송이나 신문지면을 보며 실종자 가족들의 마음이 되어 눈물을 흘리면서도 도울 수 없는 막막한 봄이다. 상실의 아픔에 몸부림치는 가족들의 눈물처럼 비가 내린다.

봄비가 내린다. 지울 수 없는 슬픔의 무게로 내리는 잿빛 눈물이다. 때맞춰 함께 수학하던 문우가 세상을 떠났다는 연락을 받았다. 문병을 갔을 때 창백하게 웃던 그녀의 미소와 손을 잡고 온정을 나눴던 기억이 살아나 가슴이 먹먹하다. 꽃잎 지듯 숨 내리는 이는 자신이 주인공이었던 영화의 막을 내리는 것이리라. 눈물처럼 비 내리는 밤에 그녀의 명복을 빌었다. 정든 사람을 보낼 적마다 내 마음의 슬픔은 깊어진다. 언젠가 사람들에게 전해질 나의 죽음도 바람결에 연락 한 줄기처럼 흘러갈 것이다. 떠날 때를 생각해서 열심히 좋은 마음으로 살자는 의지가 더욱 굳어지는 비 내리는 봄이다.

산골, 그 향긋한 그리움

자연은 마음을 평화롭게 한다. 산 바다 들판 어느 곳에 있든 행복해지는 것은 사람이 자연의 일부이기에 그럴 것이다. 매일 별다른 일없이 한결같은 일상에서 느끼는 염증으로 온몸이 뒤틀릴 때 복잡한 도시를 떠났다. 삶의 활력소가 되어 정신을 맑게 해 주는 곳이다. 자연 속에 들어섰을 때 느끼는 자유로움은 무엇과도 바꿀 수 없는 선물이다. 가슴 깊이 들이마시는 공기에는 청정함이 묻어있다. 그런 곳에서 흙과 더불어 살아가는 사람이 있다. 아담한 집을 짓고 자연과 벗하며 지내는 향기로운 사람의 산골 생활이다.

농사 지으며 지내는 남편의 사촌 누님 내외의 전화를 받았다. 꼭 한번 다녀가라는 전화를 받고 남편과 함께 2박 3일의 계획으로 그 곳을 향했다. 안동에서도 산 속으로 한참을 들어가 집이 몇 채 안 되는 작은 동네 녹전면 사신리에 있는 형님 집은, 앞면이 환하게 열리고 병풍처럼 3면이 산으로 감싸여 있었다. 아늑했다. 남편의 사촌 매형은 건축가이다. 50년 동안 집을 지어온 건축가 설계하고 직접 지은 집은 생활하기에 매우 편리했다. 아주버님은 아궁이에 장작불을 지펴 찜질방을 달궈놓고 형님은 다양한 나물반찬을 준비하고 우리를 기다렸다. 오랜만의 해후에 뛸 듯이 기뻐하는 순수한 아주버님 내외가 참으로 고맙고 반가웠다. 깊은 산골 뜨끈뜨끈한 찜질방에 밤늦도록 이야기꽃을 피웠다.

청명한 새들의 지저귐에 눈을 떴다. 고요히 새벽이 열리고 촉촉한 이슬을 머금은 흙과 나무들이 생기로 가득 찬 산골의 아침이다. 일어나자마자 형님과 같이 산에 올랐다. 해발 300m정도의 산을 향해 숲길을 걸으며 대화를 나누었다. 도마뱀과 두꺼비 무당벌레들이 집 가까이 다가오고 고라니가 집주위로 내려오면 형님은 대화를 하듯 말을 한다고 한다. 장작 쌓아 놓은 곳 귀퉁이 구멍 속에 두꺼비가 살고 있다고 했다. 하루는 두꺼비가 졸졸 따라 다니기에 '너 혼자는 외로우니까 짝을 찾아 식구를 만들어라' 했더니 얼마 후에 새끼 두꺼비를 발견할 수 있었다고 한다. 파충류나 양서류 또는 곤충과 포유류까지도 친구로 지내는 형님의 심성은 아침 이슬처럼 맑고 투명했다.

한 해 농사를 시작하기 바로 전이지만 한시도 태만하지 않는 부지런한 부부다. 아주버님이 농기구 사용법을 가르쳐 준대로 남편은 집 앞에 있는 1,700평 밭의 흙을 갈아엎고 형님과 나는 인절미를 만들 준비를 했다. 아궁이에 장작불을 피우고 가마솥 위에 한 아름도 더되는 큰 시루를 얹으며 아주버님은 건축가답게 수평을 잡았다. 시루 수평을 잡는 모습을 보면서 매사 흐트러짐 없는 치밀한 성품을 발견할 수 있었다. 쌀가루를 반죽하여 가마솥과 시루 사이를 감싼 후 찹쌀을 씻어 앉히고, 떡쌀이 고슬고슬하게 쪄질 동안 아주버님이 빚은 동동주를 마셨다. 대쪽같이 성실한 부부의 농사법에 품질 좋은 곡식이 생산되었다. 그 찹쌀로 만든 술은 맛이 일품이었다. 향긋한 술처럼 향기로운 사람들과 타닥타닥 타오르는 아궁이 불을 바라보며 나누는 정담은 더없는 행복이었다.

깨끗하고 넓은 앞마당에 떡판과 떡메가 준비되었다. 시루에서 고슬하게 쪄진 찹쌀을 떡판에 덜어냈다. 처음엔 살살 다지다가 어느 정도 찰기가 엉기면 힘 있게 내리쳐야 한다. 쌀 알갱이가 형체를 잃어 큰 찹쌀 덩어리가 되기까지는 많은 힘이 필요하다. 진흙 덩어리에 몸의 무게를 실어 발뒤꿈치로 다지고 다진 흙으로 도자기를 만들듯이, 주걱으로 수없이 뒤집어가며 떡메로 친 찹쌀떡 덩어리로 인절미를 만든다. 잘 쳐진 덩어리를 고소한 콩가루 위에 놓고 평평하게 폈다. 콩가루를 묻혀 둥근 접시로 잘라 인절미 형태가 된 말랑한 떡을 먹으니 떡을 칠 때의 힘겨움이 순식간에 사라졌다. 신기하고 재미있었다. 한두 번 쳐본 나보다는 거의 도맡아 친 남편과 형님의 보람이 더욱 클 것이라 생각했다. 아주버님은 장작불 때는 담당과 떡치는 모습을 보며 재미있는 이야기로 감독을 하셨다. 산골 앞마당에 정다운 사람들이 만든 맛있는 떡 향기가 그득했다.

밭농사와 논농사를 4천 300평정도 지으면서도 집 주위에는 갖가지 꽃나무와 온갖 과실나무가 심겨져 있다. 봄은 봄대로 피어나고 가을은 가을대로 물들어 열매 익는 식물원 같은 곳이다. 한여름 거실에서 넓은 유리창을 통해 밖을 보면 밭에서 꿩이 놀고 있는 것을 영화처럼 볼 수 있는 집, 비나 눈이 내릴 때면 그대로 영화 세트장이 되는 곳이다. 4계절이 아름다운 곳에서 형님부부는 영화 속 주인공이 되어 살고 있었다. 돌아오는 길에 친정 부모님처럼 농산물을 바리바리 싸주는 정 깊은 마음을 안고 왔다. 햇살과 맑은 공기와 더불어 살고 있어 심성이 그리 맑은 것일까. 오늘도 흙을 어루만지고 있을 형님 내외의 순박한 모습이 떠오른다. 도심의 집으로 돌아와서 더욱 마음이 기울어지는 곳, 그 향긋한 산골이 그립다.

나를 잊지 마세요

자물쇠의 역할은 무언가를 지키는 것이다. 귀중품이 담긴 금고를 지키고 외출할 때 집을 지키고 여행가방의 물건을 지킨다. 자물쇠를 사용해 마음 편히 일상생활을 할 수 있으니 그것은 믿음이고 신뢰며 행복이다. 때론 사랑을 지키는 말 없는 징표가 되기도 한다. 언제부턴가 마음에 꽃피운 사랑을 자물쇠에 담는 것이 연인들의 약속처럼 되었다. 사랑이 영원하길 바라며 자물쇠를 상징으로 내세웠고 그 열풍은 전 세계적으로 번져갔다. 각국에서 일정한 장소에 매달린 자물쇠의 무게는 엄청나지만 좀처럼 사라지지 않는 문화로 자리매김했다. 자물쇠는 낮이나 밤이나 비오거나 바람 불거나 변함없이 매달려 잠글 때의 따뜻한 마음을 기억한다. 그 가슴에는 사랑이 담겼다.

하늘공원 넓은 억새밭 한쪽에 기하학 구조로 서있는 전망대가 있다. 그 곳에 가려면 미로 같은 억새길을 따라 걸어야 한다. 사람 키보다 큰 억새가 바람에 쓸리며 부르는 노래, 그 노래를 들으며 걸으면 정겨운 사랑이 피어난다. 햇살에 반짝이는 억새꽃을 보며 걸을 때 사람들의 마음에는 평화로운 사랑이 가득하고 구름이 드리운 날에도 그곳에선 사랑이 꽃처럼 핀다. 하늘공원의 억새밭길, 평화로워서 행복한 그 길을 걸어 전망대에 올랐다. 그곳에 자물쇠가 줄줄이 걸려 있다. 약속이다. 사철 비바람 맞으며 연인들의 사랑을 꿋꿋이 지키고 있다. 누가 맨 처음 이곳에 자물쇠를 매달았을까. 용기 있는 연인의 마음이 대자보처럼 매달리고 나서 하나 둘 늘어난 사랑의 언약, 자물쇠는 그 마음을 소중히 간직하고 있다.

체코 프라하에서 사랑의 자물쇠가 매달린 곳을 갔었다. 카를브릿지 건너편 베니스지구에 가면 물레방아가 보이는 지점에 사랑의 징표들이 빽빽이 달려 있다. 한 연인이 시작하여 수천수만 쌍의 연인들이 채운 사랑의 징표, 자물쇠를 채우고 수로에 열쇠를 던짐으로 영원한 사랑을 맹세했을 것이다. 자물쇠는 푸른 하늘을 배경으로 연인들의 사랑을 간직하고 고고히 매달려 있었다. 한글이름이 적혀 있는 자물쇠도 보았다. 어느 나라 사람이나 사랑의 징표를 남기고 싶어 하는 연인들의 마음은 똑같다는 생각을 했다. 여행 온 각국의 많은 사람들이 매달았을 자물쇠는 '나를 잊지 마세요.'라고 말하면서 연인의 마음을 굳세게 지키고 있었다. 이국에서 만난 물레방아가 마음을 한결 평화롭게 하던 그곳은 사랑 가득한 자물쇠의 천국이다.

서울의 중심 남산에도 수많은 징표들이 있다. N타워 옆 전망대 철망에는 자물쇠가 수북이 매달려 있고 커다란 트리는 시간이 지날수록 배가 불러간다. 연인들은 그곳을 거닐면서 사랑의 자물쇠 하나쯤은 매달아야 할 것 같은 충동을 느끼는 가보다. 작고 깜찍한 자물쇠를 비롯해 자전거 자물쇠와 오토바이 자물쇠도 있다. 함께 달려있는 메시지를 보면 연인과 부부가 나누는 사랑의 메시지가 대부분이

이 남자 | 김태실 수필

다. 자신의 마음을 표시해 놓은 이곳에 올 적마다 추억을 되새기고 새롭게 매달린 사연들을 확인하는 재미로 사람들의 발길은 끊이지 않는다. 자물쇠를 채운 수많은 사람들의 소망이 영원하길 빌었다. 바람이 불어도 꿈쩍하지 않는 그 꿋꿋함으로 사랑을 지켜주길 기원했다.

사랑의 자물쇠를 매다는 풍습은 이탈리아의 소설에서 비롯되었다. 페데리코 모치아의 「너를 원해(I want you)」에서 '다리 가로등에 자물쇠를 걸고 열쇠를 강물로 던지면 영원히 헤어지지 않는다'는 입소문이 나면서부터였다. 출간 이후 로마나 피렌체를 비롯해 세계 주요 도시로 번져 나갔다. 파리 라르슈베세 다리, 쾰른의 다리, 피렌체의 다리 등은 자물쇠의 무게로 인해 위험에 처할 정도로 심각하다. 헝가리 러시아 일본 중국 우르과이 폴란드 등 각국의 많은 사람들이 사랑에 열광하고 그 징표인 자물쇠에 영원성을 부여하고 있다. 사는 곳은 달라도 사랑하는 사람들의 마음은 하나인가보다. 한번 잠그면 다시는 열지 않기에 어쩌면 그들의 사랑은 영원하다 할 수 있겠다. 자물쇠에 마음을 담아 일정한 장소에 매단 사람들의 기억은 지워지지 않는 표시가 되어 서로의 가슴에 살아 있을 것이다. 자물쇠는 지금도 물망초의 꽃말처럼 자신의 자리에서 사랑을 지키고 있다.

비

비는 물이다. 자연의 질서에 순응하며 때가 되면 흰 뼈를 드러내는 물일 뿐이다. 그 비에 울고 웃는 것은 사람이다. 젖기도 하고 마르기도 하면서 삶에 깊이 관여시킨다. 갈증에 타는 사람에게 물 한 잔이 생수가 되듯, 목마름으로 가슴이 쩍쩍 갈라지는 대지에 내리는 비는 생명수다. 비는 사람들에게 한숨을 짓게 만들기도 하면서 슬픔에 젖어 우는 사람의 친구가 되기도 한다. 지구의 생성 이래 수수만년 이어져온 비는 삶의 희노애락이다. 앞으로도 우리의 삶과 함께 할 비에게 21세기 초입에 고마운 마음을 전한다.

나무들이 우거졌다. 성하의 계절, 푸름이 짙게 배어 있는 무성한 잎 사이로 목소리 고운 새가 나무타기를 한다. 이 가지에서 저 가지로 날아다니며 듣기 좋은 노래를 한다. 작은 몸으로 청명하고 경쾌한 노래를 쉼없이 부른다. 나무가 우거지고 푸르러 새는 기분이 좋다. 비 덕분이다. 비가 아니었으면 이렇게 좋은 놀이터를 만나지 못했을 것이다. 비의 두드림으로 이파리는 건강해지고 빗소리를 들으며 잎맥 하나하나의 성장판이 깨어나 잎을 키웠다. 비가 뿌리와 접선했다. 아낌없

이 남자 | 김태실 수필

이 스스로를 내어주어 수액을 풍성하게 했다. 나무에는 비의 흰 뼈가 녹아 있다. 나무를 보며 비에게 감사한다.

지인이 감자 한 박스를 보내왔다. 실하다. 흙에 덮여 자란 감자가 비의 격려를 받고 포실한 맛이 들었다. 땅 속에 묻혔어도 적당한 빗물로 목을 축였나보다. 쪄내면 잘 벗겨질 것 같은 껍질을 두르고 둥글둥글하니 잘 생겼다. 비의 덕이다. 잎과 줄기를 타고 내린 비의 사랑이 감자를 키웠다. 어머니의 젖을 먹고 생글거리며 자라는 아기처럼 바수어진 비의 양분을 먹고 감자가 컸다. 알맞게 쪄서 후후 불며 감자를 먹는다. 행복하다. 이 행복은 비가 준 행복이다. 보이지 않는 곳에 묻혀있어도 골고루 생명수를 먹여주며 키운 비의 덕분이다.

단비가 내렸다. 흥건해진 논에 모내기를 한다. 벼이삭이 패는 시기엔 더 많은 물이 필요하다. 이삭이 패고 벼가 여물어 맛좋은 쌀이 되기 위해선 알맞은 비가 내려야 한다. 비는 모 줄기를 타고 흘러 논물을 유지해 주며 목마르지 않게 한다. 큰 몫이다. 알곡으로 밥을 짓는다. 구수한 냄새가 맛있다. 알차게 영글어 고개 숙인 벼처럼 그 쌀을 먹고 사는 나도 세월이 지날수록 벼이삭같이 겸손해질 수 있기를 바래본다. 세월이 가도 변함없이 낟알을 키울 비의 수고가 고맙다.

젖고 있다. 건물도 길도 호수도 젖는다. 내리는 비를 맞으며 소녀가 걷고 있다. 비에 흠뻑 젖었다. 비를 피할 우산도 없이 빗속을 걷는 소녀는 지금 울고 있는지 모른다. 마음이 아파서 생각이 슬퍼서 울면서 비를 맞는지 모른다. 세상의 모든 것이 비로 인해 자라고 알이 차듯이, 지금은 젖지만 언젠간 마음이 보송보송 마르게 될 날이 있으리라. 비에 젖는 시간은 성장의 시간이다. 깊은 고뇌가 지나고 나면 마음의 눈이 밝아지듯 훗날 빛나는 열매 하나를 가슴에 품게 될 날이 있으리라. 마음의 깊이를 키워주는 고마운 비다.

사시사철 때때로 내리는 비는 누군가에겐 기쁨이 되고 어떤 사람에게는 슬픔이기도 하다. 자연의 법칙에 의해 내리지만 맞아들이는 사람들의 마음에 따라 다른 것이다. 나무와 열매와 곡식을 키우는 고마운 비이면서 때론 삶에 피해를 입혀 아픔을 주기도 한다. 인간의 삶과 함께 해온 비와 사람들과의 사연이 참으로 다양하지만 나는 고마운 마음으로 기억하고 싶다. 슬픔을 주기도 하면서 기쁨과 행복을 주는 일이 더 많기 때문이다. 창문에 부딪쳐 흘러내리는 빗물을 본다. 창밖의 사물이 형체가 선명하지 않은 수채화로 보인다. 차분한 평화로움이 가슴을 가득 채운다. 그것은 마음의 슬픔이 마르는 것이요 잊지 못할 사연들이 위로 받는 것이다. 비가 만들어준 힘이다.

마장에서

봄에서 여름으로 넘어갈 시기면 맥을 못 춘다. 때맞춰 식사를 해도, 수면을 취해도 기운이 없다. 봄을 타는가 보다. 거기에 육신의 계절은 짙은 가을로 걸어 들어가고 있기에 봄 타는 것 이상으로 가을을 타고 있다. 한발 한발 가을색이 짙어질 때마다 한여름 뙤약볕에 식물잎사귀 늘어지듯이 의욕마저 척척 늘어져 버리곤 한다. 계절도 봄, 여름, 가을, 겨울로 나뉘어져 있으니 시기에서 시기로 넘어갈 때면 자리를 내어주고 넘겨받으며 이렇게 힘들어 하는지 모르겠다. 올해도 힘겨워 하고 있을 때 마장에서 사진가회 월례회의를 하게 되었다. 한 회원이 소유하고 있는 마장은 나무가 우거진 숲에 둘러싸여 있었다. 텃밭에 채소와 열매가 자라고 미끈한 세 마리의 말이 착한 눈을 끔벅이는 곳에서 생기를 찾을 수 있었다. 마장에서의 하루는 행복했다.

회의 시간보다 일찍 마장에 도착한 우리의 관심은 온통 말에 집중되었다. 제주도에서 말을 타고 사진을 찍어보긴 했지만 키가 큰 말을 가까이서 보니 중압감이 왔다. 주인은 안장을 얹고 긴 가죽장화와 모자를 내어 주며 타보라고 권했다. 무서울 것 없다고 안심시키며 타는 요령을 알려주어도 누구도 선뜻 나서지 않는다. 한참을 망설이다 한 사람씩 용기를 내어 타보게 되었다. 말등에 올라타니 2층 높이로 시야가 탁 트였고 얌전히 걸을 수 있는 방법대로 줄을 잡자 말은 똑똑하게 알아차렸다. 그렇게 열댓 명의 회원을 차례로 태우고 울타리가 둘러진 마장을 몇 바퀴씩 걸어주었다. 말도 달리고 싶을 텐데 걷게만 해서 미안했다. 얼마든지 더 타라는 권유에 두 번째 올라타니 말이 살짝살짝 뛰어주었다. 걷기만 할 때와는 또 다르게 신이 났고 자연스런 일체감으로 하나가 되어 달려보았다. 회원들은 셔터 누르기에 바빴고 나는 마치 애마부인이라도 된 듯한 느낌이었다. 승마는 운동량이 많은 종목 중 하나다. 말에서 내려 그 순한 눈을 보고 목덜미를 쓰다듬으며 고마운 마음을 전했다.

인간은 자연의 일부다. 그래서 그런지 나무가 우거진 곳이나 너른 들판에 서면 가슴 밑바닥에서부터 이름 지을 수 없는 만족이 솟아오른다. 평화라 하기도 하고 행복이라 할 수도 있겠다. 마장의 밭에는 주인의 손길이 고스란히 배어 있었다. 탱탱한 진보라색 가지와 푸르고 붉은 어린 토마토가 감탄을 자아내게 했고 상추와 근대, 갖가지 꽃나무들이 노래하듯 싱싱하게 웃고 있었다. 한쪽에 피어있는 장미꽃은 이미 지고 있었고 꽃잎을 건드리기만 해도 바닥에 우수수 떨어져 내렸다. 절친한 회원 마르첼라가 장미 꽃잎을 양손에 가득 따서 내 머리위로 높이 뿌려 꽃비를 만들었다. 다른 회원에게 카메라에 그 순간을 담으라 하고 우리는 몇 번을 반복했다. 흙바닥은 연분홍 꽃잎으로 가득했다. 만개해 지고 있던 장미꽃은 우리를 위해 기꺼이 비가 되어 주었다. 지칠 줄 모르는 그녀 덕분에 꽃잎 비를 실컷 맞

이 남자 | 김태실 수필

으며 내 마음은 붉은 혈색을 찾았다.

그녀가 나를 이끌고 간 곳은 텃밭 옆 과수원으로 이어진 앵두나무길이었다. 통통한 앵두가 다닥다닥 붙어있었다. 열 개 정도를 한입에 넣고 꾹 짜내면 달콤한 앵두즙이 입안 가득했다. 씨는 차례로 뱉어내면서 누가 멀리가나 시합을 했다. 마치 아담과 하와가 에덴동산에서 아무 거리낌 없이 열매를 따먹었던 원죄 이전의 모습처럼 그녀와 나는 짝이 되어 자연 속을 누볐다. 몸 내부는 물론 몸 바깥에서 순환하여 다른 개미들의 몸 안으로 들어가 자신이 느낀 것을 남도 똑같이 느끼도록 하는 페로몬처럼 그녀의 적극적이고 활달한 성격이 내게 전해져 기운이 났다. 삶에 생기를 불어 넣어주는 친구가 곁에 있다는 것이 얼마나 힘이 나는 일인지 실감한 날이다.

매일 똑같이 주어지는 24시간이지만 사람마다 느끼는 감성의 길이는 다르다. 길게 느껴지거나 짧게 느껴지는 그 느낌들이 삶의 즐거움이 많으냐 적으냐에 따라 결정되기도 한다. 마장의 자연은 푸릇푸릇 생기가 돌고 주름살 없는 탱글탱글한 열매를 매달아 기운을 잃고 시들해가던 내게 독감을 이겨내듯 청량한 약이 되어 주었다. 더불어 살아가는 관계의 중요성이 내재하고 있음을 깨닫는 시간이었다. 작가 제임스 조이스는 하루에 몇 천 장의 소설을 써냈다고 한다. 그럴 정도의 의욕은 아니더라도 잃었던 기운을 찾고 신이 나서 돌아올 수 있었음에 감사한 마음이다. 의욕도 의욕으로만 끝나지 않고 좋은 결과를 낳을 수 있도록 하기에는 밝은 생기가 있어야 하기 때문이다. 자연이 계절과 계절사이를 자연스럽게 넘기듯이 육신의 또 다른 시기를 지혜롭게 받아 안을 수 있을 것 같다.

Part 03

허무주의자의 고백

허무주의자의 고백

사람이 지니고 있는 성향은 서로 다르다. 한결같지 않은 성향으로 다툼이 일어나기도 한다. '내가 이러하니 너도 이러해라.' 한다고 해서 그렇게 되지 않듯이 '네가 그러하니 나도 그러하겠다.' 한다고 되는 일이 아니다. 행여 '그리 살아 보리라.' 결심한다 해도 얼마간 견딘 후엔 밤이 지나 아침이 오듯 다시 제자리로 돌아오고 마는 것이 성향이다. 다른 사람의 삶을 살 수 없는 자신만의 독특한 기질을 가지고 있기 때문이다. 태어난 환경과 자라온 상황이 '나'를 만드는 경우가 허다하다. 길들여지고 젖어든 일상은 벗어 버릴 수 없는 자신의 성향이 된다. 그렇게 자리 잡은 허무주의가 나를 키웠다.

평범한 가정의 막내로 태어난 내 자리는 일곱 번째다. 맏이의 권위를 세울 수도 없고 중간 세대의 자유분방한 삶으로 나갈 수도 없었다. 가족이 모여 의논을 해도 막내의 의견은 물거품처럼 사라지기 일쑤다. 강력한 주장을 펴 봐도 귀여운 몸짓으로 주저 앉고 만다. 처음엔 왜 그런지 이해가 되지 않았다. 나를 몰라준다고 억울해 하기도 했다. 주장을 펼쳐야 영향도 없고 가만히 있어도 집안은 정해진 뜻에

100 　　　　　　　　　　　　　　　　　　　　　　이 남자 | **김태실 수필**

따라 흘러갔다. 20년 차이가 나는 큰오빠와 큰언니의 의견이 발휘될 때가 허다했다. 그 사실을 깨달은 후부터 고집부릴 이유를 없애고 '이 자리가 내 자리'려니 하고 살아가게 되었다. 앞에 나서지 않고 뒤에서 박수치는 일이 당연하게 길들여졌다. 허무주의 성향이 삶의 주축이 되었다.

필연으로 만난 한 남자와 가정을 이루고 새로운 삶을 시작하였다. 그와의 관계는 끝없는 줄다리기다. 다양하게 열린 잡기에 젖어 사는 그의 삶을 가정으로 끌어들이려 노력했다. 적어도 주인공으로의 삶에 주인공으로 살고 싶었다. 그러나 참으로 안 되는 일이었다. 노력만으로 되지 않는 일이 있다는 것을 알게 되었다. 남자는 자신의 뜻대로 살아왔던 기락을 버리지 못했다. 수십 년 함께 살면서 여러 잔가지들을 매달고 밑동 굵게 남아있는 그의 알코올사랑 앞에 손을 들지 않을 수 없다. 굵은 동아줄이 가는 새끼줄로 바뀌도록 줄다리기는 계속되었지만 쓸데없는 일이라는 것을 알게 되었다. 별짓을 다해도 '되지 않더라'라는 수없는 허무를 반복하면서 지냈다. 결국 오늘까지 나를 살린 건 그 허무다.

절망은 없다고 부르짖기 전에 절망은 있다고 인정해야 하는 일이 있다. 피 땀 흘려 이룩했던 꿈들이 한순간에 사라지는 자연의 위력 앞에 인간은 아무것도 아니었다. 대항도 못하고 묻히는 광경에 인간의 삶은 무엇인가 묻는다. 9.0규모의 대지진과 10m높이의 쓰나미가 달려든 일본 동부지방을 보며 내 허무는 극에 달했다. 수마의 속력은 600km, 달려오는 물 폭탄을 피하기 위해 죽을힘을 다해 달리던 사람의 모습이 잊혀 지지 않는다. 수마의 손아귀에 맥없이 휩쓸린 그는 아무리 뛰어도 살아날 수 없는 상황이었다. 한순간 그렇게 사라질 운명이라면 목숨 걸고 아등바등 살아야 할 일이 무엇인가. 내 얼굴을 스치는 바람은 수억 년 전에 존재하던 사람들의 머리칼을 흩트리고 흘러 온 바람일 것이다. 나를 스친 바람은 또다시 수억 년을 흘러 누군가의 손등에 잠시 머물다 떠날 것이다.

피하려 해도 피할 수 없는 힘 앞에 인간은 한 닢 나뭇잎과도 같다. 속수무책으로 당할 수밖에 없는 것이 인생인지도 모른다. '이 세상이 아무리 비극적이고 환멸스러운 것들로 가득 차 있다 해도 용기를 갖고 맞서야 한다.'는 헤밍웨이의 말은 무엇을 뜻하는가. 대항하고 도전해도 이길 수 없는 싸움을 언제까지 해야 하는가. '시지프의 신화'를 기억한다. 신들을 모멸했다는 죄로 무거운 바위를 산꼭대기로 밀어 올리는 형벌을 받은 그가 굴러떨어지길 반복하는 바위를 묵묵히 밀어 올리는 자세를 생각한다. 의미를 찾을 수 없는 그 일에 온 정신을 쏟는 그의 모습은 비극 속에서도 희망을 향한 도전이라 할 수 있겠다. 부조리한 인생에 인간이 어떻게 맞서야 하는가를 알려주는 가르침일 수 있겠다. 과연, 주어진 현실을 운명이라 받아들이고 고뇌를 기쁨으로 바꾸면 고통이 사라지게 될까. 나는 오늘도 어제와 같이 바위를 산꼭대기로 밀어 올리고 있다.

화려한 등극

매미가 오선지처럼 길게 운다. 그 오선지에 새들의 지저귐이 악보가 되어 조롱조롱하다. 장단을 맞추는 높고 낮은 노랫소리 가득한 여름, 심장까지 오싹한 겨울을 떠올린다. 얼음 눈을 뚫고 노란 얼굴을 보여주는 복수초의 기다림이 저리 힘들었을까. 살을 찢는 고통을 견디며 이파리를 솟아내는 봄 나무의 고통이 저리 힘들까. 오랫동안 잊고 살았던 탄생의 관문 앞에서 가슴 떨리는 숙연함에 젖어들었다. 죽을 만큼의 수고가 동반하는 길, 엄마가 되기 위한 딸의 첫 출산을 지켜보면서 생명 탄생의 신비로움에 빠졌다.

중복을 하루 앞둔 날 기다리던 신호가 왔다. 아이를 낳으려면 하늘이 노래져야 한다는 말에 아플만큼 견딘 딸이 문자를 보내 왔다. 언제나 초비상으로 안테나를 세우고 있던 남편과 나는 딸과 사위를 태우고 산부인과에 갔다. 한밤중, 가족분만실에서 밀물처럼 달려오는 고통에 몸부림치는 딸을 지켜봐야만 했다. 손을 잡아주는 일밖에 아무 도움을 줄 수 없는 상황은 참으로 안타깝기만 했다. 하나의 생명을 탄생시키기 위해 고스란히 받아야하는 진통이다. 사위의 손을 잡고 호흡을 조절하는 딸은 몸이 부서지는 아픔에 항복하고 만다. 분초로 밀려드는 고통을 견디던 7월 22일 새벽, 자궁 밖으로 빠져나온 생명은 40주 동안 머물렀던 거처를 떠나이 세상에 왔다. 땀과 눈물, 혈을 쏟고 나서야 얻은 귀한 생명이다.

　강보에 싸인 새 생명의 얼굴을 마주한 순간, 우리는 감격했다. 뽀얀 피부에 뚜렷한 이목구비, 초음파 흑백사진으로만 보던 생명을 현실에 마주한 기쁨은 표현할 길이 없었다. 산악인이 목표한 산 정상에 올랐을 때의 기쁨이 이럴까. 울트라 마라토너가 몇날 며칠 자신과 싸우며 멀고 먼 길을 완주했을 때의 기쁨이 이럴까. 아빠 엄마가 되게 하고 할아버지 할머니를 만드는 신비한 탄생 앞에 감사함이 솟구쳤다. 위대한 엄마를 만든 거룩한 탄생이다. 죽을 만큼의 고통과 맞바꾼 새 생명을 품에 안은 딸의 눈에 눈물이 흐른다. 3.3킬로그램의 무게를 가슴에 느끼며 고맙다고, 잘 왔다고 환영하는 내 가슴에도 기쁨의 눈물이 흘렀다.

　딸이 출산한 날 산부인과 분만실에선 연거푸 아기가 태어났다. 밤을 뜬눈으로 밝히며 기다리는 사람들에게 아기 울음소리는 곧 출생소식이다. 몇 시간, 몇 분 간격으로 태어난 그들은 신생아실에 나란히 누웠다. 이 세상에서 동년배로 살아갈 친구들이다. 같은 날 영국 왕세손빈도 아기를 출산했다. 윌리엄 왕세손과 케이트 왕세손빈의 아들 조지 알렉산더 루이스(George Alexander Louis)가 태어난 것이다. 세계는 순간순간 무수한 생명이 탄생하며 종족이 이어지고 가문이 이어진다. 태중에 머물던 시간을 벗어나 세상에 태어나는 생명은 삶을 선물 받으며 인생길을 출발한다. 화려한 등극이다.

　2012년 우리나라의 합계 출산율은 1.19명으로 OECD 회원국 중 최하위다. 아

이 남자 | 김태실 수필

기 울음소리를 듣기 힘든 저출산 시대, 지자체들이 저마다 출산장려를 위해 혜택을 주며 문제를 해결하고 있다. 보건소에 등록된 5개월(20주)이상의 임산부에게 분만 후 한 달까지 철분제를 지원해 주는 것이나, 배우자가 출산을 한 경우 남성 근로자는 3일간의 휴가를 받는 일 등은 딸과 사위가 직접 받은 혜택이다. 또한 출생신고를 함과 동시에 출산 축하금이 매달 지급된다는 사실이 신기하게 느껴졌다. 출산에 대한 경제적 정신적 부담을 국가와 사회가 지원하여 자녀 양육에 대한 부담을 줄이고, 일과 가정을 양립할 수 있게 환경을 조성하고자 노력하는 현실이 다행스럽다. 생명 탄생은 한발 더 복지국가로 나아가게 하는 원동력이다.

33년 전 경상도 영주에서 직장생활을 하던 남편이 수원으로 발령을 받았다. 남편을 따라 낯선 수원에 도착한 만삭의 산모는 산부인과를 알아봐야 했다. 당시 수원은 남문(팔달문)이 가장 중심이었다. 옆집 애기엄마가 자신이 출산했다는 남문 근처 병원을 알려 주었고, 남편과 나는 위치를 파악해 놓았다. 첫 출산을 앞둔 두려움과 아무도 아는 사람이 없는 도시에서의 외로움에 떨어야 했던 때, 남편은 가장 큰 아군이었다. 진통을 시작하고 참을 만큼 참은 다음, 남편과 함께 병원을 향했다. 보도블록을 지날 때 흔들리던 차안에서의 아픔은 아무것도 아니었다. 난생 처음 겪어야하는 진통은 정신마저 혼미하게 할 정도였고 첫 출산의 안도는 그동안의 고통을 한순간에 잠재웠다. 여자에서 엄마로 등극한 것이다.

우리나라의 인구정책은 일정기간마다 바뀌었다. 생기는 대로 낳던 시대에서 둘만 낳자 한명도 많다 하더니, 이제 낳고 싶은 대로 낳으라고 한다. 진정 아이 낳기 좋은 세상이 온걸까. 현재는 셋째 넷째 다섯째가 태어날 때마다 다양한 혜택을 주고 축하금과 양육지원금도 준다. 소중한 분신, 자식의 탄생은 우리를 변화 시키고 그 변화는 세상을 좋은 방향으로 나아가게 하는 긍정의 빛이다. 그럼에도 불구하고 지금 우리는 저출산 문제로 고심하고 있다. 자신의 능력을 발휘하는 싱글이 많아졌고, 부부들도 자녀를 많이 낳지 않기 때문이다. 이유 중의 하나는 자녀양육이다. 육아걱정 없는 세상이 되면 자연히 저 출산문제는 해결이 되지 않을까. 생명 탄생의 기쁨을 누리는 부부가 많아져 모두가 행복하기를 바라는 마음이다. 매미 울음소리가 한 뼘 더 길어진 한여름, 아기들은 하루가 다르게 여물어 간다.

이 남자 | **김태실 수필**

낫

기역자로 굽은 연장, 낫을 쓸 일이 없었다. 태어난 곳은 천안이지만 여섯 살 때 부모님을 따라 서울로 이사와 평생을 수도권에서 살았기에 낫을 만질 기회도 없었다. 날카롭고 보기만 해도 섬뜩한 낫을 가까이할 생각은 더욱 없었다. 낫으로 곡식을 베고 풀을 베며 삶이 이어졌다는 것은 책에서 발견했고, 농사짓는 사람에게 꼭 필요한 연장이란 정도만 알고 있었다. 그런 연장을 어느 순간 손에 쥐고 사용하게 됐다. 산소의 풀을 베기에 없어서 안 될 물건이 되었다. 요즘 제초기로 잠깐 만에 풀을 다 베기도 하지만 낫처럼 정겨운 연장이 없다는 생각을 한다. 풀을 베어 멀끔하게 만들면서도 내면에 숨겨진 날카로움으로 미련 두지 않고 끊는 단호함이 숨어있다.

남편과 결혼하기 오래전, 시아버지가 돌아가셨다. 군복무 중에 아버지의 죽음을 맞은 그는 강인한 정신력으로 하사관을 마치고 제대했다. 홀로 남은 어머니를 떠나 경상도 영주에서 직장생활을 하던 그와 중매 반 연애 반으로 혼인을 하고 보니 시어머니는 낫을 잘 다루는 사람이었다. 19세기 초에 함경도에서 태어난 어머니는 밭을 일구는 선수 같았고 주위에 돋아난 풀은 어머니에 의해 말끔히 정리 되었다. 특히 시아버지 산소에 가면 손수 낫을 들고 풀을 베었다. 낫 사용이 서툰 내게는 호미를 사용하게 했다. 풀을 뽑으며 어머니의 현란한 낫질을 바라봤다. 풀은 맥없이 잘려나갔다.

몸속에 암 덩어리를 떼어냈어도 시어머니는 돌아가셨다. 시아버지와 합장을 한 묘는 산소지기에 의해 손질되었다. 남편과 나는 해마다 한식인 봄과, 가을 추석에 찾아가 말끔히 단장된 산소를 부모님 대하듯 인사했다. 어머니가 쓰시던 낫을 보관하고 있지만 손에 잡을 일은 없다. 땀방울을 흘리며 산소의 풀을 베던 시어머니의 수고를 알지 못했다. 다만 어머니와 얼굴을 마주하며 같이 식사를 하고 함께 나누던 이야기가 생생한데 흙속에 묻혀 있다는 사실이 믿어지지 않았다. 세상은 여전히 존재하는데 부모님만 없다는 사실이 막막한 허무를 불러왔다. 한 번 가면 다시 볼 수 없는 이별은 낫이 풀을 잘라낼 때의 단호함 같아 삶의 의미를 묻게 만들었다.

찾아갈 때마다 산소는 깨끗했다. 산소지기에 의해 잘 관리 되는 줄 알았다. 만나지 않고 통장으로 수고의 값을 보내는 것으로 우리의 할 일을 다 한다고 생각했다. 가족들은 연도를 바치고 식사를 하고 부모님 집 앞마당에서 산새소리를 들으며 잠시 쉬었다 오곤 했다. 어느 해인가. 우리와 얼굴을 마주하고 계약했던 산소지기는 몇 년 전에 세상을 떠나고 그의 아들이 산소를 다듬고 있다는 소리를 들었다. 성묘를 마치고 돌아올 때면 산소지기의 집에 들러 인사를 했는데 그는 늘 출타 중이고 그의 아들과 인사를 나누곤 했었다. 낫이 베어낸 풀처럼 죽음이 끊어낸 그는 다시 오지 못하는 먼 곳으로 출타를 했던 것이다.

몇 년 동안 잘 관리되던 산소는 갑자기 풀이 수북했다. 산소지기 집을 찾아가 알아보니 다듬을 곳이 너무나 많아 미처 준비를 못했다는 것이다. 성묘를 마치고 가면 바로 벌초를 하겠다고 산소지기의 어머니가 말했다. 그런 줄 알았다. 벌초하는 수고비는 꼬박꼬박 통장으로 입금했다. 한식과 추석에 찾아가보면 어떤 때는 손질이 돼 있고 어떤 때는 버려진 산소 같았다. 그 때부터 남편과 나는 낫을 들었다. 수북한 풀을 한 줌 한 줌 베어내며 어려웠던 일과 행복했던 일들을 속으로 말씀 드렸다. 말끔해진 묘를 보면 흘린 땀방울만큼이나 보람 있고 부모님이 더욱 그리워졌다. 산소지기의 아들마저 세상을 떠나 더 이상 산소를 관리할 수 없게 된 일이 우리에겐 낫을 들 기회가 돼 주었다.

인류의 농경생활이 시작되면서 낫이 생겼다. 풀을 베고 곡식을 베어 내는 역할은 오랜 세월이 흘러도 바뀌지 않았다. 끊어낸 곡식으로 만들어진 음식은 수세기를 거치며 사람을 살게 했고 날카로운 모양에 비해 생명을 살리는 고마운 도구다. 할아버지가 쓰던 낫을 아버지가 쓰고, 아버지가 쓰던 낫을 아들이 쓰면서 대를 잇는다. 어설펐던 낫질이 능숙해지고 능숙했던 낫질에 힘이 빠질 때 낫은 알았으리라. 함께 했던 시간을 마무리해야 할 때라는 것을. 선조가 떠나면 대를 이어 후세가 낫을 잡고 삶을 이어갔다. 사람과 같이 나이를 먹는 낫, 닳고 닳아 쓸모가 없어지면 죽음과 함께 사라지는 사람처럼 그렇게 없어진다. 미련 없이 떠나는 삶이다.

'낫 놓고 기역자도 모른다'는 속담이 있다. 지금 세대가 기역은 알고 낫을 모르는 것은 아닐까. 대대손손 생명을 이어준 낫의 역할은 점차 사라져가고 농기계 사용이 늘었기 때문이다. 빠르게 많은 일을 해내는 농기계가 편리하긴 하지만 낫의 정겨움은 따라가지 못한다. 논의 벼 한줌 수확하는 일은 생명을 살리는 것이고, 산소의 풀 한줌 베어내는 것은 부모님을 만나는 일이다. 풀숲에 가려진 산소를 낫으로 다듬으며 그동안 있었던 일들을 마음으로 이야기 하면 마치 가까이서 부모님이 듣고 있다는 생각이 든다. 새삼 가족이 더욱 소중하게 느껴지는 벌초, 말끔히 단장한 산소는 환하게 웃는 부모님의 모습처럼 반갑다. 나는 기쁘게 낫을 든다. 더 이상 낫을 사용하지 못할 때까지 어머니가 사용하던 그 낫을 잡을 것이다.

이 남자 | 김태실 수필

춤과 흥

사람들은 나름대로 지니고 있는 흥이 있다. 즐거워 절로 노래를 부르거나 춤을 추고 싶어지는 마음의 상태인 흥은 사람의 기질이기도 하다. 사람의 행동양식의 바탕이 되는 기질은 자신이 하고 싶은 일을 할 때 가장 잘 드러난다. 스포츠 같은 동적인 면에 흥이 나서 기적적인 힘을 발휘하기도 하고, 하루 종일 지치지 않고 책을 읽거나 수를 놓는 기질로 흥을 살려내기도 한다. 흥이 없이 어떤 일을 행한다는 것은 고행이나 다름없다. 그러나 아무리 어려운 일이라도 흥에 차우쳐 해나간다면 쉽고 즐겁게 이뤄나갈 수 있게 된다. 이러한 흥은 누구나 갖고 있으며 어느 곳에서나 드러나게 마련이다. 사람과 사람과의 만남, 자연과의 만남, 예술과의 만남, 흥과의 만남… 이 모든 만남이 우리의 일생이라 해도 과언이 아닐 것이다. 어떤 이는 평생을 흥과 함께하는 만남으로 살아가기도 한다. 온 몸을 바쳐 쏟아내는 열정이 사람을 살아가게 하고 인간 사회에서 자신을 드러내는 표지가 되어 살게 한다.

48년 동안 국악의 길을 걸어온 무형문화재를 만났다. 전남 지방 문화재인 유영

애님과의 만남은 예고 없이 이루어졌다. 사진예술회 사진가 모임이 강원도 횡성군 안흥의 전원주택에서 있었을 때 거주하는 주인의 배려로 근처를 지나가던 그녀와 연락이 되어 만날 수 있었다. 국립극장에서나 만나야 하는 그녀를 청바지 차림의 벙거지 모자 눌러쓴 모습으로 만날 수 있었던 것은 행운이라고 할 수 있겠다. 고수 김창만님의 장단에 맞춰 즉석에서 뽑아내는 소리는 국악인의 파열된 목에서 솟아나는 열창이었다. 준비되지 않은 즉석 무대임에도 온몸으로 부르는 혼의 무대는 참석한 사진인들의 마음을 사로잡았다. 그녀는 가슴 속에서 창의 가락을 쏟아냈지만 내 속에서는 눈물이 솟았다. 겉으로 드러나는 차림이나 장소는 중요하지 않았다. 국악과 함께 혼연 일체로 살아온 그녀와의 만남은 흥에 겨운 무형문화재의 삶을 느껴본 특별한 만남이었다.

동인들과 촬영을 다니며 부족한 운동을 해결하고 있는 나는 흥이 나서 하는 이런 일들이 건강을 지켜 주고 있다고 생각한다. 제법 묵직한 장비를 메거나 들고 먼 길을 걷는다는 것은 흥이 없이는 어려운 일이기 때문이다. 정동진을 들린 후 주문진 항에 갔던 날이었다. '치아에 붙지 않는 민속엿'이라고 쓴 현수막이 작은 마차에 걸려 있고 엿판 주위에서 몇 사람이 춤을 추고 있었다. 크게 퍼지는 트로트 메들리는 가던 길을 멈추고 구경하던 사람들까지 합세하여 덩실거리게 했다. 처음엔 3~4명이 추던 춤이 한사람, 한사람 늘어나더니 제법 큰 춤판이 벌어졌다. 빙 둘러 구경하는 사람들의 어깨를 들썩이게 하는 흥은 한국인의 기질을 보는 듯했다. 구경하다 흥이 나면 춤판에 끼어들어 남을 의식하지 않고 춤을 추는 모습은 보는 사람으로 하여금 미소 짓게 했다. 한참을 바라보고 서있던 나도 마음으로 덩실덩실 춤을 추었다.

　가깝게 지내는 분의 칠순 잔치에 갔었다. 신앙생활을 모범되게 해왔으며 중령으로 제대 한 주인공은 오랫동안 성당 총회장을 역임했고 현재 노인대학 학장으로 활동하고 있는 분이다. 많은 축하객이 큰 뷔페 홀을 가득 채운 것을 봐서 잘 살아왔다는 것을 알 수 있었다. 가족 인사를 하고 축하 무대로 이어진 잔치는 흥겨웠고 어느 정도 음식을 취한 하객들은 향연에 참여했다. 1남 4녀 중 맏딸이 얼마 전 남편을 잃은 상황에서 주인공인 아버지와 춤을 추며 흥을 돋웠다. 딸은 아버지와 열심히 춤을 추는데 그 모습을 바라보는 사람들은 맏딸이 가여워 눈물을 흘렸다. 춤과 흥은 기쁨만이 아니라 또 다른 슬픔이기도 했다. 하객으로 참석한 나도 '열정'을 열정적으로 부르며 막춤이지만 열심히 추었다. 기쁘게 놀아주는 것이 축하하는 마음의 표시가 될 것 같아서였다.

　흥의 종류는 참으로 많다. 사람 성격만큼이나 다양한 흥은 가지각색으로 드러난다. 이 사람은 할 수 없는 일을 저 사람은 재미있어 하거나 숫기가 없어 사람들 앞에 나서기를 좋아하지 않는 사람이 있는가 하면, 사람들 앞에만 서면 씩씩해지는 사람도 있다. 하루 종일 집안을 쓸고 닦아 반들반들 윤이 나게 하는 것을 재미있어 하는 사람이 있는가 하면 들로 산으로 휘이휘이 다니는 것을 좋아하는 사람도 있다. 일생을 흥이 나서 살아가는 사람들은 얼마나 즐거울까. 우리의 삶이 만남의 연속이지만 무엇보다도 흥과의 만남은 가장 특별한 만남이 될 것이다. 이 세상은 자신이 가지 못하는 길을 가는 사람에 대한 경이로움으로 가득 차 있다고 해도 과언이 아니다. 브라질 카니발은 춤과 흥으로 유명한 축제다. 공작 깃털로 장

식한 화려한 무대 의상을 입고 수백만 명의 인파가 모여 삼바 리듬에 맞춰 춤을 춘다. 해마다 2월에 펼쳐지는 축제는 참가자들의 춤추는 모습과 보는 사람들의 마음이 하나가 되어 흥겹다. 축제처럼 우리의 삶이 흥과 함께 살아갈 수 있기를 바라는 마음 가득하다.

너를 위한 노래

내면에 켜켜이 쌓아 올린 성을 무너뜨리는 일은 얼마나 힘이 들까. 평생 타협 없이 고집으로 세운 자존감은 자신을 지탱시키는 힘이다. 그 아성이 무너지면 스스로 죽는 것이라 할 수 밖에 없는 사람, 정이 흐르는 인간관계를 느끼지 못했던 사람이 변하기 위해선 용기가 필요하다. 가족 간의 관계를 회복하기 위해 진심을 드러내고 사람과 사람 사이에 굳건히 서있던 불통이 소통으로 변하는 과정을 보여주는 영화 '송 포 유 (Song for you)'는 노부부가 주인공이다. 삶에 대해 하나하나 배워가는 청소년처럼 백발의 노인이 비로소 마음 여는 방법을 배운다. 닫힌 상대의 마음을 열기 위해선 진심을 보여주어야 한다는 진리를 실천에 옮기며 새로운 삶으로 건너간다. 인간관계에서 해결하지 못할 일은 없다는 깨달음을 보여준다.

영국에서 만든 영화 '송 포 유'의 원제목은 '송 포 메리언(song for Marion)'이다. 아내 메리언을 위한 노래라는 뜻이다. 불치의 병으로 죽음을 앞둔 아내 메리언이 주민센타 노인 음악교실에서 합창대회를 위해 열심히 노래한다. 고집스럽고 괴

팍한 남편 아서는 아내를 사랑하지만 아내와 엮인 모든 사람들을 배척한다. 병이 깊은 아내가 힘들까봐 노래도 하지 말라고 권고하지만 죽는 날까지 노래를 하며 친구들과 즐겁게 살고 싶어 하는 아내의 뜻을 꺾지 못한다. "나에겐 내일이 없을 수도 있잖아"라는 아내의 말에 아서는 결국 메리언을 휠체어에 태워 못마땅해 하던 합창단 연습에 데려다 준다. 몸은 비록 늙었지만 노래 할 때만은 소년 소녀처럼 행복해 한다. 아서는 연금술사 합창단원들의 경쾌한 노래를 창밖에서 들으며 남모르게 따라 부르기도 한다.

하루는 합창 연습 중에 메리언이 쓰러진다. 죽음이 가깝다는 소식을 병원에서 듣게 되지만 노래에 대한 메리언의 열정을 가라앉히지는 못한다. 합창대회 오디션에서 록큰롤, 랩 등을 멋지게 소화해내고 메리언의 솔로 '트루컬러'는 남편 아서를 감동하게 한다. 마음은 감동하지만 표현하지 못하는 아서를 보며 과거 한국의 남성상을 보는 듯했다. 죽음이 멀지 않은 아내에게 잘했다고, 수고했다고 칭찬 한마디 할 수 없었을까. 어쩌면 그 말은 평생을 뻣뻣하고 까칠하게 살아온 그에게 허락되지 않은 말일지도 모른다. 예선을 통과하고 본선을 향해 하루하루 즐겁게 연습하던 메리언은 어느 날 밤, 남편 아서의 품에서 생을 마감한다. 유일하게 소통하던 아내가 죽자 쏟아내는 아서의 외마디 절규는 절규 그 이상이다. 그나마 아내의 다독임으로 못마땅하던 아들 제임스를 봐왔는데 메리언이 떠나자 아들과의 관계를 끊는다. 아버지에게서 단 한 번도 칭찬 받지 못했던 아들은 아들대로 마음의 문을 닫는다. 다만 어린 손녀가 끄나풀이 되어줄 뿐이다.

아서는 메리언이 죽은 뒤에도 합창단 교실 벽에 기대어 노래를 들으며 외로움을 달랜다. 죽기 전에 합창단원이 되어 줄 것을 부탁했던 메리언과 선생님인 엘리자베스의 권유로 마지못해 합창단에 참여해 함께 연습을 하게 된다. 아들 제임스와의 갈등을 아는 엘리자베스가 닫힌 사람의 마음을 열기 위해선 진심을 보여줘야 한다고 말하며 아들에게 진심으로 다가가길 권한다. 까칠한 성격의 아서가 아들을 찾아가 자신의 진심을 열어 보여주나 아들은 받아들이지 않는다. 난생처음 자신을 내려놓고 낮은 자세로 아들에게 사과를 했으나 받아들여지지 않자 크게 절망한다. 아버지와 아들의 부정적 관계, 사람과 사람간의 엉켜있는 관계는 하루아침에 풀어질 수는 없지만 상대의 진심이 보여지는 순간 실마리는 해결을 시작하게 된다.

새도우 국제 합창대회에 출전한 연금술사 합창단은 복장이 대회 성격상 맞지 않는다고 지적을 받지만 아서의 고집으로 황당하게 무대에 서게 된다. 합창단은 그동안 갈고 닦은 노래 실력을 유감없이 발휘하고 아내 메리언을 위한 아서의 독창은 심사위원을 비롯한 모든 참가자에게 감동을 준다. 나이가 많다고 사랑까지 늙었으랴. 백발의 노인이지만 죽은 아내를 그리워하며 부르는 노래는 모두의 가슴에 절절한 감동을 느끼게 한다. 심금을 울리는 노래가 끝나자 기립박수를 받고 관계가 좋지 않던 아들도 열렬히 박수를 치며 아버지를 축하한다. 아버지와 아들의 관계가 화해되는 순간이다. 연금술사 합창단은 국제 합창대회에서 3등의 트로피를 받았고 그 기쁨을 서로 나누며 영화는 막을 내린다.

'송 포 유'는 나이 든 삶을 어떻게 살아야 할지 알게 하는 영화다. 솔트 엔 페파의 'Let's Talk About Sex'를 마치 동요처럼 천진난만하게 부르는 그들에게 섹스는 이미 초월한 문이다. 로봇춤, 헤비메탈 락, 랩까지 다양한 음악을 들려주는 그들은 생의 바다 끝에서 아무 벽 없이 세상과 소통하는 방법을 보여 준다. 대나무 같이 꼿꼿한 외고집이 사람과 사람 사이의 따뜻한 정을 느끼며 사는 일에 무슨 도움을 준단 말인가. 21세기를 살아가는 지금, 자신이 하고 싶은 특기나 취미를 즐기며 그 안에서 몸과 마음을 치유하는 삶이 진정한 행복이 아닐까. 세상을 떠나는 순간 까지 기쁘고 즐겁게 친구들과 어울리며 합창단원으로 활동했던 메리언처럼 하고 싶은 일을 즐기는 행복한 노후가 필요하다. 우리의 삶은 그리 길지 않다. 가슴으 로만 사랑하지 말고 표현을 해야 한다. 고맙고 감사하다고, 사랑한다고.

이 남자 | **김태실 수필**

흔들리며 다가오는
성숙의 눈동자

아침에 눈을 떴다. 가까이에서 청명한 새소리가 기분 좋은 아침을 열어 주고 있다. 회색구름이 내려앉은 하늘 끄트머리에는 마른 북어 찢어놓은 듯한 엷은 구름결 사이로 산뜻한 옥빛이 보이고 바람은 한기를 느낄 정도로 선선하다. 가을이 왔나보다. 입추와 말복이 지나도 더위가 기승을 부리더니 처서를 지나자 드디어 가을이 왔나보다. 지난여름은 유난히 뜨거웠었다. 음력 칠월 뒤에 윤칠월이 바짝 붙어 있어서 그런지, 아니면 봄이 두 번 있는 쌍춘년이라 그런지 다른 해보다 여름의 열기가 강렬했었다. 아침이 오면 밤이 물러나고 가을이 오면 더위가 사라지듯이 순리란 거스를 수 없는 자연의 법칙임을 느껴보는 가을 아침이다.

'가을엔 편지를 하겠어요. 누구라도 그대가 되어 받아 주세요…' 가곡 같은 유행가 가사가 생각난다. 누구라도 그대가 되어 주기를 바라는 가을은 사람의 마음을 쓸쓸하게 만드는 주범이다. 질풍노도 같은 시간을 지내고 잔잔한 수면에 나무그림자 살짝 흔들리는 때 찾아오는 외로움, 가을은 누군가 그리운 계절이다. 청초한 코스모스가 바람에 흔들릴 때 한없이 높고 푸른 하늘이 지긋이 바라보아 주듯이 누군가의 시선에 머무르고 있었을 때를 회상할 수 있는 계절이다. 감성이 우묵하게 들어갈 정도로 깊어져서 누구나 싯귀를 떠올리며 시인의 마음이 되어 보는 문학의 계절이기도 하다. 때론 바다 같은 가을 하늘에 풍덩 빠져들듯 그리움의 바다에서 허우적대는 어쩔 수 없는 계절이기도 하다. 마음에서 일어나는 동요는 거스를 수 없는 순리로 우리를 성장시키고 있다.

가을은 깨달음을 얻는 계절이다. 유대교 일화에 방탕한 청년이 있었는데 악마가 다가와 유혹했다. 너를 내게 팔면 세상의 온갖 영화와 쾌락을 주겠다고 하자 그 청년은 자신의 영혼을 팔았다. 술과 노름, 여자에 빠져 사는 청년은 많은 죄를 저질렀다. 그의 어머니가 악마를 찾아가 자식을 놓아달라고 말하자 저울 한쪽에 수북한 아들의 잘못을 이겨야 놓아주겠다고 했다. 어머니는 자신의 살 일부를 잘라 올려놓았지만 저울은 꿈쩍하지 않았다. 다리와 팔을 올려놓아도 자식의 죄를 이길만한 무게는 아니었다. 마지막으로 어머니의 심장을 올려놓자 저울의 무게가 어머니 쪽으로 기울었다고 한다. 청년은 영혼을 찾았지만 어머니를 잃었다. 그제야 정신을 차린 청년이 피 눈물 나는 후회를 했다는 운명적인 이야기에서 깨달음을 얻는다. 나와 연관되어 있는 모든 사람이 내겐 스승이요 친구요 어머니이기에 그들을 위한 제단에 감사의 제사를 올린다.

가을은 풍요롭다. 곡식의 낱알이 따가운 태양빛에 영글어 고개 숙이고 영근 열매들 속에 내재되어있는 겸손을 발견했을 때 떠지는 눈, 성숙의 눈이다. 늘 전화 통화를 주고받으며 가끔 한 번씩 만나던 중학 동창 삼총사와 미술선생님을 찾아 뵈었다. 철없던 중학생 시절 아버지 같았던 선생님과의 만남은 35년 전의 일을 어

이 남자 | 김태실 수필

제 일처럼 선명하게 펼쳐 주었다. 대학에서 미술학부장을 맡고 계신 선생님은 중진작가로 미술학계에서 존경받는 분이 되셨다. 흰 머리칼이 유난히 빛나고 광채 나는 눈빛에 온화함을 곁들인 선생님의 모습에서 중후한 분위기가 감돌았다. 하늘같던 선생님과의 나이 차이가 열세 살 뿐이었다는데 새삼 놀라며 어느덧 중년으로 접어든 우리는 세월이 흘렀음을 실감했다. 한결 가깝게 느껴지는 선생님과 그동안 간직해온 추억을 짚어보면서 행복한 가을의 한 페이지를 그린 날, 그 몇 시간은 풍성한 곡식을 창고에 가득 쌓은 농부의 마음이 되어 살게 할 것이다.

겨울을 준비하는 계절 가을은 곳간에 양식을 들여야 하는 때다. 깨달음으로 얻은 지혜의 양식을 들이고 농부의 가을걷이 못지않게 중요한 영혼의 식량을 비축하는 때이다. 황량한 벌판의 고독에서도 꽃을 피울 수 있는 성숙의 눈동자를 여는 때이기도 하다. 아직 매미소리 길게 들리는 여름의 잔재가 남아있지만 가을은 왔다. 가을이기에 더욱 귀 기울여지는 귀뚜라미 소리에 마음을 실어 본다. 누군가를 그립게 하는 계절에 그리운 사람을 그리워하는 심안이 일어서고 있다. 풍요의 몸으로 달려오는 가을의 심장에 귀를 대고 저박저박 걸어오는 추억을 듣는다. 이미 익을 대로 익은 내 인생의 가을이 붉은 석류처럼 정겹다. 그 석류알 틈새로 반짝이는 길이 나있다. 초연히 걸어야 할 길이다.

기다리는 마음

사람들은 자신에게 다가올 앞날을 기다린다. 가슴에 꿈을 품고 그 꿈이 꽃필 날을 기다린다. 온갖 어려움을 이기고 자신을 준비하는 기다림의 시기는 겨울 속의 나무가 봄날을 기다리는 것과 같다. 매서운 바람에 휘둘리면서도 희망 가득한 봄이 있기에 기다림은 아름답다. 기다림 끝에 이루어지는 만남은 달콤하다. 잘 익은 열매 한 알이 입 안 가득 행복을 안겨 주듯이 만남은 기쁨이다. 누군가와의 만남을 기다린다는 것은 그리움이 배어 있다. 어제보다 나은 내일을 위해 기다림의 나무를 키운다. 설레는 마음으로 기다리는 삶, 우리는 기다림 속에 살고 있다.

해마다 기다림을 갖는 때가 있다. 특별한 만남을 준비하는 때이기도 하다. 성탄절이 오기 전 한 달 동안, 대림절에는 각별히 마음 방을 청소한다. 한겨울의 한파가 기승을 부려도 마음에 매달린 고드름은 녹여내는 시기다. 내면에 숨어있는 양심의 방을 샅샅이 살펴 먼지를 털어내고 껌처럼 붙어있는 잘못을 떼어내며 마음 방을 정결하게 준비한다. 짙은 보라, 연보라, 분홍, 흰색의 대림초에 주일마다 차례로 불을 밝힌다. 한 주에 하나씩 촛불이 늘어나 점점 밝아지듯이 아기 예수를

이 남자 | 김태실 수필

만나는 날은 점점 가까워진다. 대림절 막바지에 4개의 초에 전부 불을 밝히게 되면 만남이 임박했다. 며칠 남지 않은 그분 만나는 날, 깨끗하고 기쁜 마음으로 내 인생의 새해는 다시 시작된다. 이천 년이 넘게 지속되어온 이 기다림은 앞으로도 끊임없이 이어질 것이며, 사람들의 삶을 행복으로 인도하는 길이 되어 줄 것이다.

단 둘인 자매가 만날 날을 기다린다. 대학원에 다니는 둘째 딸이 대학원생들과 함께 일주일간 미국에 간다. 그 곳에서 회사를 견학하며 경영에 관한 지식을 쌓은 과정이다. 마침 샌디에이고에서 간호사로 근무하고 있는 언니를 만날 계획을 세웠다. 첫째 딸은 그 곳으로 간지 4년이 되었지만 한번 한국을 다녀갔을 뿐이다. 학생들과의 과정을 마치고 언니와 한 주일 지내고 오겠다는 둘째의 마음, 서로 메일을 주고 받으며 그녀들은 만날 날을 기다린다. 동생이 온다는 소식에 휴가를 맞춰놓고 동생을 기쁘게 해줄 갖가지 계획에 언니의 가슴은 설레고, 언니와 좋은 시간을 지낼 동생의 마음이 설렌다. 타국에서 만나는 혈육의 정은 남다르리라. 기다림이란 얼마나 아름다운 흥분인가. 자매의 만남을 기다리며 내 기도의 방에 꽃 한 줄기 세운다.

앙상하게 겨울바람을 맞고 섯는 나무에 꽃이 피길 기다린다. 칙칙했던 잿빛 세상이 화사한 색깔로 물들고, 일이 풀리지 않아 힘들었던 삶에 앞날이 활짝 열릴 것 같은 새봄을 기다린다. 어느 순간 다가와 싱그러운 나무처럼 살아 있음에 감사하며 바다와 산과 계곡을 찾는 여름을 즐기다가도 푹푹 찌는 무더위가 물러가주기를 기다린다. 일색이던 나뭇잎이 몸 색깔을 바꾸는 가을엔 화려함에 취해 쓸쓸해지는 자신을 돌아본다. 한 해가 지나가는 것을 실감나게 느끼는 가을에 외로움에 떨며 선뜻선뜻 찬바람을 맞을 때면 펄펄 날리는 눈송이에 누군가를 그리워 할 수 있는 겨울을 기다린다. 우리는 쉬지 않고 이어지는 계절을 기다린다. 그렇게 새해를 기다리고 희망을 기다린다.

기다린다는 것은 오늘보다 나은 내일이며 지금보다 나은 미래이다. 현대 사회 심리학자 엘리히 프롬은 94%에 해당하는 많은 사람들이 자신의 인생의 목적을 기다린다고 했다. 더 좋은 사람을 기다리고 더 좋은 기회를 기다리고 더 좋은 소식을 기다린다. 불행하기 위해 앞날을 기다리는 사람은 없다. 불행을 딛고 일어서 행복하고 싶어 내일을 기다린다. 기다릴 줄 아는 사람은 지칠 줄 모르는 꿋꿋함으로 어려움을 이겨내고, 낙심하거나 포기하지 않는다. 수십 번 거쳐온 성탄절이고 새해건만 항상 이맘때면 뭔가 다를 것이란 기대를 갖게 된다. 기다림은 행복이다. 연극의 막이 오르기 전 관객의 마음이며 태어나는 아기에게 향하는 사랑의 초점이다. 기다림은 우리의 삶을 이끄는 힘이다. 인생의 수레바퀴다.

그 영혼에 날개를 달고

자연은 산실이다. 세상의 온갖 생물을 태어나게 하고 그들의 죽음을 받아들인다. 생과 사의 고리가 끊이지 않고 이어지는 방이다. 흔적도 없이 사라진 자취를 바람결에서 감지하고 역사 속에서 호흡했던 숨소리를 세월의 흐름에서 듣는다. 우리나라는 국토가 좁은데도 불구하고 확대되는 묘지 때문에 산림이 훼손되어 왔다. 묘지로 잠식되는 산을 살리고 장례문화를 바꿔야 한다고 주장하는 사람들도 많아졌다. 자연에서 왔으니 자연으로 돌아가야 한다는 사실에 순응하며 몇 년 전부터 화장을 권장하고 또 많은 사람들이 행하고 있는 현실이다. 달라진 장례문화가 낯설지 않게 다가온 시점에 집안의 가장인 큰오빠의 강력한 추진으로 오래전에 돌아가신 부모님을 화장해드려야 했다.

길하다는 쌍춘년 윤칠월에 부모님을 만나기 위해 산소에 제를 올렸다. 맑은 하늘이 한없이 높은 가을아침에 인부들에 의해 비석과 제대가 뽑히고 산소는 파헤쳐졌다. 가족들은 숙연한 마음으로 한 곳에 모여 아침이슬이 영롱한 햇살을 받고 있었다. 강아지풀은 금색 꽃이 되어 바람에 하늘거렸고 살갗을 스치는 가을바람이 어머니의 손길처럼 부드럽고 다정했다. 산봉우리까지 들어차있는 산소들은 고요한 아침 기운에 휩싸여 마치 극락 같은 미묘함을 안겨주었다. 기도하는 마음으로, 혹은 진행되어질 계획을 점검하면서 기다리는 동안 일이 마무리 되어갔고 오빠들은 묘소에서 흔적을 추스르는데 참석했다. 이십사 년 전에 돌아가신 아버지와 십사 년 전에 돌아가신 어머니의 잔뼈가 크기가 다른 상자에 담겨 우리에게 돌아왔다. 함께 호흡했던 시간이 되살아나 처연한 마음이 들었다.

부모님의 뼈가 들어있는 상자를 앞세우고 화장터를 찾으니 사람들로 붐비고 있었다. 예약확인과 서류작성을 끝내고 차례를 기다리면서 돌아가신 분을 보내드리는 일은 가족 모두의 정성을 모아 행해야하는 큰일이라는 것을 새삼 느꼈다. 아직도 매장을 해야 한다는 의견이 과반수이지만 장례문화가 바뀌어 화장을 선호하는 사람이 많다는 것을 실감해 보는 시간이기도 했다. 7번 기에 들어가신 부모님의 뼈가 태워지는 동안 가족들이 모여앉아 대화를 나누었다. 칠남매의 맏이로 어깨가 무거웠을 오빠는 일흔을 훌쩍 넘기며 부모님의 산소 걱정을 많이 했다. 맏아들로서 이제야 편히 발 뻗고 죽을 수 있겠다고 말하는 큰오빠의 책임감과 노고에 감사드렸다. 가장 염려되던 일을 동분서주 뛰어다니며 준비했을 오빠를 보면서 부모와 자식과의 관계는 대기 중의 공기와도 같아 눈에 보이지 않지만 함께 호흡하고 있다는 것을 알게 하였다.

안내방송에 따라 찾아간 곳에 얼마 안 되는 부모님의 뼈가 하얗게 태워져 있었다. 아버지와 어머니를 구분해 놓은 그 모양을 보면서 우리는 오열했다. 곱게 빻아져 흰 종이에 뼛가루가 싸여지는 동안 절규하는 언니 곁에서 흐르는 눈물을 주체할 수 없었다. 생전의 아버지와 어머니의 모습이 떠오르고 호수 같은 마음으로 사랑을 베풀었던 어머니의 고생스러움이 애처롭게 다가왔다. 미처 깨닫지 못했던 부모님의 깊은 사랑에 전율하며 소리 없는 울부짖음으로 어머니를 불렀다. 늘 자랑스러워하던 맏아들이 있고 친구처럼 든든한 맏딸도 있는데 부모님만 없다. 오랫동안 타국에 나가있어 어머니 죽음을 목격하지 못한 둘째아들도 왔는데 부모님만 없다. 당신들의 사랑을 퍼부어주던 손자들이 왔건만 형체도 없이 사라진 몇 줌의 가루로 삶의 윤회를 가르쳐줄 뿐이었다.

생명이란 얼마나 유한한가. 호흡을 함께했던 부모님의 사랑은 고스란히 남아 있는데 모습은 기억으로만 더듬어야 한다. 유난히 눈부신 가을에 부모님의 영혼은 날개를 달고 자유로워지셨다. 이 세상에 칠남매를 탄생시킨 근원이 온갖 생물의 산실인 자연으로 돌아간 것이다. '다 바람이야. 이 세상에 온 것도 바람처럼 온 거고 이 육신을 버리는 것도 바람처럼 사라지는 거야. 바람처럼 가벼운 걸음으로 바람처럼 살다가 가는 게 좋아'라고 읊은 묵연 스님의 글이 가슴을 서늘하게 했다. 그렇다면 우리 가슴에 고여 있는 이 그리움은 어찌해야 하는가. '비에 젖은 옷은 말릴 수 있지만 그리움에 젖은 마음은 말릴 수 없는 것, 쏟아지는 그리움에는 마음이 젖지만 젖은 채로 그리워하며 지내야 한다는' 윤보영시인의 시가 가슴에서 맴돌았다. 그렇구나. 젖은 채로 그리워하며 지내야 하는 것이구나. 부모님의 자연 친화장을 마치고 올려다본 하늘은 까마득히 먼 곳에서 푸르게 웃고 있었다.

삶이 아름다운 이유

겨울비가 내린다. 곱게 물든 단풍이 초겨울 비에 젖어 거리마다 수를 놓았다. 나무는 화려하게 타오르던 단풍을 미련 없이 떨어뜨리고 말없이 서있는 의연함으로 또 하나의 나이테를 그린다. 순리를 거스르지 않는 흐름으로 해마다 새롭게 맞이하는 이 계절은 마침이며 시작이기도 하다. 자연 속에 존재하는 모든 것은 한결같은 순리를 거쳐 가며 어느 순간 향기 가득한 열매로 영글게 된다. 해가 거듭 될수록 성숙된 마음의 눈을 간직하게 되고 완숙되어가는 것이다. 그것은 인고의 긴 시간을 거치고 나서야 안겨지게 되는 선물이다. 고운 빛깔로 영근 열매가 되기 위해 자신의 삶을 살아내야 하는 과정들이 파노라마가 되어 펼쳐진다.

한 사람이 세상에 태어나 살아가는 것은 수많은 탈바꿈의 과정으로 볼 수 있다. 사람은 일생에 세 번만 울어야 한다는 말이 있듯이 크게 서너 과정으로 나누기는 하지만 그 사이사이에 변화되고 바꾸어야할 일들이 어디 하나 둘인가. 은하로 반짝이는 꿈을 안고 결혼을 했으나 한갓 꿈으로 간직해야만 하는 결혼생활이나, 전혀 예상치 못한 길로 걷는 자식을 바라보면서 가슴을 태워야 하는 부모가 될 때

이 남자 | **김태실 수필**

사람들은 또 하나의 탈바꿈을 한다. 기대와 희망을 접어가면서 진주 같은 도道를 닦아가는 것이다.

　가깝게 지내는 이웃집에는 부부와 세 자녀가 살고 있다. 신앙 안에서 모범된 부부는 평범한 가정을 꾸렸고, 자녀들도 올곧게 자랐다. 첫째와 둘째를 두고 한참 뒤에 얻은 셋째 덕분에 가정이 더욱 화목했고 아무런 문제없이 지내오던 중 첫째의 빗나간 삶이 그 부부를 괴롭혔다. 첫째는 대학을 졸업하고 직장 생활을 하면서 새벽에 귀가하는 일이 다반사였고 부모 눈에 거슬리는 일만 찾아서 하는 양 보였다. 혼내기도 하고 타이르기도 하면서 성실하게 살기를 바랐지만 걷잡을 수 없이 빗나가는 삶이 지속되면서 견디다 못한 부부는 결국 첫째를 포기하기에 이르렀다. 마음대로 되지 않는 자식 때문에 눈물을 흘리며 가슴을 치는 부부를 보면서 자식 키우는 일은 도를 닦는 일이라는 것을 깨닫게 되었다.

　이 세상에 내 것은 없다. 내가 지닌 모든 것이 내 것처럼 보여도 내 마음대로 되지 않는 막막함 앞에서 내 것이 아니라는 것을 참으로 아프게 알아야 한다. 내 몸에서 함께 호흡하며 살다가 태어난 자식조차도 내 뜻대로 할 수 없는 독립된 개체라는 것, 그것은 새싹이 솟아나 봄, 여름을 지내고 아름다운 단풍을 미련 없이 떠나보내는 나무의 마음을 닮는 일이다. 포기한다 해도 포기할 수 없는 것이 자식이기에 변함없는 눈물의 기도를 드렸다는 부부에게서 얼마의 세월이 흐른 지금 반가운 소식을 들을 수 있었다. 첫째의 생활이 한결 나아져 성실하게 살고 있다고 했다. 암흑과 같은 시기를 거쳐온 것이다. 고통의 시간을 삭이며 견뎌온 지금의 가정이 더욱 소중하다고 말하는 부부의 모습이 고운 단풍처럼 익어 보였다.

서울에 살고 있는 부모님을 떠나 지방에서 공무원 생활을 하던 남편과 스물여덟 해 전에 중매로 만났다. 마음에 드는 첫인상은 아니었지만 주말이면 서울로 올라오는 정성을 생각해 한 번 두 번 만나다 보니 그의 성실함을 발견하게 되었고 친척 소개였기에 자연스럽게 결혼으로 돌입하게 되었다. 방 두 칸 전세로 시작된 결혼생활은 일 년 남짓 한적한 지방에서 지내다 수원으로 옮겨 앉게 되었다. 살림은 어려웠고 연년생으로 태어난 아이들을 키우기에 공무원의 월급은 턱없이 모자랐다. 가까운 식품점에 외상 장부를 기입하며 한 달을 지냈으며 월급을 타면 외상을 갚고 다음날부터 다시 외상으로 살아야하는 힘겨운 생활이 계속 되었다. 앞날이 막막했다. 아무런 희망도 생각할 수 없는 고달픔에 짓눌려 결혼생활의 행복이 무엇인지도 알지 못한 지독하게 외로운 시간이었다.

한 그루의 나무가 땅에 심어져 자리 잡기 전에 폭풍이 몰아쳐 사정없이 흔들어대는 격이었다. 여리고 여린 잔뿌리가 거의 뽑히고 몇 가닥 남은 뿌리로 양분을 끌어올리며 견뎌오던 어느 날, 따뜻한 햇살을 받아 힘을 낼 수 있게 되었다. 남편의 직장이 공무원에서 공사로 바뀌고 다시 개인회사로 바뀌면서 생활이 피어났고 조금씩이라도 저축을 할 수 있게 되었다. 사방이 막힌 막다른 골목에서 푸른 하늘로 날아 오를 수 있는 때가 온 것이다. 긴 터널과도 같은 결혼 초기 몇 해는 삶의 인내와 도를 닦는 기회가 되었다.

삶이란 온통 흑암의 절망만 지속되지 않는다는 것을 알게 되었다. 꽃피고 새 지저귀는 평화로움만 있지도 않은 것이다. 견디다 견디다 못 견딜 때쯤 숨통 트이는 한줄기 시원한 바람으로 삶의 희망을 건지게 되고, 마냥 행복한 듯 살아가다 보면

이 남자 | **김태실 수필**

엉뚱한 일로 가슴을 끓이는 때가 오기도 한다. 언제 어느 때 무슨 일이 닥친다 할지라도 마음먹기 나름으로 우리는 행복할 수도 불행할 수도 있는 것이다. 아무리 하기 싫어도 참고 인내해야 하는 일이 있는가 하면, 하고 싶어도 눈물을 머금고 하지 말아야하는 일이 있다는 것을 익히는 일이 인생이다. 그렇게 순간순간을 이겨냈을 때 완숙하게 영근 열매처럼 아름다워질 수 있는 것이 사람이다.

이제 겨우 색깔을 내며 물들어가는 내가 은사님을 찾아갔다. 정년을 눈앞에 두고 있는 선생님은 대학교에서 청춘을 보내셨다. 교수면서 화가로 활발하게 작품 활동을 하고 계신 선생님은 만날 때마다 손자 자랑에 신이 나신다. 차 열쇠꾸러미에도 손자의 얼굴이 새겨있고, 연구실 컴퓨터 바탕화면에도 손자들의 사진을 넣어놓았다. 광채 나는 눈빛으로 손자를 바라보며 웃음을 흘리시는 선생님의 손자 사랑은 고목의 무게만큼이나 진하다. 줄기차게 자신의 길을 빈틈없이 걸어온 선생님이 손자들이 사랑스러워 못 견디겠다는 듯 좋아하시는 모습을 보며, 삶이란 아주 단순한데서 행복을 찾는 것이라는 생각이 들었다. 감기에 걸려 움직이기 싫다는 선생님을 모시고 학교 근처에서 복어탕을 사드렸다. "이 음식 드시고 감기 뚝 떼어내세요." 하고 말하자 "그래"하고 대답하며 맛있게 드시는 선생님의 모습에서 농익은 과일의 향기로움이 은은하게 번진다.

겨울이다. 나뭇가지마다 찬란하게 눈뜨던 봄의 숨결이 잠들어있고 격정의 계절을 기억 속에 잠재우며 나무는 고고히 제 몸을 태웠다. 겨울바람 앞에 당당히 서서 침묵하는 나무의 삶이 마치 질풍노도의 시간을 건너와 평화롭게 휴식하는 깊은 중년처럼 여유 있어 보인다. 살아가면서 마주치게 되는 삶의 고달픔은 우리를 물들게 한다. 아픔과 고통이 지난 후에 한결 성숙해진 눈빛으로 세상을 바라보게 되는 것이 인생이고, 이제 한해의 *끄*트머리에서 새로운 다짐을 할 때가 왔다. 매번 주어지는 기회 앞에서 겁낼 것이 무엇인가. 계절의 순리를 거스를 수 없듯이 시간은 흐르고 흘러 세월을 거쳐 가는 것이 삶인 것을. 심호흡 한번 크게 해본다. 내 앞에 당면해 있는 문제들을 초연히 바라보면서 징검다리 건너듯 앞으로 나아가게 되는 순리를 받아들이기로 했다. 그렇게 살다보면 어느 순간 향기를 머금은 고운 빛깔의 열매로 물들어 있는 나를 발견하게 되겠지.

조약돌 단상

흐르는 맑은 물속에 햇살을 받아 반짝이는 것이 있다. 보석처럼 눈부신 그것을 들어 보면 손가락 사이로 은비늘을 털어내며 모습을 드러낸다. 껍질을 벗은 알맹이로 마주치게 되는 조약돌, 그 속에 구불구불 손닿지 않은 길이 보인다. 굴곡이 심할수록 더욱 멋들어진 어울림이다. 자연의 풍광을 스스로 그려낸 색색의 풍경 앞에서 아스라이 가물대는 길 하나로 들어섰다. 그 길은 태초의 신비로움으로 가득 차있다. 오직 한 번의 발자국으로 다시는 그릴 수 없는 선을 그려 넣었다. 그리고 문을 닫았다. 세기가 지난 지금 조약돌의 문을 열고 들어서는 내 가슴은 뛴다. 어머니와의 해후가 들어있기 때문이다.

담장 너머 무슨 일이 있는지 궁금해 하면서 꽃다운 날을 지내던 어머니는 외할아버지에게서 수예품을 건네받으며 살았다. 젊은 처자의 바깥출입이 자유롭지 못하던 시절 십자수를 놓고 어쩌다 흘러 들어온 소설책을 흥미 있게 읽으며 성벽처럼 둘러쳐진 담장 안에서 지냈다. 그 안은 어머니의 삶을 가꾸는 터전이요 세계였다. 혼인 전날 밤 외할아버지에게서 결혼 생활에 대해 가르침을 받으며 미지의 세계에 대한 설렘과 두려움에 떨었다는 어머니, 홀로 개척해 가야 하는 길 앞에 놓여 있었던 것이다. 수많은 가르침 중에 행여 남편이 바람을 피울 때 그 방문을 덜컥 열어서는 안 된다는 것도 들어있었다. 전쟁터에 나가는 군인이 무기를 준비하듯이 조목조목 가슴에 새기며 포근한 부모 품을 떠나야 하는 안타까움에 울어야 했다.

담장 안의 삶이 전부였던 어머니에게 우리나라는 너무 넓었다. 아버지의 전근으로 남쪽과 북쪽을 오가며 살았고 그 덕에 칠남매는 다양한 고향을 가질 수밖에 없었다. 남남북녀라는 말이 있던가. 아버지는 북쪽에서 북풍에 휘둘렸다. 함경도에서 잠시 터를 잡고 살 때 바람타는 아버지의 날들이 이어졌다. 뻔히 아는 그곳에 주먹만한 돌을 들고 찾아갔던 어머니는 아버지와 상대 여자의 이야기를 들으며 담벼락에 기대어 달빛과 함께 밤을 보냈다. 혼인 전날 가르침을 주신 외할아버지의 말이 떠올라 차마 방문을 열지 못했다는 것이다. 가르침이란 이렇게 진한 색으로 새겨져 색깔을 바꿀 수 없는 가보다. 새벽이 열리기 전에 집으로 돌아온 어머니는 책상 위에 돌을 놓고 하염없이 바라보며 그 속에 굴곡의 길을 그려 넣었다. 붓도 끌도 필요하지 않은 화가가 되어 돌 속에 그림을 새겨 넣는 작업을 하며 세월을 보냈다.

돌의 생김새는 삐죽 솟아 날카로운 부분이 있는가 하면 다듬어지지 않은 울퉁불퉁한 면이 있기도 하다. 물살에 깎이거나 다듬어져 맨들한 모양의 조약돌이 되기까지는 오랜 시간이 흘러야 가능한 일이다. 모나거나 날카로운 사람도 세월이 흐르면 부드럽게 다듬어지는 이치와 다르지 않겠다. 성서를 보면 그 시대의 지식인들이 간음하다 현장에서 잡힌 여자를 예수 앞에 데리고 온다. 돌로 쳐 죽이라는 모세법이 있다며 그들이 예수의 생각을 물었을 때 '너희 가운데 죄 없는 자가 먼저 저 여자에게 돌을 던져라'고 판명을 내린다. 그러자 나이 많은 사람부터 시작하여 하나씩 하나씩 떠나갔다고 되어있다. 누군가를 단죄한다는 것은 스스로를 들여다 볼 수 있는 거울이 되는 깨달음을 얻게 한다. 어머니는 아버지의 잘못을 단죄하지 않고 스스로 마음을 다듬어냈다. 형용할 수 없는 그림을 돌 속에 새겨 넣으며 반짝이는 조약돌로 변화되어 갔다.

살다보면 남의 잘못을 확인하게 되고 때론 자신의 잘못을 보면서 깎이고 다듬어지며 인간으로 완성되어 가는지도 모른다. 자갈자갈 소리를 내며 흐르는 냇물에 투명한 물결의 햇살을 받아 빛나는 돌은 어울려 살아가는 사람들의 모습이라고 할 수 있겠다. 어머니 세대에는 스스로 삭이며 살아온 세상이었지만 요즘엔 인격적인 존중으로 서로 아껴주며 살아야 한다. 그것은 돌같은 각자의 마음 밭에 세월의 풍광을 그려 넣는 작업이기도 하다. 한번 뿐인 삶의 여정에서 선택해야 하는 기로에 서있다면 보람 있고 가치 있는 삶을 향해 나아가야 할 것이다. 그럴 때 보잘 것 없는 조약돌은 보석이 될 수 있으리라.

양념으로 사는 삶

바람이 차다. 초겨울의 쌀쌀함이 제법 맵다. 이맘때면 날씨 못지않게 조급해지는 마음을 김이 모락모락나는 국 국물로 덥혀 본다. 온몸을 휘감는 냉기가 따뜻한 식사로 마음까지 여유로워 지는 때, 한 끼 밥의 소중함을 느껴본다. 사람들이 가정에서 혹은 음식점에서 식사를 하고 있을 때 굶어야 할 수 밖에 없는 사람들이 찾아오는 곳이 있다. 팔달산 자락에 자리 잡고 날마다 100~200명에게 따뜻한 점심을 베푸는 사랑의 집, 그 곳에서 작은 봉사 활동을 해 보았다. 소외된 사람들을 위해 식사 준비를 하는 것은 음식의 맛을 내는 양념처럼 중요한 일이란 생각이 들었다. 세상의 맛을 내는 양념은 가치 있는 삶의 단면일 것이다.

사랑의 집은 매일 아침 9시부터 식사 준비를 한다. 그날 정해진 당번이 필요한 재료를 준비해와 다듬고 조리해 반찬과 국 등이 정해지는 것이다. 날마다 바뀌는 당번은 경기도내에 있는 각양각색의 사람들로 구성됐고 정해진 날짜에 어김없이 찾아와 봉사를 한다. 올 때마다 서로 금전을 모아 재료들을 장만하고 직접 음식을 만드는 것이다. 단체에 소속됐거나 개인이 시간을 내어 찾아오는 사람으로 구성

이 남자 | **김태실 수필**

된 당번들의 손놀림은 사랑을 베푸는 손길들이 돼 분주하다. 커다란 솥에 국을 끓이고 세 가지 반찬을 완성해 놓으면 점심을 대접할 준비가 다 된 것이다.

아침부터 하나둘씩 사람들이 모여든다. 이곳은 행려자이거나 집에서 식사를 해결할 수 없는 사람들이 따뜻한 점심을 먹을 수 있는 곳이며 때론 평범한 가정의 어르신들도 눈에 띈다. 낮 12시 정각이 되면 주방에선 일사불란한 손놀림으로 식판이 채워지고 밀물처럼 몰려든 사람들은 익숙한 행동으로 줄을 서 식판 하나씩을 받아든다. 아무도 돌봐주는 사람 없는 외로운 이들은 뜨거운 음식으로 허기진 배를 채우며 따뜻한 사랑도 섭취하게 된다. 밥값으로 100원짜리 몇 개, 가끔은 1천원, 그것도 없으면 그냥 배불릴 수 있는 사랑의 집은 365일중 하루도 문닫는 날이 없다.

15년째 그들을 맞이하며 한결같이 수고하는 사람이 있다. 말씀을 행동으로 살며 세상에 양념 같은 사람이 되기 위해 이 일을 시작했다는 그는 배고픈 사람에게 밥을 대접하는 일을 실천하는 사람이다. 굶는 사람들에게 따끈한 밥 한 끼를 대접하고자 하는 한결같은 의지는 어디에서 나온 것일까. 아직은 젊은 그의 뜻있는 삶의 모습이 나를 돌아보게 한다. 사람들마다 살아가는 방향이 다르겠지만 평범한 사람이 행하는 이 일은 바라보는 것만으로도 고개가 숙여지는 일이다.

맛있는 음식을 섭취할 때 느끼는 행복이 큰 것처럼 배고픈 사람들에게 따뜻한 식사를 대접하며 느끼는 보람 또한 크다. 냉랭한 날씨에 사람들의 온정이 메말라 간다고 하지만 뜨거운 사랑이 피어오르는 곳에서 느낀 시간은 마음을 훈훈하게 했다. 맛을 낼 수 있는 양념은 음식에 없어서는 안될 중요한 요소이듯 세상의 어두운 곳에서 빛이 되는 봉사 활동의 손길도 없어서는 안 될 소중한 것이다. 어느덧 한 해를 시작하는 시점에 서있다. 새해는 무료 급식소를 찾는 사람들이 줄어들기를 소망해 본다. 인생의 터널을 지나 밝고 희망차게 새 출발을 하는 사람들이 많이 늘어나길 기대한다. 이 세상의 양념 같은 삶이 될 수 있도록 더욱 가치 있는 삶을 향해 힘찬 발걸음을 내디뎌 본다.

사라지는 사람들

어디에 있을까. 이유 없이 흔적도 없이 찾을 수 없는 사람들, 함께 생활하던 가족과 친지들에게 인사 한 마디 없이 사라진 사람들, 그들은 어디에 있는 것일까. 얼굴을 마주하던 사람들의 애타는 심정을 알고 있을까. 줄어드는 가슴을 부여잡고 몸부림치며 잠 못 이루는 가족의 안타까운 마음이 그들에게 전해지기는 하는 것일까. 자신의 의지와 상관없이 어딘가에서 가족에게 돌아오지 못하는 상황이라면 우리는 그들을 찾아내야 한다. 기필코 찾아내어 두려움에 떨던 마음에 평안을 안겨주고 순간 사라져야 했던 사건의 진상을 벗겨 내야만 한다. 목메어 불러 보아도 풀리지 않는 의문을 남기고 바람 같은 모습으로 대답 없는 사람들, 현실은 그들의 행방을 찾아 헤매고 그리운 모습은 잡히지 않는 형체로 남아 있다.

딸이 사뭇 두려움에 떨며 친구가 없어졌다고 말했다. 밤늦게까지 집에 들어오지 않는 친구 집에서 새벽에 가족으로부터 소식을 묻는 연락이 왔고 꼬박 이틀이 지난 지금까지 친구의 소식을 모른다고 했다. 주일이면 만나는 딸의 친구는 성실하고 외모도 예뻤다. 청년성가대에서 활동하는 그녀를 볼 때마다 고운 목소리에 반해서 바라보는 것으로도 행복한 마음이 들곤 했었다. 잘 알고 있던 그녀의 실종은 가슴 덜컹 하는 충격이었다. 그렇지 않아도 화성 연쇄 실종 사건이 다시 불거져 사람들의 심기가 편치 않은 때 그녀의 실종 소식은 두려움을 안겨 주었다. 그녀는 어디에 있을까. 집에 연락할 수 없는 상황에 사로잡혀 있는 것일까. 곧 오겠지, 무슨 사정이 있을거야. 조금 더 기다려 보자라고 딸을 위로 했지만 알 수 없는 불안감이 엄습했다.

주택에 살 때 2층 중년부부는 돌아오지 않는 아들을 기다렸다. 어느 날 갑자기 사라져 소식 없는 아들을 기다리며 문을 잠그지 않았고 이사도 가지 않았다. 대학 1학년이던 아들이 누군가에게 끌려갔을 거라고 믿고 있는 부부는 10년이 지났어도 아들을 향해 열려 있는 마음의 눈을 닫지 않았다. 전화번호를 바꾸지 않고 하루같이 매일을 기다리는 부모의 마음을 그 아들은 알고 있을 것이다. 사진으로 본 부부의 아들은 부드러운 인상을 풍겼다. 부부의 말처럼 성실하고 착해 보이는 그가 부모 곁을 떠났다고 생각되지는 않았다. 그렇다면 사라질 수밖에 없는 이유가 무엇이었을까. 그 역시 본의 아니게 집으로 돌아올 수 없는 상황이라면 얼마나 안타까운 일인가. 결국 12년이 되던 해 이사 가는 부부는 아들에게서 소식이 오면 꼭 연락해 달라고 신신당부를 하며 떠나갔다. 그 집에서 5년을 더 살았지만 부부의 아들에게선 아무 소식이 없었다.

사라지는 사람과 기다리는 사람 사이에 놓여 있는 풀리지 않는 미스터리, 이런 사실에 접하게 될 때 나는 혼돈을 느낀다. 선명하게 규명되어야 할 사건들이 오리무중에 빠져 세월의 먼지가 쌓여갈 때쯤 드러나는 진상은 허망하기 짝이 없기 때

이 남자 | 김태실 수필

문이다. 교통사고로 기억 상실이 되어 20년을 살아오다가 또 교통사고가 나서 제정신을 찾게 된 사람이 TV방송에 나왔었다. 그의 사라져버린 지난 시간은 어디에서 보상 받아야 하는 걸까. 불특정 다수를 향한 사람의 계략이 사랑하는 가족을 싸늘한 주검으로 바꿔 놓았을 때 겪어야하는 심정은 어떻게 달래야 하는지. 돈 몇 푼에 평화로운 가정을 파탄으로 이끄는 사람의 허황된 꿈을 어떻게 흔들어 깨워야 하는지. 순간의 치기로 혹은 오해로 가족을 떠나 다시는 집으로 돌아올 수 없는 사람들이 삭이는 아픔의 세월은 누구의 위로를 받아야 하는지…. 길지 않은 인생에서 허비되는 시간들이 붉은 울음을 토해 내고 있다.

같은 하늘 아래서 숨 쉬고 있다면 언젠간 만날 수 있겠지. 살아 있다면 언젠가는 그리운 가족의 품으로 돌아올 수 있겠지. 가족들이 애타게 기다리는 집으로 돌아와 기쁨을 나눌 수 있을 때 그것은 악몽과 같은 지난 시간을 딛고 새롭게 제2의 삶을 출발할 수 있게 되는 것이다. 가슴에 품은 염원을 완성시키는 것이다. 그러나 자신의 의지가 아닌 상황이 만들어낸 결과라면 우리는 사라진 사람들을 찾아내야 한다. 온 국민이 내 가족 찾는 마음으로 일치되어 기어이 찾아내야만 한다. 납치나 실종이란 단어가 허용되지 않는 사회를 만들기 위해서 어둠의 진상을 밝혀야 한다. 이 사회에 두려움을 일으키는 그 일이야말로 사라지게 해야 한다. 미궁 속을 헤매는 사건이 해결되기를, 우리가 찾지 못한 그들이 가족의 품으로 돌아올 수 있기를 두손 모아 간절히 기도드린다.

내비게이션을 안내하다

안다는 것은 여유다. 가는 길을 알 때 마음은 여유롭다. 조바심이나 걱정 없이 목적지를 쉽게 찾아 갈 수 있다. 그러나 모른다는 것은 막막한 일이다. 가야 할 곳이 있는데 길을 알지 못해 막막할 때 내비게이션은 매우 유익한 도구다. 손가락으로 꾹꾹 눌러 한 번 입력을 시켜 놓으면 몇 번이고 빈틈없이 제 역할을 해낸다. 가끔 업그레이드를 시켜 준다면 변함없이 친절하게 목적지의 좁은 골목까지 안내한다. 내비게이션 같은 그런 기억이 있다. 한 번 잠재된 기억은 정해진 길을 벗어나려 하지 않는다. 고집스럽게 그 길을 지키려는 내비게이션을 과감하게 거스르고 때론 다독이며 안내한다.

일 년에 서너 번, 셋째 언니의 시어머니께 안부 전화를 한다. 40초반의 아들을 심장마비로 잃고 3년 후 며느리마저 잃은 사돈어른은 어린 손녀 손자들을 억척스럽게 키웠다. 이제 다 혼인시켜 증손을 본 사돈은 손녀 손자들에게 아빠 엄마 몫을 해낸 장한 할머니시다. 전화를 드리거나 찾아뵐 때마다 젊은 나이에 세상을 떠난 언니가 생각나 가슴으로 눈물을 흘려야하는 아픔이 있다. 기억의 내비게이션은 사돈과 조카들을 보면 자꾸 슬픔의 길을 찾아가려 한다. 여든아홉 살의 사돈이 병원에 입원했다는 소식을 접하고 찾아갔을 때도 할머니 손에 잘 자란 조카들을 만나자 슬픔이 비집고 올라온다. 그럴 때, 의식적으로 기억의 길을 안내한다. 과감히 방향 전환을 한다. 슬픈 기억은 과거에 묻고 현실을 기쁘게 살아야 한다는 삶의 지론을 적용시킨다.

가슴 속에 내재되어 있는 슬픔은 자신과 연관된 길을 찾아가려고만 한다. 완숙되어 물러진 표피에 과즙을 흥건히 묻혀내는 과일처럼 조금만 틈을 보이면 슬픔의 경지를 넘어 우울의 산꼭대기로 안내한다. 신화속의 시지프스는 굴러 떨어지는 바위를 산꼭대기로 밀어 올리기에 바빴지만 그곳에 승리의 깃발을 꽂으려는 우울의 기세를 감당하기 힘들 때가 있다. 매달 기다리지 않아도 찾아오던 몸속 호르몬의 변화가 있고부터 부쩍 찾아오는 슬픈 감정은 활개를 펴기 시작했다. 다른 사람들은 자신 있게 잘 사는데 혼자만 바보스럽다는 생각이 들 때가 있다. 낯선 곳으로 떠나 유유자적 자연을 돌아보고 싶은 생각이 들기도 한다. 때론 깊은 동굴에 은신처를 마련해 아무와도 마주하고 싶지 않다는 지배를 받기도 한다. 그럴 때면 습하고 그늘진 내비게이션의 어깨를 토닥이며 달랜다. 삶은 그런 것이 아니라고, 한 번뿐인 삶을 고맙고 기쁘게 살아야 한다고. 토닥이며 타이르면 내비게이션은 몇 번 고집을 부리다 쉽게 따라온다.

사위를 맞은 후 처음으로 성묘를 가게 되었다. 추석 명절을 앞두고 남편과 나는 딸과 사위를 태우고 벽제 산소를 향했다. 수원에서 벽제까지 두 시간이 넘었던 길이 외곽순환고속도로가 생기고 나서부턴 도착하는 시간이 훨씬 빨라졌다. 매번 잘 가던 길을 이번엔 놓쳤다. 외곽순환고속도로로 접어들어야 하는데 그만 지나친 것이다. 내비게이션은 어떻게 해서든지 다시 그 길로 가라 한다. 입력된 길을 가기위해 유턴을 하라고 계속 주의를 준다. 지나친 길에 대한 아쉬움이 크지만 그 주의를 거스르고 새로운 길을 찾아 간다. 연연한 마음을 버리고 목적지를 향해 가면 내비게이션은 고집을 버리고 새 길을 받아들인다. 우리의 삶도 그렇지 않을까. 계획했던 일이 어긋났을지라도, 한 번 실패에 주저앉지 않고 다른 길을 찾아 용감히 살아내는 것, 그것이 자신의 삶을 안내하는 것이리라.

잠재되어 있는 어두운 감정들을 이겨내야 하는 것은 이성이다. 밝은 빛으로 어두운 구석을 비춰 슬픔을 거둬내는 것은 의식적으로 삶을 안내하는 방법이다. 그럼에도 불구하고 자꾸만 고집부리는 슬픈 기억들은 잘 달래주는 수밖에 없다. 어깨를 끌어안고 토닥이며 위로해 줘야 한다. 그런 부분을 달래며 살아가야 하기에 삶은 살아가는 묘미가 있지 않은가. 이해하고 따뜻한 눈으로 바라봐주면 순순히 따라오는 그 철없는 고집조차 사랑해 줘야하지 않은가. 속 깊은 곳에서 나를 이끌려하는 슬픔의 내비게이션을 몇 번이고 방향전환을 해서라도 밝은 곳으로 안내한다. 그래야만 살 수 있다. 그것이 내가 사는 방법이다.

초록 날개

Part 04

빛을 찾아서

계절의 순환은 어김없다. 겨울 같은 봄이 있고 봄 같은 가을이 있을 뿐 순서는 바뀌지 않는다. 차례로 오가는 계절 중에 여름은 무덥고 장마와 태풍도 의식처럼 끼어있다. 유난히 견디기 힘든 여름에 휴가를 지내는 것은 계절에 맞서 싸우지 않는다는 의미다. 제 본분에 충실한 여름을 탓하기에 앞서 그 열기를 즐기거나 잠시 피하는 것이 휴가다. 무더위가 기승을 부리는 복중에 성빈센트 병원에서 호스피스 교육이 있다는 것을 알았다. 올해는 산이나 바다, 계곡을 찾는 것이 아닌 색다른 휴가를 지내고 싶어 신청했다. 날씨는 찌는 듯이 덥지만 교육 장소는 시원했고 이제까지 느끼지 못한 신선한 경험의 시간이었다.

남편과 나는 호스피스 완화의료 교육을 받기 위해 가톨릭 대학교 성빈센트 병원으로 갔다. 아침 9시부터 저녁 5시까지 진행되는 교육은 죽음과 삶에 새로운 눈뜸의 기회가 되었다. 호스피스라고 하면 막연히 죽음을 앞둔 환자를 돌보는 일이라고만 생각했다. 그러나 호스피스는 말기 암 환자에게만 부여되며 품위 있는 죽음을 맞을 수 있게 돌보는 단계다. 환자와 그 가족의 신체적, 정서적, 사회적, 영적증상들을 돌보아주어 삶의 질을 높이는 활동이다. 사람은 아기였을 때 도움이 필요하듯이 생명이 끝나 갈 때도 도움이 필요하다는 것을 새삼 느낀다.

호스피스는 죽음을 생의 정상적인 과정의 일부로 인정하고 남은 삶의 질을 유지하는데 중점을 둔다. 자신의 삶이 얼마만큼 남았는지 바로 알 때 사람은 진실해지고 호스피스를 통해 잘 준비 할 수 있게 된다. 삶이 끝나는 지점에서 '나는 멋진 인생을 살았어.' 라거나 자신과 관계 된 많은 사람들에게 '고맙고 감사하다.'고 인사를 할 수 있다면 얼마나 아름다운가. 죽음은 문턱에 와서 기다리는데 매듭을 풀지 못해 가슴앓이를 하며 떠난다면 보내는 사람이나 가는 사람이나 안타까운 일이다. 언젠가 죽음이 찾아오겠지 하고 막연히 생각하는 내게 잘 죽기위해선 잘 살아야한다는 다짐의 기회가 되었다.

미술치료사가 미술요법을 했다. 도화지와 크레파스를 주고 마음대로 그림을 그리라 한다. 막막했다. 무엇을 그려야할까. 몇 명이 자신의 그림을 가지고 나와 발표를 한다. 미술치료사의 권고로 나온 한 남성은 찌그러진 타이어 하나를 그렸다. 열심히 직장에 다니며 가족을 부양하고 퇴직한 지금, 자신의 처지가 바람 빠진 타이어 같다고 했다. 가슴이 찡하며 공감이 되었다. 어떤 여성은 붉은 심장을 그리고 그 심장 가운데에 검은색 돌을 그려 짓눌린 고통을 표현했다. 다행히 연두색으로 심장을 감싸주고 있어 희망적이라는 말을 들었다. 사람들은 모두 가슴에 상처를 지니고 있다는 생각을 했다.

유서를 작성하는 시간이다. 유언장 예시를 보며 나도 죽음을 앞둔 마음으로 유서를 작성했다. 사랑하는 사람들에게 하고 싶은 말과 사후 유산처리 문제, 장례에 대한 생각을 소상히 작성했다. 이름과 사인을 한 후 도장을 찍었다. 숙연하다. 멀게만 느껴지던 죽음이 한결 가까이 와 있다는 느낌이다. 정녕 피할 수 없는 죽음이라면 작별인사를 할 시간이 있다는 것은 감사해야 한다는 생각이 들었다. 유서는 자필증서일 경우 누군가 대신 쓰거나 타자 친 것은 안 된다. 녹음일 경우에는 이름과 녹음날짜를 밝히며 증인이 있어야 한다. 죽음에 이르러 작성한 유서가 필요한 사항을 기입하지 않아 효력을 발휘하지 못한다면 얼마나 안타까운 일인가.

신은 죽음을 받아들이기 힘들어하는 우리를 위해 평생 죽는 연습을 시킨다. 밤이면 죽은 듯이 자고 아침이면 깨어나는 매일의 삶이 그렇지 않을까. 죽음을 순연히 받아들인다는 것은 빛을 향해 걸어가는 것이다. 죽음에 대해 자유롭게 이야기 할 수 있을 때 삶은 더욱 적극적이고 긍정적이 될 수 있다. 마더 데레사 수녀님이 '삶은 어떤 것을 이루어 나가는 일이고 죽음은 그 이루어 나감의 완성이다.' 라고 한 말이 가슴에 와 닿는다. 죽음이 삶의 완성이라면 나는 어느 정도까지 왔으며 지금 내 인생 시계는 몇 시 일까. 완성을 향해 나아가는 남은 삶을 어떻게 살아야 할까. 교육은 나 자신을 살펴보는 기회가 되었다. 죽는 날까지 생기 있게 살다가 떠나고 싶은 소망 하나 싹텄다.

3일 동안 있었던 호스피스 완화의료 교육은 71명이 수료했다. 암성 질환의 이해와 말기 암 환자의 간호, 영적 대화 등에 대해 배웠지만 무엇보다 죽음과 마주한 사람들의 심리상태를 확인하는 계기가 되었다. 혼자 가야하는 길, 외롭고 두려운 죽음을 쉽게 받아들이지 못하는 것은 당연하다. 그러나 죽음에 대한 무거운 분위기는 가벼워지고 가족과 진지하게 대화를 나누며 가족 여행을 다녀올 수 있는 경우도 호스피스가 있기에 가능한 일이다. 몇 쌍의 부부가 섞인 수료자들은 더욱 긍정적인 삶을 살아갈 것이며 그들로 인해 세상은 더욱 밝아질 것이다. 언젠가 죽음이 다가왔을 때 모든 사람들에게 '감사합니다.'라는 인사를 하고 갈 수 있었으면 좋겠다. 옆 동네 마을가듯이 편안한 마음으로 떠날 수 있었으면 좋겠다. 꽃 만발한 동산을 걸어 빛을 향해 걸어가는 영혼, 그랬으면 좋겠다.

초록 날개

지구에 존재하는 모든 것은 같은 종끼리 통한다. 새는 새끼리 통하고 벌은 벌끼리 어울려 산다. 사람은 사람들 틈에서 살아가듯이 나무는 나무끼리 통할 것이다. 사람이 태어나고 싶은 곳을 선택해서 태어날 수 없듯이 나무 또한 자신이 살아갈 터를 고르지 못한다. 사람의 손으로 심겨지거나 바람의 이끌림에 뿌리를 내리는 곳이 삶의 터다. 원하든 원치 않던 자신의 존재가 생겨난 순간부터 최선을 다해 살아내야 하는 생이 있을 뿐이다. 크고 작은 무리를 이루는 나무의 나라 숲은 지구 곳곳에서 초록 숨을 쉰다. 나무동네에서 그 숨을 호흡하며 세월을 읽는다.

몇 년 지나지 않아 쑥쑥 크는 나무가 있는가 하면 수십 년 혹은 수백 년이 지나도 세월을 정확히 가늠하기 어려운 나무가 있다. 비교적 햇수와 나무의 굵기는 비례한다고 볼 때 밑동이 굵은 나무가 오래 되었다고 볼 수 있겠다. 대관령 자연휴양림에는 굵기가 다른 나무들이 서로 다른 간격을 두고 서있다. 숲에 들어서자 초록 기운이 온몸을 감싼다. 도심에서 부딪치며 견뎌온 가슴앓이가 내려놓이면서 편안하다. 고향 어귀에 들어선 듯 행복이 차오르고 자라온 세월을 짚을 수 없는 크기의 나무들이 동네 골목처럼 반갑다. 나무 곁을 지난다. 그들의 말은 알아들을 수 없어도 나무의 가슴은 느낄 수 있다. 담쟁이덩굴이 타고 올라도 순연히 몸을 내어주며 함께 가는 따뜻한 심성이다.

나무동네를 거닐었다. 생명의 물을 끌어올려 짙푸른 옷을 입고 자신의 자리를 지키는 나무 사이를 걸었다. 쭉쭉 뻗은 나무 사이에 조금 휘어진 모습이 보인다. 가까이 가보니 투박하고 거친 결은 할머니의 깊은 주름을 닮았고 휘어진 채 흔들리는 가지와 이파리는 할머니의 팔과 손을 닮았다. 나뭇결을 쓰다듬어 보고 기대어 눈을 감았다. 할머니의 품이다. 외갓집에 가면 안기던 그 가슴이다. 그 품에서 해결되지 않은 문제는 없었다. 부채바람을 부쳐주며 쓰다듬어 주시던 할머니의 푸근한 모습이 보인다. 온몸을 훑는 시원한 바람에 눈을 떠보니 나무에 기대 행복해하는 여인이 있다. 할머니가 그리운 중년의 여인은 팔 벌려 나무를 안고 한참동안 그 숨소리를 듣다가 발길을 옮긴다.

싱싱한 나무들 틈에서 유난히 우람한 나무를 발견했다. 키는 구 척 장수요 몸통은 씨름선수처럼 탄탄하다. 살아가자면 다른 나무들보다 생수가 많이 필요하고 햇빛도 더 끌어들일 것이다. 주위 나무들보다 양분을 더 취하며 약한 나무의 입장을 살펴주지 않을 수도 있다. 아버지가 그랬다. 하늘아래 둘도 없는 권위로 당당했던 아버지, 우뚝 솟은 산이요 고독한 나무였다. 다 큰 자식들은 어려워하며 가까이 할 수 없었지만 철없는 새끼 다람쥐는 나무를 타고 올라 그 품에서 놀았다. 안고 얼러주며 즐거워하시던 아버지였다. 위엄 있고 근엄할수록 마음 한구석은 외로울 수 있다는 생각이 든다. 흙이 된 아버지를 누구도 탓하지 않듯이 나무 동네에선 아버지 같은 나무를 원망하지 않는다. 서로의 삶을 인정하며 함께 사는 나무의 마음이다.

숲의 가슴이 안온하다. 폐부에 스며드는 향긋함, 어머니의 향기다. 많은 나무들을 올곧게 설 수 있도록 붙잡아 주고 다독이는 어머니의 품이다. 삶이 고달플 때 어머니를 찾으면 평온을 되찾곤 했다. 문제에 쌓여 고뇌할 때도 어머니가 들려주는 이야기에 답답함을 날려 버릴 수 있었다. 깊고 깊은 어머니 마음의 호수는 깊이를 잴 수 없었고, 넓고 넓은 어머니 가슴의 넓이는 측정조차 할 수 없었다. 그 품 같은 나무 동네를 마냥 거닐었다. 어머니의 사랑 가득한 눈빛에 일어서고, 다시 일어섰던 것처럼 숲의 정기를 받으며 새 힘을 얻는다. 세상을 향긋하게 살아갈 체취를 흠뻑 마신다.

나무동네를 돌아 나오는 길에 어린 나무를 보았다. 귀를 가까이 대어 보니 젖을 빠는 아기처럼 심지를 타고 흐르는 물소리가 힘차게 느껴진다. 어머니 젖가슴에 안겨 있으니 잘 자랄 것이다. 아빠나무, 할머니나무도 있으니 행복한 아기나무라는 생각이 들었다. 지금 내 곁엔 아무도 없다. 함께 호흡했던 고향 같은 가족이 없다. 하지만 숲에서 세월을 거슬러 만남을 가졌다. 할머니 손길을 느꼈고 용기를 주던 아버지를 기억했다. 부드럽고 사랑 가득했던 어머니 같은 숲의 가슴에 안겼었다. 고뇌 많은 세상 살아낼 힘을 얻었다. 이제야 초록 숨이 쉬어진다. 초록 날개 펴진다.

사라진 기억의 땅

잊지 않고 새기어 보존하는 일이 사라졌다. 머릿속이 고요하다. 기억 창고에 숨죽이고 있거나 깊이 잠들어 추수 끝난 논처럼 휑하다. 존재하지 않는 낱알을 그리워하지만 사물의 이름은 감쪽같이 사라졌다. 아름다운 시절, 즐겁고 행복했던 순간도 살려 내지 못한다. 재생하지 못하는 기억은 기억이 아니다. 길은 사라져 바다가 되고 바다 같은 허허벌판에서 어디로 가야할지 모르는 흙덩이, 길을 잃었다. 어떻게 살아 왔는지 왜 살아야 하는지 자신의 존재를 잃은 허무다. 인연의 고리를 미련 없이 끊고 달아난 기억, 야속한 정情이다. 간간이 볕의 조각 반짝이긴 하지만 그 볕마저도 노루잠처럼 들락거려 선명하지 못한 끊어진 기억회로다. 애타는 부르짖음이다.

기억은 철새처럼 날아가 돌아오지 않는다. 자신의 존재를 까맣게 잊은 친구의 어머니는 부지런한 손놀림만은 잊지 않아 한시도 가만히 있지 않는다. 딸이 잠깐 한눈을 팔면 청소를 한다고 냉장고 물건을 들어내거나 옷장의 옷들을 끄집어내어 난장판을 만든다. 틈을 타 집을 나가서 돌아오는 길을 찾지 못하기도 한다. 경찰서에 신고하고 동네를 한참 찾아다닌 후에야 어머니를 모시고 오곤 했다. 잃은 정신을 찾지 못한 어머니를 위해 그녀가 생각해 낸 일이 콩 고르기다. 검정콩과 메주콩을 서너 되 섞어놓고 색깔대로 나눠 고르는 일을 시킨다. 그녀의 어머니는 콩을 고른다. 집안에서 하루 종일 재미있게 콩을 고른다. 어딘가 헤매고 있을 정신도, 애타는 딸의 마음도 안중에 없이 곡조를 흥얼거리며 콩을 고른다.

형제 하나가 기억을 잃어간다는 연락을 받고 병원으로 달려갔다. 얼굴을 마주하는 순간 반가운 웃음은 있었지만 이름을 기억해내지 못한다. 형제들의 이름도 자식들의 이름도 그의 기억에는 없다. 봄에는 무슨 꽃이 피는지 동물원에 있는 동물 이름 무엇이 있는지 기억하지 못한다. 60초반에 뇌경색으로 사물의 이름을 잃어 버렸다. 병실에 있는 바나나의 이름을 물었지만 끝내 생각해 내지 못하는 안타까움, 그의 기억은 어디로 달아났을까. 행동하거나 말하는 데는 아무 이상이 없다는 사실이 천만다행이면서도 끊어진 실핏줄처럼 사라진 그의 기억을 애타게 불러본다. 자취를 감춘 기억은 세상 모든 색깔의 이름마저 섞어놓고 사라졌다. 매정하게 떠나갔다.

한낮의 전철 안에서 언성을 높여 말하는 한사람이 걸어온다. 걸어오다가 마침 비어있는 내 옆자리에 반쯤 걸터앉았다. 앉아서 여전히 무어라 말을 한다. 떡 진 머리칼은 어깨까지 늘이고 오랜 시간 흙에 뒹굴었을 찌든 옷 여기저기 구멍이 나 있다. 퀴퀴한 냄새는 진동을 하는데 전혀 기죽지 않는다. 앞사람에게 연설하는 듯한 그의 말에 귀 기울였으나 한 마디도 알아들을 수가 없다. 움푹 파인 볼은 치아를 갖지 못해 소리만 있을 뿐 언어가 없다. 반쯤 잃어버린 정신을 찾아 헤매고 있

이 남자 | **김태실** 수필

는가. 서글픈 생각이 들었다. 젊음이 지나가고 현실을 느끼는 눈이 사라진 그의 삶을 들여다보며 안타까움이 밀려왔다. 엉거주춤 쓰다듬었을 따뜻한 손길과 어깨를 마주했을 친지들은 어디 두고 그는 지금 어디를 헤매고 있을까.

기억을 잃는다는 것은 한 사람의 삶을 잃는 일이다. 모태의 기쁨과 희망은 사라지고 이마 푸른 기상도 자취를 감춘다. 햇살 가득한 날 반짝이는 개울물에서 건져 올린 자갈의 신선한 기쁨도, 첨벙이며 물비늘처럼 날던 행복도 잃었다. 막막한 모래더미에 덮여 휩쓸리는 모래바람에 퉤퉤 모래를 뱉어내며 사는 일이다. 기억을 잃는다는 것은 자신의 몸속에 찾아드는 사랑의 목소리를 메아리로 만든다. 목소리와 목소리가 만나지 못하고 허공에서 엇갈리는 안타까움, 우리는 서로 모르는 사이였던가. 기억을 잠식하는 늪에 빠져 허우적대는 모습이 보이는데 그는 평안하다. 기억을 잃는다는 것은 슬픔조차 잠재우는 평안인가 보다. 그저 편안한 눈빛인가 보다. 한 방울 반짝이는 눈물이 발등으로 떨어진다.

겨울산

산에 든다. 박새의 청명한 지저귐과 쇠딱이의 부리소리가 있는 평화로
운 겨울산에 든다. 푸른 하늘처럼 푸른 마음이 되는 산에 들면 지금이라는 시간
에 감사하다. 지금 몸을 움직이며 산을 오르고, 지금 산의 공기를 마실 수 있다는
감사함이다. 쌩한 날카로움으로 살갗에 와 닿던 바람이 상쾌함으로 느껴질 때 쯤
이면 산의 마음을 조금은 닮아간다. 휘젓고 다니는 바람을 무심히 바라보는 산의
눈, 산새의 노래를 말없이 듣는 산의 귀, 밟아대는 발자국을 차별하지 않고 받아
주는 산의 마음이다. 달관한 부처같이 고요하고 너른 산은 평화다. 그 평화에 들
어 상념에 잠겨본다.

겨울산의 품은 넓다. 헤아릴 수 없이 많은 나무들이 제각각 떨어뜨린 가을의 죽
음을 받아 안았다. 스스로 생겨나 스스로 지는 풀꽃, 나뭇잎과 열매가 어디에 날
아가 앉든 받아 안는 가슴이다. 그 위를 날고뛰는 생명에게 너른 마당으로 있다.
무엇 하나 탓하지 않고 마음껏 뛰놀 수 있도록 가슴을 연다. 잎이 사라진 나뭇가
지 사이로 햇살을 들여 이야기를 만드는 무대다. 삼삼오오 산에 깃든 삶들의 개성

있는 노래로 하나가 되어 하모니를 이룬다. 슬픔은 산의 가슴에서 죽고 즐거움은 꽃처럼 피는 열린 무대다. 너른 겨울산의 품은 매일이 축제다.

눈이 왔다. 녹기도 전에 내리기를 반복하는 눈으로 산은 침잠에 들었다. 아이젠을 차고 산에 오르자 꾹꾹 밟는 발소리에 산이 수런수런하다. 눈 내린 산에서 지난 가을 팔딱이며 뛰던 다람쥐의 행방을 궁금해 한다. 잠시 걸음을 멈추고 산의 숨소리에 귀 기울여 본다. 무채색의 눈과 시리도록 푸른 하늘, 깊은 고요다. 산의 가슴은 먹먹할 정도로 고요하다. 순간 어디에선가 청명한 새소리가 들린다. 곤줄박이인가 굴뚝새인가. 여리면서도 선명한 지저귐이다. 보이지 않지만 살아있는 생명이 깃들어 있는 산, 없는 것 같아도 어딘가에 존재하고 있는 풍요다. 자신의 거처에서 하루하루 지내고 있을 갖가지 생명들의 사각거리는 소리가 들리는 듯하다. 겨울산에서 비로소 산의 내면과 마주선다.

겨울산은 잉태의 씨앗을 품었다. 바람이 색깔을 입고 불어 올 때면 일제히 일어설 씨앗들이 산의 가슴에 포근히 얼굴을 묻고 있다. 그 얼굴 하나하나 일으켜 세울 때를 기다리는 모성이다. 저버리지 않는 사랑이다. 보듬은 생명들이 꽃망울을 만들고 새순을 밀어 올릴 때 산은 화색이 돌겠다. 저장해 둔 생명수를 흠뻑 먹이며 마음껏 기지개를 켤 수 있게 할 것이다. 잠자던 생명들이 눈뜨는 봄이 오면 겨울산은 할 일을 마친 거미가 된다. 자신의 몸을 자식의 먹이로 내주는 애어리염낭거미가 된다.

어미의 몸을 먹고 크는 거미새끼처럼 산에 깃든 생명은 조금씩 자란다. 키를 키우고 몸을 불리며 어제를 보내고 오늘을 산다. 겨울산의 오늘은 한 해의 마침표를

찍는 때이며 새 봄을 맞이하기 위한 정리의 시간이기도 하다. 한 발 내딛기 위해 멈춰선 조용한 숨고르기, 겨울산엔 내일이 있다. 나뭇가지 한마디를 키우기 위해, 소리 없이 꽃잎을 열기 위해 겨울산은 침묵한다. 장엄한 침묵이다. 그 산에 깃든 조촐한 삶이 보석 같은 편안함을 준다. 행복의 알맹이를 건진다.

겨울이 존재하는 겨울산에서 생명의 숨소리를 들었다. 팔딱이는 심장의 고동을 느꼈다. 산의 가슴에 깃들어 고요 속에 함께 하는 생명들은 산새 지저귐을 들으며 외롭지 않은 시간을 지내고 있었다. 함께라는 말은 참으로 따뜻한 말이다. 적막을 이겨낼 수 있는 안온함이다. 슬픔의 부스러기를 내려놓고 편안함을 건져 오는 곳, 외로움의 가루를 털어내고 잔잔한 평화를 받아 안을 수 있는 겨울산에는 희망이 있다. 그래서 사람들은 산을 찾는가 보다. 건강한 산의 가슴에 안겨 위로를 받고, 행복의 옷을 입는가 보다. 살갗에 와 닿는 바람이 신선하게 느껴지는 것은 지금 산의 가슴에 한 그루 나무로 서있기 때문이리라.

이 남자 | 김태실 수필

진화하는 시대

현재는 지나가고 있다. 지금이라고 말하는 현재도 말하는 순간이 지나면 현재가 아니다. 과거나 미래라 할 수 없는 현재는 어느 때나 존재했었다. 지구에 생물이 생성되는 순간부터 현재는 존재했고 물이 흐르듯 지나왔다. 수세기 전 번성했던 아테네 문명과 그리스의 신전도 기둥만 일부 남긴 채 끝 모를 깊이의 과거 속으로 갔다. 현재라는 이름의 지금은 순간 존재하지만 멈추지 않고 지나가 버린다. 결국 현재는 없다. 미래를 향해 가고 있는 과거만 있을 뿐이다. 누에가 뽕잎을 갉아 먹어 치우듯 누에 같은 과거 속으로 미래는 흘러들어 간다. 뽕잎이 누에 고치의 몸을 거쳐 비단실로 나오는 것처럼 미래가 비단실 같은 진화를 그려냈음을 과거 속에서 알 수 있다. 지금은 진화의 시대다.

"화장실에서 빵을 먹을 수 있는 때가 온다"는 말이 떠오른다. 약 40년 전 여중시절에 선생님이 그 말을 했을 때 우리는 얼굴을 찡그리며 웃었다. 있을 수 없는 일이라고 믿지 않았다. 변소, 뒷간, 측간이라고 불리던 당시 화장실은 대소변이 모아지는 곳으로 시각적으로 노출되어 있었고 냄새 또한 견딜 수 없도록 역했다. 땅

속에 심어 놓은 통에 오물이 차면 통의 크기에 따라 2~3개월, 혹은 더 오랜 기간에 한 번씩 퍼내야하는 상황이었기에 파리와 구더기가 득실대는 곳이었다. 생리현상을 해결하기위해 들어가야 할 수 밖에 없던 그 곳에선 숨을 참아야 했고 되도록 빠르게 일을 보고 나와 큰 심호흡을 해야 했다. 그런 시대를 살고 있던 우리에게 화장실에서 빵을 먹을 수 있게 된다는 말이 가당키나 했던 말인가. 그러나 지금 나는 화장실에서 빵을 먹을 수 있다. 거실과 방처럼 작은 시계와 달력이 걸려 있고 하루에도 몇 번씩 드나들며 전신을 비춰볼 수 있는 거울이 한 쪽 벽면을 차지하고 있는 깨끗한 수세식화장실에서 빵을 먹지 못할 이유가 없다. 세월은 흘렀고 시대는 변했다.

"걸어 다니면서 전화를 한다"는 말을 나는 이해 할 수 없었다. '말 전하는 기계'라는 의미로 전어기(傳語機)라고 불렸던 전화기는 1895년 도입되어 조선 왕실 궁내에 자석식 전화기로 시작되었다. 1902년 서울~인천 간 일반 전화선이 개통되면서 최초 13명의 가입자가 생겼고 점차 그 수요가 늘기 시작했다. 한 동네에 한 집정도 백색전화가 있던 시절, 급한 소식은 전화기 있는 집 인편을 통해 전달 받을 수 있었고 때론 그 집으로 달려가 조심스럽게 전화기를 건네받아 통화할 수 있던 때다. 본격적인 공급이 시작된 1960년대 초부터 개인 소유가 100만대로 늘어난 1975년경에도 전화는 여전히 귀한 사유 재산권이었다. 당시 투기의 대상이 되어 전화기를 빌려주고 월세를 받는 일도 있었다니 지금 생각하면 신기하기도 하다. 그러나 2009년 현재 전화가 없는 집이 없을 정도의 신기원을 맞았다. 그 뿐인가. 걸어 다니며 할 수 있는 휴대전화는 개개인 하나로도 부족하여 2~3개를 지니

이 남자 | 김태실 수필

고 다니는 사람도 있다. 이제 휴대전화 하나로 대중교통을 이용하고, 강의를 듣고, 은행 업무를 보고, 가사를 돌보고, 위성TV를 시청하는 시대가 됐다. 유비쿼터스(Ubiquitous) 혁명이라는 말이 난무할 정도다. 휴대전화는 이 시대에 요긴한 진화의 산물이다.

"물을 사먹는 시대가 온다."기에 설마 했더니 정말 그런 시대가 왔다. 조선 후기의 풍자적인 인물 봉이 김선달이 대동강 물을 팔아먹었다는 설화가 있지만 그래도 물을 사먹게 될 줄은 몰랐다. 정수기를 설치하기 전에는 볶은 옥수수나 둥굴레차를 넣어 끓여 먹었고 집근처 약수터에서 물을 받아 마시기도 했다. 그러나 적합 판정을 받는 약수보다 부적합한 약수가 더 많아지기에 하나 둘 폐쇄돼 가는 약수터를 가지 않고 정수기를 설치했다. 1980년대 후반에 정수기를 설치한 후 얼마 전까지 줄곧 정수기 물을 먹는 물로 사용했었다. 딸은 직업상 집에서 식사하는 때가 거의 없고 부부만 남아 있는 상황에 물 사용이 급격히 줄어 이젠 그마저도 철거하고 마트에서 물을 사다 먹고 있는 중이다. 처음 대형마트 생필품 옆에 버젓이 진열되어 있는 물을 보며 '잘 팔릴까'하는 의문을 가졌었는데 요즘엔 장보는 사람들 카트 안에 물 몇 통씩 들어 있는 것을 쉽게 본다. 펌프로 지하수를 퍼 올리던 시대를 떠나 수돗물을 정화해서 먹다가 대량으로 생산하는 물을 사먹는 때가 왔다. 1세기쯤 지난 다음에는 어떤 상황이 돼 있을지 궁금하다.

"달나라에 옥토끼가 산다"는 말을 믿었었다. 어려서부터 들어온 달 이야기는 신비로움으로 가득 찼었다. 동요 작곡 작사가 윤극영의 '반달'을 보면 '푸른 하늘 은하수 하얀 쪽배엔 계수나무 한 나무 토끼 한 마리'로 시작된다. 아무도 가보지 않은 베일에 싸인 달에 계수나무와 토끼가 있을 것이라 생각했고 달을 보며 소망을 빌기도 했다. 1969년 7월 20일 아폴로 11호의 달 착륙은 전 세계 사람들의 이목을 집중시키며 지구인으로는 처음으로 닐 암스트롱이 달에 첫발을 내디뎠다. 그것은 대단한 뉴스거리였다. 대기가 없는 달 표면에 티타늄과 헬륨3가 있다는 정보는 얻었지만 귀중한 자원은 없다는 결론이었다. 십수 년 전 미국항공우주국 NASA를 방문했을 때 로켓을 운전하는 방의 엄숙한 분위기와, 발사에 필요한 치밀한 장치들을 보고 놀라움을 금치 못했다. 달에 대한 신비는 사라졌지만 그 신비를 깰 수 있는 인간 정신의 진화에 다시 한 번 놀랄 수밖에 없었다.

이 세상에 변하지 않는 것이 무엇일까. 1개의 누에고치에서 약 1,200~1,500m의 비단실을 뽑아내듯 사람들의 기억은 어제보다 오늘, 오늘보다는 내일을 향한 무한한 진화의 가능성을 살려내고 있다. 세기를 더 할수록 시대는 바뀌고 시대가 바뀌면서 진화는 거듭한다. 태어난 아기가 자라 어른이 되고 죽음의 때를 맞이하는 과정이 무수히 반복된다 할지라도 진화는 멈추지 않을 것이다. 태양 아래 색다른 것이 없고 새로운 것은 과거에 있었던 것이라지만 조금씩 다르게 변화하고 있다. 진화는 희망이고 기쁨이며 발견이다. 진화는 창조요 진실이요 편리다. 이제 얼굴을 보며 통화하는 시대이며 아무리 먼 곳에 있는 사람이라도 1~2초에 소식을 전할 수 있는 E-mail의 시대이기도 하다. 오늘 내가 누리는 삶은 과거에 꿈꾸던 미래요 앞으로 올 미래 역시 현재라는 과거가 꾸던 꿈이 될 것이다. 희망 가득한 포인트, 과거 속으로 흘러드는 미래의 현재라는 지점에 나는 서 있다.

가슴과 가슴으로

몸의 중심은 가슴이다. 가슴속에는 심장이 숨을 쉬고 있다. 모든 생물은 심장이 박동해야만 살아 있다고 말할 수 있다. 심장이 있는 가슴을 맞대고 행복을 느낄 수 있는 사람이라면 그 가슴은 가슴을 넘은 사랑의 소통이다. 사랑은 힘이 있다. 기쁨이 충만한 사랑은 뜨거운 가슴 없이 이루어 질 수 없는 것, 심장의 고동을 느낄 때 사랑할 수 있는 충분한 조건이 된다. 삶의 가치를 깨닫고 그 길을 함께 할 따뜻한 포옹이 있다면 사랑은 사랑을 뛰어 넘어 생명을 나누는 일이다. 사랑하기에 하나처럼 끌어안고 죽기도 하고 살기도 한다. 그렇게 나눈 사랑은 인류 역사에 아름다운 꽃 한 송이로 피어난다.

1995년 10월 조산아로 태어난 쌍둥이 자매가 있다. 한 아기는 정상이었고 다른 아기는 생명이 위험했다. 맥박 호흡 혈압이 경고 수치를 넘어 위급한 상황에서 아기 둘을 하나의 인큐베이터에 넣는 최선의 방법이 택해졌다. 하루하루가 지나자 누가 시키지 않았어도 정상인 아기가 약한 아기를 감싸 안았다. 약한 아기는 정상 아기의 가슴에 안겨 시간이 지날수록 정상으로 돌아왔다. 건강한 아기의 심장 소리를 들으며 생명을 회복한 것이다. 어떻게, 무엇을 나누었는지 알지 못한다. 얼마나 큰 힘과 위로가 함께 했는지도 모른다. 다만 꺼져가던 생명이 살아날 수 있었던 그 포옹은 생명을 구하는 포옹이 아닐 수 없다. 생명 나눔의 열매인 것이다.

이탈리아 북부 만토바에서 얼굴을 마주한 채 포옹한 남녀의 유골이 발견됐다. 신석기 시대의 유골이 이처럼 함께, 더군다나 포옹하고 있는 형태로 발견되기는 처음이다. 유적을 발굴하던 고고학 연구팀은 이 유골들이 5천 년에서 6천 년 전의 것으로 추정된다고 밝혔다. 젊은이들로 보이는 유골은 가슴과 가슴을 맞대고 몸이 얽혀져 있었다. 무슨 사연이 있었을까. 서로 끌어안은 채 죽음을 맞아야 할 일은 무엇이었을까. 죽음 앞에서 혼자가 아닌 둘이라는 것이 얼마나 큰 위로가 되었을지 생각해 본다. 어둡고 차디찬 땅 속에 심겨져 아무도 모르게 감춰졌다가 수천 년이 지난 후 피어난 한 송이의 꽃, 영원한 포옹의 꽃이다. 비록 몸은 어쩔 수 없이 흙에 덮여졌다 해도 그들은 사랑으로 자유로웠으리라.

오랫동안 직장생활을 해온 남편이 깊은 중년이 되어 퇴직을 했다. 기술직으로 새로운 곳을 알아봐도 나이에 걸려 들어갈 곳이 없다. 거의 매일 일정한 장소에서 함께 직장생활 하던 사람들과 만나고 오는 것이 유일한 낙이다. 같은 입장에 있는 사람들이 마음을 털어 놓는다는 그 곳에서 막걸리 몇 잔의 위로를 받곤 한다. 자신의 능력을 발휘할 수 없는 사회, 할 일 없이 집에서 지내는 처지가 되었다는 것을 힘들어 했다. 우울하고 푸념적으로 변하는 남편을 보면 애잔한 마음이 든다. 말없이 남편을 안아 준다. 가슴과 가슴을 맞대고 한참을 그렇게 있다. 그의 마음이 누그러지고 편해지기를 바라는 간절한 기도의 행위다. 충분히 수고했다고

이 남자 | **김태실 수필**

그의 등을 토닥인다.

렘브란트의 '돌아온 탕아' 성화를 볼 때마다 많은 생각을 한다. 무릎을 꿇고 아버지 가슴에 얼굴을 묻은 아들, 화려했던 옷은 누더기가 되었고 신발은 헤져 뒤창이 떨어져 나가 있다. 아버지에게서 물려받은 자기 몫을 가지고 집을 나가 객지에서 탕진하고 만신창이가 되어 돌아온 아들이다. 죄수처럼 박박 깎은 머리를 품어 안은 아버지, 어깨를 쓸어주는 아버지의 손길에 사랑과 용서가 담겨있다. 아버지의 심장박동 소리를 들은 아들은 비로소 포근함과 아늑함을 느꼈으리라. 미처 깨닫지 못했던 사랑을 확연히 알게 되었으리라. '돌아온 탕아' 성화는 늘 아버지의 마음을 읽게 한다. 그 사랑 안에 있다는 것을 확인하게 하고 마음의 눈으로 아버지를 바라보게 한다. 가슴에 기도의 꽃 피우게 한다.

가슴과 가슴을 맞대는 포옹은 우리 영혼을 살게 한다. 어떤 어려움에서도 손잡아 일으켜 세우는 위로다. 내딛는 발걸음에 힘이 되고 그 몸짓에 삶의 가치를 부여한다. 포옹은 생명이고 사랑이고 자유다. 죽음조차도 갈라놓을 수 없는 믿음이다. 누가 뭐래도 자신의 중요성을 알게 하고 존재의 의미를 일깨우는 가르침이다. 삶이 고달프지만은 않다는 용기를 주는 포옹은 누구나 누려야할 행복이 아닐까. 부모가 자식을 자식이 부모를 안아 주고 부부가, 형제가 가슴을 맞댈 때 가정과 사회는 평화로울 것이다. 평화의 기운이 감돌아 반짝이는 희망으로 가득 찰 때 세상은 사랑의 향기로 가득하리라. 우리의 삶은 꽃 한 송이 아름답게 피워내는 일이다.

그림자와 빛

그림자는 홀로 존재할 수 없다. 물체의 형태를 닮아 모양을 그대로 보여주는 그림자의 속성은 곧 물체다. 그림자를 보면 물체의 성격을 알 수 있듯이 물체를 보면 그림자를 알 수 있다. 오로지 한 빛깔의 그림자에게 빛은 생명을 주어 살아나게 한다. 빛이 없다면 그림자는 어디에도 존재할 수 없다. 빛 앞에서만 드러나는 그림자는 실체의 기쁨이면서 슬픔이기도 하다. 마치 수호천사 같이 함께 해야 하는 그림자가 바라는 것은 실체의 행복인지 모른다. 가고 싶은 길이 있다고 해도 그림자 홀로 갈 수 없으며, 가기 싫어도 실체를 따라 다닐 수밖에 없는 것이 그림자의 운명이다.

그림자같이 한 가지 색깔로 살아온 사람이 있다. 그는 고희가 멀지않은 나이의 지금까지 어둡게 살아 왔다. 칠 남매 중 넷째인 둘째 오빠는 부모 곁에서 생활하던 학창시절부터 반항하기 시작했다. 이유 없이 싸움을 일으키고 사람들을 향해 삿대질을 해댔다. 한없이 베푸는 어머니의 사랑도 외면한 채 휘청거리며 세상을 살았다. 만족을 모르고 원망과 불평을 일삼으며 노름판을 전전했고 낮과 밤을 바

이 남자 | **김태실 수필**

꿔 가며 살기도 했다. 어머니는 '조금 더 나이 들면 나아지겠지' 하는 막연한 희망을 품고 세월가기만 기다렸다.

청년이 되자 그림자는 더욱 바빠졌다. 넓어진 영역은 잡기에 열려있어 일분일초도 어두운 삶을 따르지 않을 수 없었다. 순수를 떠난 삶, 푸른 하늘과 같은 희망을 갖고 무한히 도전해 볼 수 있는 젊음이 있었음에도 불구하고 그는 어둠으로만 찾아들었다. 희미한 불빛아래 그림자를 드리우고 꽃다운 젊음을 걸었다. 짙은 어둠의 세력에 사로잡혀 이성을 잃었고, 현실을 떠난 삶은 자꾸만 헛손질을 하며 깊은 수렁 속으로 가라앉았다. 평범한 사람들이 꿈꾸는 결혼도 잃어버리고 꿈 아닌 꿈에 한 가닥 희망을 거는 그를 외면할 수 없는 것은 그림자뿐이었다.

불혹의 나이를 넘어 오빠는 훌쩍 타국으로 떠났다. 그는 몸속에 그림자를 감추듯이 그림자 속에 몸을 감췄다. 외면이란 그렇게 단단하던가. 간간이 바람결에 들려오던 소식마저 끊어져 오랜 세월 행방불명되어 찾지 못했다. 밤낮 없는 어머니의 기원도 때가되어 끊어졌지만 제사상에 술 한 잔 올리는 것조차 알지 못하는 사람. 아무도 찾지 못하게 숨어 빛과 단절된 발걸음으로 어둔 길만 걸었다. 그리움은 바다처럼 출렁이며 동풍에 행여 소식 묻어올까 창문 열고 기다리기를 20여년, 어머니 마음처럼 간절했다. 한 줄기 빛이 삶의 끄나풀이 되어주길 바라는 기도였다.

어느 날 갑자기 찾아온 소식, 오빠가 왔다. 인생의 황혼기에 든 그가 돌아왔다. 세월이 흘렀건만 그가 지닌 그림자는 예전의 그림자와 다르지 않았다. 맨손, 빈 주머니, 헤진 바지, 다만 한결 같은 그림자만이 그가 외롭지 않게 함께 했다는 것을 알 수 있었다. 자신이 어떠한 삶을 살고 있는지 살펴볼 겨를이 없는 그의 곁에서 오랫동안 견뎠을 그림자의 아픔만 진하게 느껴졌다. 바람처럼 떠돌던 그에게 빛이 비추기도 했건만 빛은 언제나 어둠을 만들기 위한 빛이 되었을 뿐이다. 한생을 허무하게 살 수 있다는 것을 보여주려는 듯 그는 그림자를 앞세우고 그림자 빛깔로 돌아왔다.

십시일반으로 모인 형제들의 정성이 오빠의 생활터전을 마련해주었고 부모마침인 맏이가 취업의 문을 열어주었다. 이제 빛으로 살아야 할 때가 왔다. 낯선 삶이지만 비로소 빛의 길을 걸어야 할 때가 온 것이다. 이제까지 어둠의 삶이었을지라도 빛 안에서 살아간다면 그는 빛이 될 것이다. 어둠을 쉽게 벗어 버릴 수 없지만 성실하게 하루하루 살다보면 빛으로 물들게 될 것이다. 그는 아침 해가 뜨면 일터에서 할 일이 있는 사람이 되었다. 비로소 그림자의 행복이 보인다.

그림자가 있다는 것은 빛 앞에 있다는 뜻이다. 빛은 누구에게든 비추고 있지만 깨닫지 못할 뿐이다. 부드럽고 따사로운 빛 속에 있다는 것을 깨닫는 순간 눈이 열려 그림자의 길이 달라진다. 방탕한 아들 아오스팅을 위한 어머니 성녀모니카의 기도, 그녀의 눈물 젖은 기도가 있었기에 아오스팅의 삶은 변화되어 성인이 되었다. 소중한 사람의 간절한 기도가 가슴에 와 닿았는가. 이제야 눈 뜬 그가 눈부신 빛을 본다. 어두운 삶을 살아온 그가 걸음마를 배우는 아이처럼 인생의 말년에 밝은 삶을 배운다. 실체가 행복하면 그림자도 행복하듯 실체가 즐거워야 그림자도 즐겁다. 빛 속의 행보, 실체와 그림자가 하나 되어 건강한 삶을 살아간다는 것은 얼마나 다행한 일인가.

이 남자 | **김태실 수필**

어느 수행자의 길

신혼살림을 경상도 영주에서 시작했다. 서울 부모님을 떠나 낯선 곳에서 생활한다는 것은 두려운 일이지만 여행을 자주 다니지 않았던 내게 신혼생활은 일상이 여행이었다. 심한 사투리를 못 알아들어 몇 번을 되물어도 이해가 안됐던 그 때 살고 있던 주변은 모두 신선한 여행지였다. 이웃과 나누는 대화나 시장에서의 언어들은 생소하고 재미있었다. 머물고 있는 주변을 여행하듯 다니고 다른 곳에 이사가서도 가까이 있는 곳을 동산 오르듯 찾는다면, 굳이 먼 곳의 관광지를 가지 않아도 되겠다는 지론을 갖게 되었다. 틈이 나면 남편과 함께 집에서 멀지 않은 경상도 곳곳을 돌아 다녔다. 선인들의 발자취를 더듬어보거나 자연의 아름다움에 감탄하면 삶의 길을 배우게 된다.

단양팔경은 여러 번 찾아가 그 아름다운 신비에 젖곤 했다. 예부터 중국의 소상 팔경보다도 더 아름답다고 하는 이곳은 단양에 있는 8곳의 명소를 말한다. 굽이쳐 흐르는 남한강 상류에 '도담삼봉'과 '석문'이 있고 충주호에서 선상관광의 백미로 맛 볼 수 있는 '구담봉', '옥순봉'이 있다. 선암계곡의 '상선암', '중선암', '하선암'과운선구곡에 있는 '사인암'을 단양팔경이라 부른다. 그 중 석문石門은 동양 제일의 웅대한 2개의 돌기둥이 무지개 모양으로 굽어져 있다. 굽어진 석문의 등이 신기해 올라가 보니 좁고 거칠어 무서웠다. 수십 척 높이의 석문에 공연히 올라왔다는 후회가 일었지만 앞서 건너는 사람을 보며 용기를 냈다. 조심조심 석문의 등을 지나 건너편에 닿았을 땐 안도의 숨을 쉬었고 해냈다는 기쁨으로 뿌듯했다. 많은 일이 처음엔 두려움을 갖게 되지만 용기를 내어 한 발자국씩 떼어놓을 때 이겨낼 수 있게 되는 것을 알았다. 무서움이 일었던 바윗길, 그 위에서 끝이 보이지 않게 이어진 강과 푸른 숲과 하늘을 보았던 기억은 어려움 속에도 희망이 있다는 것을 알게 한다.

영주로 여고 동창들이 찾아왔다. 당시 미혼인 친구 5명이 서울에서 경상도까지 기차를 타고 약300km를 달려온 것이다. 방 두 칸 전셋집이 마치 수학여행 온 학생들 숙박시설 같았다. 먼 곳에서 찾아온 친구들을 위해 남편은 성실한 가이드가 되어주었다. 신라의 고승 의상대사가 창건한 부석사를 찾아가 자세히 설명해주고 국보 무량수전과 석등을 살펴보는 우리를 사진 찍어주기에 바빴다. 부석사는 중요한 문화재들이 세월의 흔적을 안고 보존되어 있었다. 산사의 고요로 귀가 멍멍 했다. 평소 활달하게 많은 이야기를 하던 친구도 귓속말을 하고 발소리를 죽이는 것을 보면 명승고적의 고요함이 마음을 차분하게 만들었나 보다. 수행하는 사람들이 거닐었을 경내를 걸으니 사뭇 경건해졌다. 마음을 닦는 일에 침묵과 고요는 필수란 생각이 들었다. 살다가 가끔은 이런 곳에 찾아와 차분히 마음을 들여다본다면 걱정하던 일도 저절로 해결될 것만 같았다.

이 남자 | **김태실 수필**

사투리를 알아듣고 이웃과 친숙한 관계가 될 때쯤 경기도 수원으로 이사를 오게 되었다. 집에서 멀지않은 수원의 명산 광교산에 올랐다. 가끔 기회 있을 때마다 찾던 산이지만 처음으로 가족이 함께 올랐다. 산행을 즐기지 않는 나와 딸은 중턱쯤에서 하산하자고 했지만 남편은 조금 더 가자며 앞서가는 바람에 따를 수밖에 없었다. 청명한 산바람의 향긋함과 몸을 스치는 싱그러운 푸른 잎에 위로를 받으며 힘겨움을 참았다. 노루목 대피소를 거쳐 거의 3시간 만에 582m 시루봉정상에 올랐다. 그 곳에서 내려다보이는 풍경은 어려움을 이겨내고 산을 오른 사람만이 누릴 수 있는 행복이었다. 며칠 후 멀리 타국으로 떠나야 하는 딸에게 말없이 전하는 아빠의 마음인지도 몰랐다. 미국 샌디에이고에서 직장 생활을 한다는 것이 쉬운 일이 아니지만 잘 참고 이겨내라는 사랑의 마음이 아니었을까. 오랫동안 부모를 떠나 있어야 하는 딸과의 산행으로 추억을 만들며 가족의 응원을 심어주는 시간이었다. 걸어 올라간 만큼의 거리를 다시 내려와야 하는 부담이 있었지만 자신이 행한 일에 대해서 마무리를 할 줄 알아야한다는 것을 새겨보았다.

어느 가을날, 국도를 달리다 보게 된 과수원에는 사과나무가 풍년을 이루고 있었다. 늘어진 가지에 붉게 익은 사과가 주렁주렁 열려 탐스러웠다. 한참을 서서 그 풍요로움에 젖어 보았다. 비바람을 견디어 온 나무도 신통했지만 온갖 정성을 들여 가꾸었을 농부의 손길이 한 알 한 알에 배어 있는 듯 소중하게 느껴졌다. 사과 꽃이 피던 봄부터 살뜰히 보살폈을 농부의 간절함은 인고의 시간이었겠다. 팥알만 하던 열매가 앵두만해지고 앵두만 하던 열매가 먹음직스러운 사과가 되기까지 농부는 기도했으리라. '마지막 과실들을 익게 하시고, 이틀만 더 남국의 햇볕을 주시어…'라고 노래한 시인 라이너 마리아 릴케의 마음으로 사과나무들을 어루만지지 않았을까. 열매를 맺는다는 것은 열매 속에 가꾸는 이의 혼을 불어넣는 일이지 싶다. 최선을 다할 때 기쁘게 열매를 수확할 수 있게 되는 것이리라.

　삶은 배움의 길을 가는 것이다. 득도한 선인들은 깨달음을 얻기 위해 고행을 자처하기도 했다. 깨달음을 얻은 후 초월의 길을 걸었다지만 현실을 살아가는 평범한 사람들은 어떻게 살아야 깨달음의 완성에 닿을 수 있을까. 하루하루 삶 속에서 일어나는 일들이 깨달음을 얻을 수 있는 기회가 아닐까 생각한다. 사람들 각자에게 일어나는 일들은 스스로를 살펴보게 하는 가르침일 것이다. 때론 원인 없는 결과가 있을 수 있고, 이유 없이 아픔을 겪을 수도 있다. 그러나 거슬러 올라가보면 현재 겪고 있는 일의 씨앗을 발견하게 되는 경우가 허다하다. 과실나무를 열매 맺게 하기 위해 치렀을 농부의 시간이 값지듯이 걷고 있는 길 위의 시간은 나를 영글게 하는 남국의 햇볕일 것이다. 사람과 사람의 관계에서 일어나는 불편함도 상대를 인정하고 나를 인정할 때 문제 될 것이 없다는 것도 알았다. 모든 문제의 해결책은 자신의 마음에 보물처럼 간직되어 있는 것이다. 그 보물을 찾아 나선 수행자 하나 삶의 길을 순연히 걸어가고 있다.

이 남자 | **김태실 수필**

뜸들인 길

　　오래된 인연은 잘 숙성된 음식처럼 맛이 난다. 처음 엉성했던 만남이 세월 흐르며 곰삭아 아무도 흉내 낼 수 없는 눈빛이 되고 그것은 한 송이 꽃을 피우는 일처럼 소중하다. 하루아침에 이루어 질 수 없는 눈빛, 오랜 시간 뜸 들여야 가능한 관계는 포근한 햇살아래 마음껏 날갯짓하는 새처럼 자유롭고 경쾌하다. 수많은 사람들과 얼굴을 마주하면서 각별한 눈빛을 갖게 되는 사람이 있다. 내겐 은사님 한분과 여중 동창이 그렇다. 스승에게는 존경을, 친구와는 우정을 지속해 나갈 수 있으니 행복하다.

　　여중동창 3명과 은사님을 찾아뵙기로 한 날은 7월 하순임에도 쾌적한 날씨였다. 미장원 원장인 친구의 시간에 맞춰 그녀의 차로 양평을 향해 달렸다. 수십 년 연락이 두절되었다 찾게 된 선생님과 인사동에서 몇 번 만남을 가졌지만 38년 만에 선생님 집을 찾아가는 우리는 설레는 마음을 진정할 수 없었다. 선생님 신혼시절에 뵈었던 사모님은 어떤 모습일까, 대학교에서 미술학부장으로 계신 선생님 작업실은 어떨까 등 우리는 궁금한 마음으로 상상의 나래를 폈다. 양평을 향해 가는 내내 학창시절의 즐거웠던 기억을 되살리는 우리는 여중시절로 되돌아간 50대 아줌마다.

양평에 접어들자 탁 트인 강줄기와 우거진 신록이 우리를 새처럼 날게 했다. 불어오는 바람결에 향긋한 푸르름이 묻어있는 양평이 마치 오랫동안 살았던 곳처럼 정답게 느껴졌다. 동사무소까지 마중 나온 선생님 차를 따라 조금 더 외진 곳으로 들어가니 언젠가 미술화보에서 본 전원주택이 나왔다. 깔끔하게 정돈된 넓은 잔디밭과 소나무, 후박나무, 자작나무, 도라지, 온갖 꽃나무가 가득한 앞뜰은 7월 햇살에 화답하듯 웃고 있었다. 우리는 환호하며 오솔길을 걸었고 고추와 가지, 토마토들이 싱싱하게 자라 있는 텃밭을 보며 선생님을 생각했다. 일평생 교단에서 수많은 제자들을 배출해 내어 미술계를 빛낸 선생님의 손길은 텃밭과 정원도 싱싱하고 아름답게 일구어 내고 있었다.

현관에서 사모님이 '옥희, 희경이, 태실이'를 지목하며 반갑게 맞아주셨다. 활짝 웃는 사모님은 오랜 세월이 흘렀음에도 수십 년 전의 모습을 그대로 간직하고 있었다. 분명 38년만의 만남인데 늘 얼굴을 마주했던 것처럼 친근한 느낌, 그것은 선생님 부부도 우리도 서로 기억하고 있었다는 증거다. 인연이란 얼마나 소중한가. 선생님 가족이 자주 외식하는 곳이라는 '참 좋은 생각'에서 함께 음식과 대화를 나누고 다시 선생님 집 현관에 들어섰다.

선생님의 안내를 받으며 집안을 둘러보았다. 그림을 그린 후박나무 잎 몇 장이 흰색 바탕인 벽에서 그대로 미술품이 되어있었고, 가구에도 그림이 그려져 있는 특이함을 발견했다. 그 위에 놓여있는 여러 개의 액자 속에서 아들 며느리 손자들의 환한 얼굴을 보며 다복한 가족사를 그려보았다. 앞뜰이 환히 내다뵈는 통유리

거실에선 사시사철 영화감상을 하는 것 같다는 말을 나누며 사모님 작업실로 들어갔다. 부부가 화가인 선생님 내외는 서로의 작품성을 존중하며 오랜 시간 한 길을 걸어왔다. 참으로 존경스럽다.

우리는 마치 소녀처럼 좋아하면서도 조심스럽게 선생님 작업실로 향했다. 아무에게나 공개하지 않는 작업실을 제자들이라 특별히 보여주는 것이었다. 셀 수 없이 많은 크고 작은 작품들이 선반 위에 빽빽이 꽂혀 있었고 계속 작업해 나가고 있는 미완성 작품들이 열려 있었다. 유화와 목각화가 전시되어 있는 넓은 작업실을 돌아보며 식었던 미술에 대한 그리움이 활활 타오르는 것을 느꼈다. 색감의 깊이가 깊고 깊어서 바라보는 것으로도 행복한 선생님의 작품 앞에서 우리는 고향에 온 듯 벅찼다. 손자가 처음으로 그렸다는 모조지 위의 낙서를 선생님부부는 참 따뜻한 눈빛으로 바라보았다.

식탁에 둘러앉아 이어지던 대화를 마무리하고 초저녁 햇살이 길게 그림자를 그릴 때 일어섰다. 뜰에서 사진 몇 장을 촬영하고 돌아오는 우리는 가슴 가득 행복이 출렁였다. 광채 나는 눈빛과 백발의 흰 머리칼은 선생님의 카리스마다. 굵은 파마를 해서 묶으면 머리칼이 흘러내리지 않는다며 미용도구를 가져오지 못한 친구는 무척 아쉬워했다. 보석이 박힌 예쁜 머리띠를 사다 드려야겠다며 한바탕 웃었다. 구릿빛 피부와 눈가의 선명한 주름이 미술계에 투신한 세월을 말해주고 있는 선생님, 친구들 중 아무도 화가의 길에 들어서지 못했지만 그림은 늘 우리를 태우는 열정이 된다. 오래 뜸들인 사이에서 발하는 향기로운 눈빛을 간직하게 되었다. 그 눈빛으로 또 다른 만남에서 향기로운 인연을 이어가려 한다.

제비마크가 있는 집

눈이 내리고 있다. 나풀대며 흩날리던 눈이 점점 속도를 높인다. 희끗하던 길바닥이 하얗게 덮이고 모든 사물이 끝없이 이어지는 눈발 사이로 부드럽다. 흐려진 시야 속으로 우정의 표시인 빨간색 제비마크가 달린 우체국이 들어온다. 제비마크를 바라보면 행복한 마음이 든다. 허허롭게 흙더미만 쌓여 잡초가 무성했던 아파트 옆 공터에 흙을 고르고 5층짜리 건물이 의젓하게 자리 잡았다. 소문대로 우체국이 들어섰다. 베란다의 탁 트인 공간으로 바라보이는 우체국은 지난날을 생각하게 한다. 우체국은 수많은 사람들에게 추억을 심어준 곳이다.

시인 유치환은 자신의 시 「행복」에서 '에메랄드빛 하늘이 환히 내다뵈는 우체국 창문에 와서 너에게 편지를 쓴다'고 읊었다. 우체국에서 편지를 쓰는 시인의 행복한 마음이 잔잔하게 담겨있다. 시인처럼, 요즘 느긋하게 우체국 창문으로 하늘을 보며 편지를 쓰는 사람이 몇이나 될까. 분초를 아껴가며 뛰어야하는 현대인들의 각박한 삶이 마음의 여유를 사라지게 했는가 보다. 전자 통신으로 쉽게 주고받는 문자 언어들이 편리한 반면 한 글자씩 정성스럽게 써내려갔던 편지의 맛을 잃게

이 남자 | **김**태실 **수필**

된 사실이 허전하다. 편지를 보내고 기다림 끝에 받는 답장의 반가움은 그 어떤 행복보다 큰 기쁨을 주었었다. 꿈을 나누고 따뜻한 정이 오가던 편지의 기억들이 우체국을 추억의 눈길로 바라보게 한다.

메일이나 문자로 쉽고 빠르게 전해지는 소식전달 방식과는 달리 오로지 우편으로 연락할 수밖에 없던 시절에 우체국은 자주 가는 곳이었다. 월남으로 파병된 아들에게 걱정과 보고픈 마음을 이야기하는 친척 할머니의 마음을 글로 써 드렸다. 당신의 뜻이 그대로 적힌 편지를 들고 만족해하시던 할머니는 월남에서 답장이 오면 어머니와 나를 불렀다. 아들의 편지를 읽으면 눈물바다가 되던 자리, 할 말이 많아지신 할머니는 당신의 마음을 봇물처럼 쏟아내셨고 우체국을 향하는 내게 그리운 마음까지 얹어 주셨다. 할머니의 아들을 향해 편지를 쓰고 또 쓰기를 수십 번, 우체국은 모자의 마음이 만나는 가교가 되어 주었다. 그리움을 전해 주는 기쁨이 있었기에 우체국을 향하는 발걸음은 언제나 가벼웠고 그리운 사람을 보듯 반가운 마음이 드는 곳이었다.

사람들에게 슬프거나 기쁜 소식을 충실하게 전해주며 자신의 할 일을 다하는 곳, 우체국은 온갖 사연이 모였다가 일사분란한 손길에 의해 수취인의 주소를 찾아간다. 우체부의 하루 일과는 참으로 중요하다. 엄기숙 사진작가는 자신이 살고 있는 동네 담당 우체부를 촬영했다. 1년에 걸쳐 우체국으로 출근을 했고, 하루 종일 우체부와 함께 다니며 편지 전달하는 모습을 필름에 담았다. 편지를 전하고 받는 사람들의 환한 웃음에서 삶의 기쁨이 묻어나는 따뜻함을 표현하려 했다고 한다. 큰 가방을 어깨에 메고 일일이 걸어서 편지를 전달하며 모델이 되어준 우체부는 유명해졌고 다른 직원들의 부러움을 샀다. 우체부는 그리움을 배달하고 행복을 배달하는 사람이다.

　고맙고 그리운 사람에게 정성된 마음을 보내주는 곳, 우체국이 집 가까이 있다는 사실이 기쁘다. 아침이면 우체국 앞에 모였다 곳곳으로 출발하는 우체부들을 본다. 하나, 둘 빨간 오토바이를 타고 달려 기쁜 소식 한 아름씩 전해줄 손길이기에 위험에서 지켜달라는 기도를 드린다. 오늘은 제비마크가 환히 보이는 식탁에 앉아 우체국을 바라보며 편지를 써야겠다. 마음만 있었지 쓰지 못했던 편지를 고운 편지지에 옮겨 적어야겠다. 내게 꿈꿀 수 있는 희망을 심어준 사람, 세상을 아름답게 바라볼 수 있는 마음을 키워준 사람에게 고맙다는 인사를 전해야겠다. 흩날리던 눈이 멈추자 빨간 제비마크가 더욱 선명하게 웃고 있다.

술에 대한 단상

술이란 잘 마시면 개인이나 사회생활에 필요한 것이지만 지나치게 마시면 개인과 사회 모두에게 해를 끼친다. 알코올이 함유되어있어 마시면 취하게 되는 술은 칼로리가 높기 때문에 음식이 귀하던 시절에 인류에게 훌륭한 에너지 공급원이었다. 부패되지 않으면서 휴대가 간편하여 에너지원으로의 요건을 충족하였을 뿐 아니라 알코올이 갖는 약리학적 속성은 인간사회에서 의사소통을 원활하게 하는 사회적 윤활유의 기능을 발휘하기도 하였다. 그러나 음주는 각종 질병에 걸리는가하면 지나칠 때는 가족과 친척, 직장동료, 더 나아가서는 전혀 모르는 사람에게 피해를 입히게 되는 일도 있다. 보건의료문제, 사회복지문제, 사법문제까지 발전되어 사회적으로 문제를 일으킬 수 있는 것에 술이 가장 큰 원인이 되고 있는 것이다. 여러가지 문제가 있음에도 삶을 풍요롭게 만드는 술을 차가운 시선으로 바라볼 수만은 없다.

수렵시대에는 과일주가 만들어지고 유목시대에는 가축의 젖으로 젖술이 만들어졌으며 농경시대부터 곡류를 원료로 한 곡주가 빚어지기 시작했다. 포도주와 같은 과실주는 인류의 역사와 더불어 오래전부터 있었던 것이다. 녹말을 당화시키는 기법이 개발된 후에 만들어진 청주와 맥주도 정착농경이 시작되면서부터이니 술이란 인간과 뗄래야 뗄 수 없는 관계가 되어있다. 한국 역사에 최초로 술에 관한 이야기가 기록된 것은 '고삼국사기古三國史記'이다. 고구려를 세운 주몽(동명왕)의 건국담 중에 천제의 아들 해모수가 능신연못가에서 하백의 세 자매를 취하려 할 때 술을 마련해 놓았다. 먹여서 취하게 한 다음 수궁으로 들어가지 못하게 하고 큰딸 유화와 인연을 맺어 주몽을 낳았다는 설이 있다. 설화에 속하는 것이지만 한국의 술 내력이 오래 되었다는 것을 짐작할 수 있으며 대상을 따뜻한 시선으로 바라볼 수 있는 부분이기도 하다.

술은 소량을 마시게 되면 중추신경에 자극효과가 있어 기분이 좋아지지만 그 양이 늘고 사용기간이 길어지는 경우에는 중추신경억제제로 작용된다. 파도타기, 폭탄주 마시기, 2차 3차 가기 등으로 대변되는 우리 사회의 음주관행은 적절한 음주나 사교적 음주를 불가능하게 하기도 한다. 적절한 음주를 하려고 노력하는 사람도 결국에는 자기 의지와는 다르게 과음이나 폭음을 할 수밖에 없어 음주로 인한 폐해가 늘어나고 있다. 사람에 따라 손해를 일으킬 수 있는 술은 사람마다 마시는 이유가 다양하다. 정신적 압박에서 벗어나고자, 혹은 흥겨움을 더하고자 음주를 하기도 한다. 말이 없던 사람이 술을 마시면 물 만난 고기처럼 즐거워하고 열심히 일한 후에 숨통 트이듯 새로운 출발을 위해 활력을 마시는 사람도 있다. 사회생활을 원만하게 만들어 주며 삶을 풍요롭게 만들어주는 적절한 음주란 개인과 사회에 필요한 문화가 된다.

이 남자 | 김태실 수필

남편은 술을 매우 즐기는 사람이다. 술과 남편을 떼어놓기 위해서 무척 노력했었다. 그러나 수십 년이 지난 지금까지 술에 대한 남편의 변함없는 마음에 손을 들고 말았다. 만나면 반갑고, 못 보면 그리워하는 그의 마음을 어찌 할 도리가 없다. 이제 생각해보니 남편은 술을 즐긴 것이 아니라 사람과의 인연을 소중히 여긴 것이었다. 시부모님의 고향이 함경도인 관계로 가족이 많지 않은 시집은 명절에도 한산했다. 때문에 가족들로 북적대는 다복한 집안을 늘 부러워했다. 사람을 만나면 술을 통해 마음을 교감하고 인정을 나누는 술좌석에서 외아들의 외로움을 잊으려 했는지도 모른다. 세월이 흐른 지금 이웃을 이웃으로만 생각지 않는 남편의 마음을 이해하게 되었다.

한국의 술 문화는 술 취한 사람의 잘못된 행동이나 실수에 대해 관대한 편이다. 알코올 중독자라 할지라도 가정을 파탄지경에 이르게 하거나 사회활동이 완전히 불가능해지기 전에는 치료를 받아야 한다고 생각하지 않는다. 술잔을 주고받으며 마시는 수작문화는 전세계적으로 우리민족만이 갖고 있다. 이는 음주속도를 빠르게 만들어 주량을 늘게 하고 감염균이 전파되는 중요한 통로를 만들기도 한다. 습관성과 중독성이 있는 술은 신체적으로나 정신적으로 갖가지 부작용을 일으킨다. 우리는 술로 인해 울기도 하고 웃기도 한다. 이제 21세기다. 술 문화도 많이 바뀌었다. 술좌석에서 차를 가져왔다고 하면 더이상 권하지 않는 깔끔함이 있고, 술을 마시고 운전하던 일이 대리운전을 통해 해결하므로 위험성이 줄어들었다. 참으로 다행스러운 일이다. 술을 즐기는 모든 사람들이 적절한 음주로 생의 그림을 아름답게 그릴 수 있다면 하는 바람이다.

평생학습이 주는 행복

현대는 배움의 시대다. 많은 사람들이 취미나 특기를 키우기 위해 배움의 장소를 찾는다. 평생학습이 운영되는 기관에서는 배우고자 찾아오는 사람들을 위해 활짝 문을 열어 놓았다. 정규학습 외에도 얼마든지 다양하게 배울 수 있도록 준비되어 있는 것이다. 문화원이나 대학, 시청, 동사무소 등에서 열리는 평생교육 프로그램은 우리의 삶에 활력을 불어 넣는다. 경기도 평생학습 축제 기간에 도우미 역할을 한 적이 있다. 3일 동안 열린 축제는 미처 못 이룬 꿈을 펼치며 즐겁게 사는 삶을 보여주는 장이었다. 그동안 배워왔던 악기연주나 댄스, 다양한 분야의 기량을 마음껏 발휘하는 동아리 경연대회는 전문가 못지않은 열정의 불꽃 축제였다. 그 중 마음을 표현할 수 있는 글쓰기는 평생학습의 꽃이며 삶의 희망이다.

학문을 이해한다는 의미의 문해 한마당은 어르신들의 행복이 묻어나는 잔치마당이었다. 가정 사정이 여의치 못해 혹은 형제들 뒷바라지 하느라 배우지 못했던 글을 익혀 백일장에 참여한 어른들의 얼굴은 설레임과 기쁨으로 가득 차있었

이 남자 | 김태실 수필

다. 70대 할머니 한 분은 남존여비 사상이 진한 부모님의 뜻에 눌려 학교 근처에 는 가지도 못하고 살아왔다. 어려서 글을 배우지 못한 열등감은 어른이 돼서도 스 스로 소외되는 생활이 되었다고 한다. 드러내놓지 못하는 괴로움으로 땅만 보고 살았었다는 할머니가 요즘엔 걸어다니며 간판 글씨를 빼놓지 않고 읽고 매일 일 기를 쓰며 가슴 두근대는 기쁨을 맛본다고 했다. 할머니의 얼굴은 해처럼 빛이 났 다. 글을 몰라 답답하고 주눅 들어있던 삶이 활력을 얻고 제2의 인생을 산다고 말 하는 할머니를 보며 평생학습의 중요성을 다시 한 번 느끼게 되었다.

도전의 장, 열정의 장에 참가한 초등학교 어린이들은 미래의 화가, 미래의 문학 가가 되는 꿈을 펼쳤다. 초등학생 1~2학년은 사생대회, 3~6학년은 백일장으로 나뉘어 열린 대회에서는 마치 한 폭의 그림을 보는 것처럼 아름다운 광경이었다. 시제가 주어지자 사색에 잠기는 듯 하던 어린이들이 자신의 마음을 원고지에 써 내려갔다. 부모 앞에서는 아기 같은 존재가 의젓하게 생각을 풀어내고 있는 것이 다. 시와 수필을 작은 손끝으로 펼쳐내는 모습은 진지했다. 거침없이, 혹은 조심 스럽게 쓰는 글을 보면 깊고 섬세해서 우리나라 문학의 밝은 미래가 보였다. 평생 학습의 일환으로 열리는 행사 하나하나가 각 사람들 속에서 잠자고 있는 솜씨를 깨우는 계기가 되어 주고 있는 것이다. 새싹처럼 푸르고 희망찬 축제다.

처음 평생교육원을 찾았을 때 내 삶의 방향을 바꾸어 줄 거라는 예상은 하지 못 했다. 그저 시간을 활용한다는 생각을 했을 뿐이다. 그러나 시간이 흐를수록 사물 을 바라보는 시각이 달라지고 삶의 의미를 깊이 천착하는 모습으로 바뀌어 가고 있는 나를 발견했다. 미처 몰랐던 부분에 대해 눈뜨는 기쁨이 컸다. 평범한 주부가 문인의 길을 꿈꾸며 걸어갈 수 있다는 희망을 갖게 되었고 꾸준한 학습은 삶의 방향을 바꾸어 주기에 충분했다. 혼신을 다해 걸어가고 싶은 길이 생긴 것이다. 평생교육 프로그램 중 문예창작 과정이 잠자는 감성을 깨우고 손잡아 일으켜 걷게 해 주었다. 하루하루가 소중하고 연이어 바뀌는 계절이 신선하게 다가왔다. 많은 사람들이 평생교육기관에 준비되어 있는 다양한 과목 중 한두 가지를 선택해 배우면서 그들의 인생은 달라지고 있다.

아이 버릇 어른까지 간다는 말이 있다. 어릴 때 습득한 정서와 배움으로 향한 열의가 그 사람 일생에 큰 영향을 미친다는 것이다. 경기도 각 기관을 통해서 뿐만 아니라 평생교육 차원에서 현실에 부딪혀 익히는 학습도 있다. 3돌 된 아들과 함께 세계여행을 하는 젊은 아기엄마의 여행기를 읽었다. 제목 '바람이 우리를 데려다 주겠지'는 작가 오소희가 아이와 접한 다양한 나라의 풍물과 이국 사람을 접하며 쓴 글이다. 세상과 자연스럽게 어울리는 삶을 심어주려 했고 아이는 거리낌 없이 받아들였다. 크고 넓은 세상이 낯설지 않은 옆 동네라는 것을 익히는 것이다. 그 과정을 거쳐 일생을 살아가는데 열린 마음이 되기를 바라는 부모 마음일 것이다. 실전에 뛰어든 평생학습이 아닐 수 없다.

21세기인 지금은 배우며 노력하는 사람에게 행복을 안겨주는 시대이다. 어릴 때 익히지 못했을 지라도 평생학습을 통해서 배움에 대한 만족도를 키우고 활기찬 삶을 살아갈 수 있다. '사람이 반갑습니다'라는 슬로건으로 사람들이 행복해 질 수 있도록 다양한 프로그램을 열어 놓은 수원은 인문학의 도시이다. 시대상황에 어쩌지 못해 글자를 배우지 못한 어르신들에게 한글을 읽고 매일 일기를 쓸 수 있는 기쁨을 선물하고, 자라나는 새싹들의 재능을 발견할 기회를 열어준다. 이루지 못한 꿈을 가슴에 안고 살아가는 사람들에게 희망을 주는 현세에 꼭 필요한 프로젝트이다. 활짝 열린 문을 향해 나아가는 누구에게나 희망의 꽃은 핀다. 열린 평생교육으로 많은 사람들에게 행복을 안겨주는 경기도는 참으로 살기 좋은 도시이다.

11월의 목소리

잦아드는 달이다. 숨가쁜 달리기를 마치고 차분히 숨을 고른 달이다. 화려한 단풍의 옷을 벗고 싸늘하게 스치는 바람의 기운을 느끼며 의연히 서서 침묵하는 나무를 본다. 봄바람이 불어오기 전까지 조용히 견디는 나무의 삶은 희망을 틔우기 위한 기도의 시간이다. 나무처럼, 밖으로 열려있던 눈길을 안으로 향해 내면에 내재되어 있는 스스로의 삶을 바라보았다. 들린다. 떠나갔다고 생각했는데 떠나지 못하고 남아있는 목소리가 들린다. 귀 기울여 그 목소리를 듣는다. 사라지지 않고 그리움의 이름을 달고 말하는 목소리, 다정한 사람들의 목소리가 살아있다. 아메리카 원주민인 아라파호족은 11월을 '모두 다 사라진 것은 아닌 달'이라고 했다. 사라지지 않고 내게 말을 거는 목소리가 있다.

함께 동문수학하던 서혜미 시인의 목소리가 들린다. 갑자기 세상을 떠난 그녀의 짱짱하던 목소리가 가슴을 울린다. 구루병으로 등이 굽었고 성장이 멈추어 키가 작았던 그녀, 비록 장애를 가졌지만 구김살 없이 밝고 활달한 그녀와의 만남은 어느 만남보다도 진솔했었다. 자신을 업어 키워준 어머니가 돌아가시고 난 다음날 가겠다던 그녀가 팔순의 어머니를 남겨두고 먼저 갔다. 봄바람을 따라 떠난 그녀를 가을바람 마시며 찾아갔다. 추모의 집 그녀가 있는 방 앞에서 조용히 눈을 감고 그녀를 생각했다. 환하게 웃으며 반갑게 맞아주는 그녀의 손을 잡고 한참 이야기를 나눴다. 자신의 유고시집이 나왔다는 것을 알고 있었고 축하 꽃다발을 대신 받은 어머니가 통곡하듯 흐느껴 운 사실도 알고 있었다. 시를 쓰기 위해 고뇌했었지만 지금은 아예 시 속에 살고 있다고 말하는 그녀의 목소리가 편안하게 들렸다.

가톨릭 신앙은 11월을 위령성월이라 부른다. 해마다 11월이 되면 돌아가신 사람을 기억하고 그들을 위해 각별한 기도를 드린다. 묘지참배를 하고 세상 떠난 이들을 위한 기도를 하며 이 세상 삶을 마치고 난 다음 건너가게 될 길을 익히게 된다. 우리 곁을 떠났다고 사라진 것이 아닌 그들의 목소리를 들으며 이승의 삶에 순간순간 정성을 다하게 되는 것이다. 11월의 바람에 섞여 들려오는 목소리는 깨달음을 준다. 욕심을 내려놓는 겸허함과 피안의 세계에 눈뜨는 혜안을 열어준다. 현재의 삶이 전부가 아니라는 그 목소리는 성실을 가슴에 묻고 살아가야 한다는 것을 알게 한다. 오늘은 내게, 내일은 네게(hodie mihi cras tibi)의 진리 앞에서 언젠가 만나게 될 죽음을 낯설지 않게 맞이할 마음의 준비를 하게한다.

바람이 머리칼을 헝클어 놓는다. 옷깃을 흔든다. 그리운 이의 손길처럼 자신의 위치를 알리려는 듯 세상의 모든 것을 흔들고 있다. 햇살을 받은 서호의 물결 위에 잔잔한 파랑을 만들어 쉬지 않고 넘실거리게 하고 마른 풀잎에 생명을 불어 넣으려는 듯 일으켜 세우려 하고 있다. 자연으로 돌아간 부모님을 생각한다. 무덤에서 건져져 고운 가루가 되어 자유롭게 자연으로 돌아간 부모님을 기억한다. 11월의 바람에 섞여 내게 찾아와 당신들이 가신 길을 일깨워 주고 있다. 바람에 흔들리는 나뭇가지의 너울거림이, 은빛 물결의 출렁임이 당신의 목소리임을 알아듣기를 바라고 있는 듯하다. 눈 감고 한참을 귀 기울였다. 오래전에 나누었던 다정한 목소리가 11월 바람에 섞여 있다. 바람의 손을 잡고 들려오는 다정한 이들의 음성을 듣는다.

누구에게나 매일매일 흠 없는 하루가 주어진다. 아무도 밟지 않은 눈길 같은 소복한 한 해가 주어지고 그 해의 끄트머리에서 돌아볼 수 있는 기회도 주어진다. 한해를 마무리하기에 앞서 11월 위령성월에 들려오는 먼저 떠난 이들의 목소리를 들으며 나를 돌아본다. 아침에 눈을 뜨며 하루를 살 수 있는 여유를 주심에 감사하고, 잠자리에 들며 내게 주어졌던 하루가 후회 없는 시간들이었는지 생각했다. 인간의 수명이 70살이라고 할 때 우리는 3천번 울고, 54만번 웃으며, 27억번 심장이 뛴다고 한다. 자신도 모르게 뛰고 있는 심장에 고마워하지 못한 나를 발견했다. 의식하지 못하는 순간에도 숨 쉬고 있는 호흡에 고마워하지 못했다. 매 순간 일어나고 있는 기적 같은 일에 눈길도 돌리지 않은 무심한 날들이었다. 모두 다 사라진 것이 아닌 달에 들려오는 목소리를 들으며 삶에 더욱 충실할 수 있는 마음을 갖게 되었다. 사라지지 않고 내게 말을 건네는 11월의 목소리에 귀를 기울이며 소중한 하루를 연다.

Part 05

바람의 향기

삶의 한 토막

    삶의 기쁨을 느끼는 분야는 다양하다. 그 중 자식에게서 느끼는 즐거움은 빼놓을 수 없는 중요한 부분이다. 자식이란 태어날 때의 기대와 사랑을 한 몸에 받고 자라서 성장하여 부모에게 보람을 안겨 준다. 자식을 키우는 일은 큰 행복이기도 하면서 도를 닦는 인내를 필요로 하기도 하다. 세월이 흐르며 자식 키우기는 그렇게 만만치 않다는 것을 실감하게 된다. 정성들여 키운 자식에게 실망하는 부모들은 자식에게 기대하지 말라는 말을 철칙처럼 외치고 있다. 효도하는 자식이 있는가하면 아픔을 주는 자식도 있다는 말이다. 내가 부모에게 사랑을 받았듯이 받은 그 사랑을 사심 없이 베풀면 자식은 자기자식에게 그렇게 하게 될 것이고 그것은 인생의 순리가 아닌가. 받을 생각 하지 말고 내리사랑만 실천한다면 자식을 통해 기쁨을 얻는 부분이 많으리라는 생각을 해본다.

    대학을 졸업하고 제법 큰 회사에 입사한 둘째 딸은 일주일간의 오리엔테이션에서 직장 상사와 선배들에게 자신의 이미지를 각인시킨듯 했다. 의욕적이고 진취적으로 직장생활을 해 나갔고 첫 월급을 탔을 때는 흥분을 감추지 못했다. 과외를 해서 어느 정도 용돈을 벌었지만 월급이라는 이름의 의미가 주는 기쁨은 남달라 보였다. 첫 월급부터 70%를 적금으로 붓고 매달 자동으로 이체되도록 하더니 적당한 시간을 맞춰 가족끼리 외식하며 남편과 내게 각각 용돈을 건넸다. 한 달, 두 달 날짜는 갔고 월급날이 지나면 어김없이 지켜지는 용돈 받는 재미에 우리 부부는 행복과 대견함을 느꼈다. 자식에게 바라는 마음 없이 살아야 한다고 주장하는 내가 이런 일에 기쁨을 느끼고 있다는 점에 스스로를 살펴보게 된다. 네 식구가 한자리에 모이기가 쉽지 않은 때 둘째 딸이 마련하는 외식자리는 가족애를 다지는 시간이 되어 주었다.

외식장소는 다양하게 전전했다. 아파트에서 멀지 않은 상가에 있는 한정식 '도심 속 옛터'는 즐겨 찾는 곳 중 하나다. 미리 예약을 하고 조용한 방에서 마치 궁중요리처럼 차근차근 들어오는 맛깔스런 음식을 천천히 맛보며 먹는 여유로움이 있어서다. 이달에는 식사를 마치고 밖에 나와 '캔모아'라는 곳으로 향했다. 남편과 내게 새로운 분위기와 접해볼 수 있게 기회를 만들어 주고 싶었던 모양이다. 전국적으로 퍼져있다는 그 곳의 메뉴는 빙수와 빵이었다. 주위에 학교가 있어서 그런지 학생들이 많았다. 문을 연 장소에 따라 찾는 사람들의 부류가 달라진다고 하는 이곳은 흐르는 음악이 경쾌했고 앉아서 의자를 앞뒤로 흔들 수 있게 되어있었다. 숲속의 궁전 같이 꾸며진 녹색 톤과 여기저기서 그네와 의자가 움직이고 있는 분위기가 내겐 낯설었지만 신선하게 다가왔다.

아침 일찍 서울로 출근하는 딸을 전철역까지 바래다주고 퇴근해서 돌아오는 시간에 역에서 만나 집으로 데려온다. 한 무더기 사람들 틈에 섞여 반짝이며 직장을 향하고 하루 일과를 마친 후 고단한 사람들의 틈에 섞여 돌아오는 삶이다. 썰물처럼 떠났다가 늦은 밤 밀물처럼 안식처를 찾아드는 사람들에게 집은 얼마나 큰 위로가 되는가. 역에서 나와 횡단보도를 건너는 사람들을 차 안에서 바라보며 딸의 형체를 찾는다. 몸과 마음의 휴식을 얻을 수 있는 집을 향해 바삐 걷는 사람들 틈에서 딸은 형체만 봐도 알 수 있다. 부모와 자식 사이에는 지남철 같은 끌림이 있는 모양이다. 직장생활이 고달프기도 하련만 늘 씩씩하고 즐겁게 이겨나가는 딸의 모습이 대견했다. 날이 갈수록 알찬 곡식처럼 영글어가는 딸의 마음이 속 깊게 다가왔다.

둘째가 직장생활을 하는 낮 시간에 첫째 딸과 태양초 열댓 근을 손질했다. 적당히 말린 고추 꼭지를 따고 매콤한 맛에 아파트가 떠나갈 듯이 재채기를 하면서 도란도란 이야기를 나누는 즐거움이 있다. 열심히 공부하여 미국 간호사 면허증을 취득한 첫째는 미국을 가기위해 준비 중이다. 자식을 먼 곳에 보내고 어떻게 사느냐고 사람들은 말하지만 자신의 꿈을 펼치고자 하는 딸이 멋지게 생각될 뿐이다. 부모 곁을 떠나 스스로 살아가야 하는 삶이기에 언제라도 떠나보내는 연습을 기꺼이 받아들인다. 우리에게 안겨진 소중한 선물이 삶의 기쁨과 활력소가 되어주어 행복했기에 부모와 자식의 인연을 맺고 살아온 시간에 감사하면서 마음의 준비를 한다. 날개의 물기가 마르고 훨훨 날게 될 때 축복하며 떠나보내는 것이 부모로서 해야 할 몫일 것이다. 우리 부부에게 딸 둘은 하늘의 축복이다.

이 남자 | **김태실 수필**

그리운 미연에게

제야의 종소리를 듣기위해 들뜬 마음으로 귀를 세우고, 2010년 첫 일출을 보기 위해 바다와 산으로 몰려가던 사람들이 굳건히 자리 잡을 정도의 시간이 흘렀다. 네가 샌디에이고에서 2년 만에 집에 와 함께 떡국을 끓여먹으며 지냈던 시간도 벌써 1년이 지났으니 빠른 시간을 새삼 실감한다. 이 편지가 네게 도착할 때쯤이면 2월 6일에 본다는 시험도 끝났겠구나. 좋은 결과가 있기를 바란다.

너와 윤경이가 없는 집은 적막하다. 너는 그 곳에서 더 지내야한다니 체념으로 기다리고 있지만 매일 아침저녁으로 들락거리던 윤경이마저 없으니 집이 횅하구나. 윤경이는 대학원 입학하기 전에 영어 재충전을 위해 한 달간 다녀오겠다는 뉴질랜드에서 잘 지내고 있다고 전화와 메일이 왔다. 아빠와 둘이 밥을 먹고 TV를 보고 간식을 먹고, 때론 서로가 자신의 시간을 쓰고 있지만 가슴 한 구석이 텅 빈 듯하다. 자식들 모두 출가시킨 사람들의 심정을 느껴본다. 나이 들어 외로움을 이길 방법을 미리 모색해 놓지 않았다면 얼마나 큰 허무와 우울에 빠져들지 모를 일이다.

어제 아침엔 조용히 음악을 들었다. 비발디/바이올린 협주곡 '사계' 중 '겨울'을 시작으로 헨델/협주곡 제7번 내림 B단조 혼파이프를 끝으로 19곡이 수록된 협주곡을 몇 번 반복해서 들었다. 네 방에 있던 CD도 거실에 있는 문갑에 아빠가 정리를 해 놓았다. 하나하나 CD제목을 살펴보다가 그 속에 끼어있던 네 어릴 때 사진을 보았다. 서너 살 쯤 되었나. 속옷만 입고 물속 돌 위에 앉아 환히 웃는 모습, 생각나니? 그 사진을 보니 네가 더욱 보고 싶더구나. 음악을 듣고 사진을 보며 한참 생각했어. 태어나서부터 함께 했던 시간들, 너로 해서 기쁘고 놀라고 뿌듯하고 행복했던 시간들. 자식은 태어나 자라면서 온갖 행복을 안겨주기에 이미 부모에게 은혜를 다 갚는다는 말이 맞다고 생각한다.

율전동성당 이용기(안드레아)신부님은 매주일 강론을 마치며 우리에게 숙제를 내주시고 있다. 숙제가 부담스럽다는 사람도 있지만 가족화합과 자신을 성찰할 기회가 되는 숙제가 있다는 건 좋은 기회라고 생각한다. 한 달 전 화상통화하며 "이번 주에는 이런 숙제를 주셨단다." 하고 말했는데 너는 답을 써서 우편으로 보내왔지. 아빠는 벌써 네 메일로 답을 보냈지만 엄마는 지금에서야 숙제를 하는구나. 자식은 부모가 부모는 자식이 사랑스러운 이유 다섯 가지를 적는 숙제란다. 내가 미연이를 사랑스러워하는 5가지는 이런 부분이다.

1. 올바른 가치관을 지니고 긍정적인 사고로 밝게 살아간다.
2. 이해의 폭이 넓으며 상대를 배려하는 따뜻한 마음을 지니고 있다.
3. 신앙을 지키며 믿음생활을 잘 해나간다.
4. 가족愛 형제愛가 뜨겁다.
5. 상대에게 신뢰를 주는 심성과 좋은 인상

이 남자 | 김태실 수필

이외에도 많지만 숙제를 충실히 하기 위해 나머지는 생략한다. 다만 아빠 엄마의 딸로 태어나줘서 정말 고맙다는 말을 하고 싶구나.

한 가지 네게 부탁하고 싶은 것은 건강을 잘 지켜주기 바란다. 자신을 사랑하는 사람이 다른 사람도 사랑할 수 있단다. 나를 이 세상에 태어나게 한 것은 다 뜻이 있는 것이기에 나 자신을 잘 돌보고 위해주어야 한다. 엄마 출판기념회 때 축하노래 해준 글로리아 수녀님은 무언가를 깜빡 잊었을 때 '내 기억 세포 하나가 죽어 갔구나. 세포야, 그동안 수고했다.' 하며 자신의 머리를 쓰다듬어 준다고 한다. 팔이나 다리가 아플 때는 손으로 어루만지며 '수고가 많다'고 위로해주고 소화가 안될 때는 필요이상으로 음식 욕심을 내지 않았는지 살펴본다는구나. 수녀님처럼 살수만 있다면 얼마나 평화로운 삶이 될까. 똑같이는 아니더라도 비슷하게 닮으려고 엄마도 노력하고 있단다.

미연아, 참으로 소중한 시기를 보람 있게 지내길 바란다. 주님 도움의 손길이 함께하길 빌며 사랑하고 사랑한다. 그리고 또 사랑한다.

2010년 2월 1일
한국에서 글라라 엄마가

보고 싶은 윤경아

한국의 날씨는 입춘 추위가 와서 지난겨울처럼 정신 바짝 나게 춥다. 뉴질랜드는 지내기 딱 좋은 날씨라고 했지. 나라마다 날씨가 다르고 더러는 날짜도 다르다는 것이 참 신기하다. 며칠 있으면 한국에 돌아올 텐데 오늘은 유난히 보고 싶구나. 네 방을 둘러보고 이부자리를 살펴보며 기다린다. 얼마나 많은 이야기를 가져올까 기대하면서.

매일 아침저녁으로 출퇴근하던 네가 없으니 집이 썰렁하다. 아침에 네 방문을 열어보기도 했어. 저녁이면 문을 열고 들어올 것 같은 느낌이 아직 남아 있는 것을 보면 난자리가 허전하다는 것을 실감한다.

몇 년 째 충실하게 직장생활을 하는 너를 보며 늘 든든했다. 그런데 늦게라도 대학원에 가겠다고 시험을 치른 너를 보니 결심이 완강하다는 것을 알았다. 정말 대단한 생각을 했구나. 열심히 사는 너를 신뢰하고 적극적으로 협조해주는 회사에 고마운 생각이 든다. 그만큼 정확하게 일처리를 하는 네 능력을 인정했다는 것이라고 생각해야겠지. 등록금을 준비해놓고 스스로 모든 일을 해결해 나가는 네가 자랑스럽다. 앞으로 직장생활 하랴 대학원 공부하랴 힘들겠지만 잘 이겨나가기를 바란다.

초등학생 때 시작한 치아교정을 여중 때까지 2년 동안 이어졌지만 완전히 마무리 하지 못해서 아빠 엄마에게 항상 숙제처럼 남아 있었다. 그런데 성인이 된 지금 너 스스로 시작하여 벌써 9개월이 되었구나. 잇몸에 쇠를 박고 생치아를 빼면서 겪는 어려운 과정을 잘 이겨나가는 너를 보며 놀랐다. 의지가 굳으면 이루지 못할 일이 없다는 것을 느꼈다. 브라켓을 하고 직장생활을 하며 시간 내어 치과를 다녀오는 너의 노력으로 치아는 많이 자리를 잡았지. 한결 자연스러워진 얼굴 형태와 가지런한 치아를 보면서 만족해하는 너를 보며 아빠 엄마도 정말 기쁘단다. 그리고 네가 대견스럽다.

언니가 샌디에이고에 가 있는 동안 너는 맏딸처럼 책임감을 가졌다. 아빠 엄마의 생일에 케익을 사와 축하해주고 오페라를 관람할 수 있게 마음을 써 줬지. 명절이면 봉투를 내 놓으며 집안일에 관심을 가져줬다. 어렸을 때 사람들이 언니 이름을 붙여 '미연이 엄마'라고 부르면 왜 '윤경이 엄마'라고 부르지 않느냐고 억울해 한 것 생각나니? 한국 사회가 맏이 이름을 붙여 부르는 경우가 다반사라 그렇지만 이름이 불리는 것은 그리 중요한 일이 아니란다. 지금 너는 아빠 엄마 옆에 있고 함께 지내며 충분히 언니 몫까지 하고 있으니 말이야.

1월에 신부님이 내준 숙제를 오늘에야 한다. 자식은 부모가 부모는 자식이 사랑스러운 이유 다섯 가지 적는 숙제야. 윤경이가 사랑스러운 이유는 이런 부분이다. '맺고 끊음이 분명하다', '하고자 하는 일은 최선을 다해 열심히 한다', '상대의 마음을 알아주고 풀어주는 배려가 있다', '책임감이 강하다', '빠지지 않는 외모' 더 있지만 신부님의 말씀대로 5가지만 적어본다. 나머지는 이하 생략이다. 아빠 엄마의 딸이 돼줘서 고맙고 올바르게 잘 커줘서 고맙다.

자신이 하고 싶은 일을 할 때 일의 능률이 오르고 최대의 성과를 거둔다고 한다. 너는 하고자 하는 일에 대한 고집이 있고 추진력이 있으니 무슨 일을 하던 뜻을 이룰 거라고 생각해. 아빠 엄마는 네 선택을 존중한다. 전적으로 너를 지지하며 네 뜻을 인정한다. 건강을 잘 지키면서 인간미를 지닌 아름다운 사람으로, 자신 있게 살아가길 바란다.

아빠 엄마 둘이서 떡국을 먹게 하지 않겠다고 설 명절 아침에 한국에 오는 너의 배려가 따뜻하다. 네가 와서 허전하고 썰렁했던 집이 꽉 채워질 것을 생각하니 행복하구나. 열심히 동영상을 촬영했고 사진도 찍었으니 기대해도 좋다는 네 목소리가 활기차게 들렸단다. 아빠 엄마에게 늘 기쁜 일을 만들어 주기 위해 애쓰는 네게 고맙다는 말을 하고 싶구나. 아빠 엄마의 소망은 네가 행복하게 사는 것이다. 너를 위해 늘 기도한다. 주님 축복 안에 행복하길 바라며 아빠 엄마의 사랑을 보낸다. 사랑하고 사랑한다.

2010년 2월 10일
보고 싶은 윤경에게 엄마가

이 남자 | **김태실 수필**

어깨를 스치는 바람의 향기

혼인을 하면서 얻은 열매, 자식은 심장을 뛰게 하는 원동력이다. 어느 순간 생겨나 심장의 박동 소리를 들려주며 자신의 존재를 알린다. 따뜻한 바다, 그 너른 바다에 깃을 드리우고 하루하루 커가는 생명의 소리를 들려 줄 때 우리의 가슴은 뛴다. 태초의 문을 열어 나의 존재를 있게 한 어머니처럼 생명의 문을 열어 그의 존재를 알려야 하는 일이 시작됐기 때문이다. 그렇게 희망은 탄생하고 즐거움과 괴로움을 함께하는 꿈결 같은 시절을 지낸다. 꿀맛이다. 때가 되면 짝을 만나 새로 시작하는 삶으로 자식을 떠나보내야 한다. 부부가 되어 세상 바다를 헤엄쳐 가는 혼인, 그 일을 마치고서야 부모는 할 일을 다 했다고 말할 수 있겠다. 삼십 여년을 자란 자식을 혼인시키는 일은 행사 중의 행사다.

딸 둘을 혼인시키는 일을 치렀다. 한 해에 치룬 딸들의 혼인식은 일생에 다시없는 큰 행사다. 그 행사를 통해 사위 둘을 얻었고 사돈내외를 만났다. 6월에 혼인한 둘째 딸은 교육자였던 시부모와 튼실한 사위의 사랑을 받으며 한국에 살고 있고, 10월에 혼인한 첫째 딸은 미국에서 산다. 미국 간호사로 근무하는 딸이 혼인식을 앞두고 한국에 왔을 때 우리는 모든 준비를 마쳤다. 신랑 신부의 행복을 위해 최선을 다하는 마음으로 혼인 준비를 해 놓았다. 시월의 고운 날 그들이 왔다. 바람에 실려 도착한 인천 국제공항에서 동東 서西의 격의 없는 포옹으로 반가운 만남이 이뤄졌다.

12명의 미국인 가족들과 리무진을 타고 호텔 캐슬에 도착하니 아침 9시가 훌쩍 넘었다. 모두 함께 호텔에서 아침 식사를 하며 열흘간의 한국 행사는 시작됐다. 저녁은 집에서 하기로 했다. 그들에게 식사 대접을 하겠다고 마음먹었을 때 처음엔 두려웠다. 어떤 음식을 어떻게 차려야 할지 막막했다. 며칠 고민한 끝에 가장 한국적인 음식을 하자는 결론을 내렸다. 김치는 미국인들의 입맛을 고려해 조금 덜 짜고 조금 덜 맵게 미리 담아 숙성시켜 놓았고, 불고기는 하루 전에 재워 놓았다. 거실에 교자상 4개를 붙이고 모조지로 감싼 후 잡채, 떡, 샐러드 등 준비해 놓은 음식을 차렸다. 앞 접시와 냅킨으로 마무리하고 두툼한 방석을 상 주위에 나란히 놓았다.

시간이 되자 딸의 시부모를 비롯해 여동생 부부, 친구 부부가 들이닥쳤다. 손에 손에 선물을 들고 현관을 거쳐 오며 우리는 또다시 반가운 포옹을 했다. 남자 여자를 가리지 않는 인사법, 자기 차례를 기다리는 한 사람 한 사람과 포옹하는 것이 마치 선거를 앞두고 길게 줄서있는 유권자들과 악수를 나누는 것 같다는 생각을 했다. 거실에 들어와 차려놓은 상을 보고 그들은 한동안 말을 못했다. 이어 감탄사를 연발한다. 화려하고 먹음직스러운 한국 음식상을 사진 찍기에 바쁘고 집 구경하기에 바쁘다. 음식을 감쌌던 랩을 벗기며 파티는 시작됐다. 미국 사람들이 생각보다 젓가락질을 잘했다. 한국 음식도 두루 잘 먹었다. 식사를 마치고 후식으로 과일과 커피를 마실 때 그들이 가져온 선물을 열었다. 한국 가족들의 티셔츠와 남방, 맛있는 과자, 고급스러운 빵, 선인장으로 만든 젤리, 목욕용품과 화장품 등 참으로 다양했다. 웃음이 가득한 행사는 거침없이 흘러갔다.

집에 딸의 신혼 방을 꾸몄다. 5성급은 아니라도 4성급 호텔은 된다고 생각한다. 아빠엄마와 함께 지내는 동안 딸과 사위가 불편하지 않도록 침대와 의자, 슬리퍼, 욕실 등을 세심하게 마음 썼다. 딸 부부가 머무는 열흘은 우리에게 매우 중요한 행사다. 거실 소파에 앉아 간식을 먹고 눈빛을 맞추며 마음을 전하고 전해 받는 친교의 장이다. 비록 서로 긴 대화를 나누지 못하고 딸의 통역을 거쳐야 했지만 그래서 더 행복했다. 밤이면 굿나잇 인사를 하고 아침이면 굿모닝으로 하루를 여는 매일이 꿈만 같았다. 아침식사를 준비하며 즐거웠고 음식을 잘 먹는 사위와 딸이 사랑스러웠다. 불고기와 잡채, 김, 깍두기는 기본이고 미역국, 김치찌개, 닭백숙으로 매일 식단을 바꿨다. 사위는 아침마다 가족이 둘러앉아 맛있게 식사를 했던 기억을 잊지 못할 거라 했다. 한국의 풍습을 체험할 수 있는 기회였던 것이다.

스튜디오 촬영을 하기 위해 청담동에 갔다. 마치 소풍을 가듯이 찬합에 떡과 과일을 챙겼다. 오전 10시부터 시작한 촬영은 오후 3시까지 쉼없이 이어졌다. 가져간 음식을 먹지 못할 정도로 바쁘게 이어지는 촬영 모습을 지켜보며 혼인이 행사는 행사란 생각이 들었다. 몇 벌의 드레스를 갈아입거나 한복을 입을 때면 옷에 맞춰 헤어스타일을 고치는 일부터, 가장 행복한 모습을 담고자 돌잡이 아기를 어르듯 신랑신부의 예쁜 웃음을 잡아내는 사진가의 실력도 대단했다. 가장 아름다운 때 가장 좋은 일로 사진가의 요청에 따라 연출을 하는 일도 신랑신부에겐 잊지 못할 즐거운 일이지 싶다. 인생이란 영화에 주인공이 되어 많이 웃고 많이 행복한 촬영을 마쳤다. 식사를 하기 위해 청담동 골목을 걷는 우리에게 시월의 눈부신 햇살이 쏟아져 내렸다.

미국에서 온 손님들은 한국에 대해 공부를 많이 했다. 세계에서 하나뿐인 분단국가인 한국의 비무장지대를 보고 싶어 했고, 그 소식을 미리 접한 우리는 25인승 버스를 예약해 놓았다. 버스를 타고 통일전망대를 향해 가는 길은 단풍이 절정을 이룬 10월 하순이다. 그들은 빨강 노랑 주황으로 물든 다양한 빛깔의 나무에 매료되어 감탄사를 그치지 못했다. 이렇게 아름다운 나라가 분단국가라는 것을 믿을 수 없다며 전망대에 올랐다. 망원경으로 북쪽을 바라보고 나서야 DMZ의 실체를 확인했고 가까우면서도 갈 수 없는 먼 나라라는 것을 실감했다. 돌아오는 길은 권금성에 들러 설악산 케이블카를 탔다. 저물어가는 저녁빛에 설악산 단풍은 더욱 따뜻하고 곱고 아름다웠다. 그들의 카메라에 한국의 산과 하늘, 바다가 사진으로 동영상으로 기억으로 새겨지며 또 하나의 행사는 마무리 되었다.

가톨릭 신자인 우리 부부로 인해 딸은 모태신앙이다. 태어나서 지금까지 신앙을 떠나지 않았고, 예식장에서 혼인식을 올리기에 관면혼배를 하게 됐다. 수원 대리구에서 하는 영어 혼인강좌를 들었고 필수 항목인 몇 가지 서류를 성당에 제출하고 나서야 혼인을 할 수 있었다. 미국인 신랑 부모와 증인, 한국인 신부 부모와 증인이 참석한 가운데 딸과 사위는 수원 율전동 성당에서 관면혼배를 했다. 태어날 때부터 예뻤던 딸, 함께 했던 지난 시간이 주마등처럼 스쳐갔다. 우리부부에게

이 남자 | **김태실 수필**

축복으로 안긴 선물, 부모와 자식 간 인연은 끊어지지 않겠지만 이제 짝을 만났으니 보내야 한다. 무대로 오르는 주인공에게 축하의 박수를 보낸다. 30년을 은총으로 살았으니 앞으로 60년도 은총 속에 살 것이라 믿으며 축복의 기도를 올렸다. 세기를 잇는 세대는 이렇게 연결되는구나 하고 생각했다.

월드컵 컨벤션 웨딩홀이 붐빈다. 드레스를 입은 딸과 턱시도를 입은 사위가 보석보다 더 아름답게 빛났다. 한복을 갖춰 입은 신랑 어머니의 금발머리가 화려하고 신랑 아버지의 흰 수염이 멋있다. 신랑이 어설프게 절하는 모습을 보며 한국친척과 친지들의 폭소가 터졌고 많은 하객 속에서 딸의 혼인식에 참석한 12명의 미국인들은 신랑신부에게 아낌없는 축하를 보냈다. 한국어로 귀감이 되는 말을 하고 영어로 통역을 하며 미국인도 한국인도 지루하지 않은 주례사는 매우 훌륭했다. 즐거움이 넘치는 혼인식이다. 예식을 마치고 하객들이 식사를 하는 동안 폐백실에선 동서東西의 화친이 한창이다. 신랑부모가 폐백을 받고 신부부모도 폐백을 받았다. 우아하고 화려한 한국전통의상에 매료된 외국인들은 셔터를 누르고 감탄하며 폐백 절차를 지켜보았다. 예식 절차를 모두 마치고 연회장에서 식사를 할 때 혼인이란 큰 행사를 잘 끝냈다고 느꼈다.

혼인식은 끝났지만 손님접대는 끝난 것이 아니다. 3일 후에 모두 미국으로 떠나기 전 해야할 일이 많다. 민속촌을 둘러보며 한국 고유의 전통가옥을 보여주고 싶고 서울투어로 중앙청 광장과 경복궁, 인사동, 남산타워도 관광시켜주고 싶었다. 동대문, 남대문시장 구경도 시키고 광장시장에서 두툼한 녹두빈대떡 맛도 보여주고 싶었다. 하고 싶은 일은 많은데 시간은 없고 그동안 강행군으로 지친 그들의 체력도 생각해야 했다. 포근한 샌디에고(San Diego)의 날씨에 길들여진 그들이 낮엔 따뜻하지만 아침저녁으로 쌀쌀한 전형적인 한국의 가을 날씨에 적응을 못해 감기 걸린 사람이 있었기 때문이다. 할 수 없이 그들에게 자유 시간을 주었다. 여유 있게 덕수궁을 돌아보고 쇼핑도 하며 나름 보람 있게 지낸 듯해서 다행이다.

사돈일행이 고향으로 돌아가는 날, 우리는 딸 부부와 아침식사를 했다. 마치 한국인처럼 자연스러운 사위의 모습을 보며 언제 또 만나 이런 시간을 가질 수 있을까 생각했다. IT산업에서 중요한 몫을 담당하고 있는 사위와 간호사로 근무하며 공부도 해야 하는 딸의 일정이 바쁠 거란 짐작에서다. 한 해는 자신들이 한국에 오고, 또 한 해는 아빠엄마가 미국에 오는 걸로 하자고 말하지만 쉽지 않을 것이다. 서로의 시간을 할애해야하는 어려움이 있기 때문이다. 식사를 마치고 호텔 캐슬로 갔다. 우리 부부도 만나면 포옹하는 인사법이 이젠 자연스럽다. 떠나야 할 시간이 다가온다. 보내야 할 시간이 다가온다. 물밀 듯 밀려오는 아쉬운 마음을 추슬러야 했다. 그들과 몇 번이고 굿바이 포옹을 하며 아쉬움을 달랬다.

태초의 문을 열어 자식을 있게 한 어머니처럼, 자식은 부모가 존재해야 할 이유가 된다. 혼인식을 끝내며 부모가 해야 할 일을 마쳤다는 홀가분함이 있지만, 출발하는 리무진에서 활짝 웃던 딸의 모습을 잊지 못한다. 눈에서 가물대며 멀어질 때까지 손을 흔들던 미국가족들의 인사를 가슴에 담았다. 달리는 차량에 묻혀 리무진이 보이지 않게 되었을 때 비로소 우리는 혼인이란 큰 행사를 끝냈음을 알았다. 그제야 남편과 뜨거운 포옹을 했다. 그의 어깨 뒤로 보이는 사물이 물안개가 핀 듯 흐릿하다. 남편의 눈에 맺힌 이슬 한 방울이 가을 햇살에 반짝인다. 미국 손님들이 떠나간 길로 집을 향해 오는데 딸의 향기가 느껴지는 듯하다. 자식 둔 골은 호랑이도 돌아본다고 했다. 딸이 살고 있는 쪽을 향해 마음을 열어 두게 될 것 같다.

사랑엔 국경이 없다

사람이 성장하여 혼인을 하면 새로운 가정이 탄생한다. 성장하여 인연을 만나 한 가정을 세우는 일은 삶의 자연스러운 이치다. 그 이치는 세대를 잇고 세기를 이으며 흘러왔다. 오래 전 인류가 생긴 이래 조금씩 변화를 가지며 이어져 왔다. 21세기인 지금, 세상은 과거와 많이 변했고 사람들의 생각도 바뀌었다. 낯설고 먼 타국도 '지구촌'으로 표현하고 외국인과의 혼인도 '시대가 변했으니' 하며 받아들이는 추세다. 이국의 문화와 우리의 정서가 어우러지는 일이 자연스러워 졌다. 전형적인 한국 가정에서 태어나고 자란 딸이 외국인과 혼인을 하면서 우리 가정은 다문화 가정이 되었다. 딸의 인생에 함께 할 나의 맏사위는 미국인이다.

한국에서 간호사로 근무하던 딸이 외국에서 근무를 해보고 싶다기에 승낙을 했다. 미국으로 건너가 병원에 근무하는 딸은 우리에게 늘 그리움의 대상이다. 먼 타국에서 혼자 생활하는 딸이 걱정되고 보고 싶어 가슴앓이를 하기도 했지만, 자신의 꿈을 실현하고 있어 행복하다는 말에 그리움을 삼켜야 했다. 2년이 지난 후 집을 한 번 다녀간 후, 또 다시 3년쯤 되었을 때 알고 지내는 사람이 있다는 말을

이 남자 | **김태실 수필**

했다. 미국인을 소개받고 만나게 되었으며 나름대로 파악을 해보니 무척 성실한 사람이라는 것이다. 딸은 언제나 믿음이 가게 생활했고 남편과 나는 딸을 신뢰했다. 우리는 딸이 행복하기를 바라는 마음이 가득하다. 결혼을 승낙해 미국인 사위를 얻게 되었다.

2011년 아름다운 날, 딸이 미국에서 혼인을 했다. 식을 마치고 가족과 친지들이 파티에 참석해 딸과 사위를 축복했다. 유난히 아끼던 큰딸의 결혼 소식을 처음 접했을 때 남편은 세상을 다 잃어버린 듯 허전해 했다. 3.6kg으로 태어나는 순간부터 많은 기쁨과 행복을 안겨주던 딸이 외국인과 혼인을 한다는 사실이 믿기지 않았던 것이다. 기어이 드레스 입은 모습을 확인하고 나서야 인정하며 받아들였다. 미국인 사위의 이름이 친근하게 느껴지고 그의 모습이 사랑스러워 보이는 것은, 사위의 사랑이 딸을 향해 있기 때문일 것이다. 언젠가 딸이 혼인하게 되면 새처럼 훨훨 날려 보내리라 마음먹었었다. 함께 살아온 삶에 감사하며 미련 없이 떠나보낼 수 있다고 생각했었다. 그러나 그리움의 우물은 더욱 깊어져 딸을 위한 기도의 촛불을 오래 밝혀야 할 것만 같다.

사위 가족은 할머니와 부모님과 여동생이 있다. 결혼한 여동생과 친구처럼 지내고 있는 딸이 다복한 가정의 한 식구가 되었으니 걱정이 조금은 가신다. 특히 간호사였던 할머니가 딸을 유난히 예뻐해 주는 모습에서 마음이 편안해졌다. 자유분방할 것 같은 미국이지만 자유스러움 안에 질서가 있고, 질서 안에 사랑의 화합이 있는 것을 느꼈다. 낯선 타국에서 여러 사람들에게 관심과 사랑을 받는 딸이 대견했다. 먼 하늘 아래 둥지를 틀었으니 한 가정의 아내와 며느리로 손색없는 삶을 살아주길 바라는 마음이 간절하다. 자신의 인생을 아름답게 펼쳐내는 딸과 사위의 모습이 행복해 보였다. 둘이 잘 어울린다는 생각이 들었다.

혼인한 지 얼마 지나지 않아 사위의 첫 생일이 다가왔다. 일생일대의 큰일을 치른 신랑 신부에게 무엇을 선물할까 고민하다가 한국 고유의 신랑신부 인형을 선물했다. 예쁜 복주머니에 한국지폐도 몇 장 넣어 주었다. 미국 화폐 1달러가 한국 돈 1,180원의 가치가 있는 때이다. 사위는 매우 기뻐하며 신기해했고, 만 원짜리 지폐에 있는 동그라미의 개수에 놀랐다. 설명을 들은 후에 화폐가치를 알게 되었지만, 한국과 미국의 문화 차이를 느껴본 일이 되었다. 서로 다른 문화를 뛰어넘어 부부를 탄생시킨 사랑의 힘이 놀랍기만 하다.

사위는 딸에게 한국어를 배우고 한국 문화를 배운다. 한국어 고유 명사와 장인 장모 이름을 외운다. 접해보지 못했던 한국이 그에게는 알아야할 문화가 되었다. 아내의 나라에 대해 궁금해 하고 한 가지씩 알아가며 한 걸음 한 걸음 한국으로 가까이 다가오고 있다. 약 50만 단어인 한국어를 다 익히기는 쉽지 않을 것이다. 자연스럽게 대화를 나누기 또한 쉽지 않겠지만 단어 몇 개와 눈빛으로 뜻을 주고받다보면 점점 더 나아지지 않을까. 딸과 사위는 한국에서 한 번 더 혼인식을 올릴 것이다. 그 때 사위와 조금은 통할 수 있으리라 기대해본다. 삶이란 미지의 세계에 대해 알아가는 것이란 생각이 들었다.

남편과 나는 영어를 배우고 있다. 장안 구민회관에서 일주일에 두 번씩 강의를 들으며 한 걸음씩 미국의 문화에 다가가고 있다. 이미 오래 전부터 외국어의 필요성에 눈 뜬 한국이다. 영어 열풍이 휘몰아칠 때 공부를 하다 슬그머니 그만둔 외국어를 이제 필요에 의해 다시 시작했다. 거의 백만 단어가 되는 영어를 정복할 수는 없지만 부드러운 소통을 위해 재도전의 마음을 다졌다. 외웠는가 하면 이내 잊기를 자주한다. 그러나 꾸준히 해나간다면 이슬비에 옷 젖듯 스며들어 미국인 사위와 불편하지 않게 대화를 나눌 수 있으리라 생각한다. 사랑하는 딸의 남편이고 우리의 사위이니 그를 이해하기 위해서라도 미국 언어와 문화를 익히는데 마음을 쓰고 있다.

지금은 글로벌시대이다. 세계는 네트워크로 연결되어 있어 아무리 먼 곳이라도 가깝게 느껴질 정도로 컴퓨터를 통해 마주보며 대화를 나눈다. 화상통화는 상대가 거처하고 있는 곳의 거리를 느낄 수 없다. 사람들은 언제부턴가 세계를 향해 나아갔고 지구촌은 일일 생활권 안으로 들어오고 있다. 그만큼 시대는 변했고 사람들의 생각도 바뀌었다. 단일민족을 주장했던 우리나라가 서슴없이 타민족을 받아들이고 경제 사회가 실시간 넘나들고 있다. 더불어 문화와 문화가 어우러져 하나가 되는 가정이 늘고 있다. 사랑이 나라와 나라간의 벽을 허무는 지금, 세상은 21세기 한가운데를 향해 달려가고 있다.

미바MIVA 음악회

사랑의 실천은 다양하다. 자신의 몸으로 힘겨운 일을 도와주는 노력봉사가 있고 시간을 할애하는 시간봉사가 있으며 경제적인 면에 도움을 주는 자선도 있다. 어느 방법이나 나 아닌 다른 사람을 돕는 사랑의 마음이다. 희생을 감수하는 그 일은 가족과 이웃, 국내의 누군가를 향하기도 하고 해외로 건너가기도 한다. 전 세계적으로 사랑의 손길을 기다리는 곳은 산재해 있고 마음만 먹으면 얼마든지 도움의 손길을 펼 수 있다. 2011년 10월 수원 율전동성당에서 한국 미바회 창립 30주년 기념 음악회가 열렸다. 거룩한 사랑의 음악회였다.

1Km에 1원으로 선교사를 돕는 미바회는 한국에서 1981년에 시작되었다. 그리스도의 복음을 전하는 해외 선교사들의 손과 발이 될 차량을 지원하는 일을 하며 대전·대구·서울·부산·수원 5개 교구에 지부를 두고 있다. 창립 30주년이 된 미바회 감사음악회에는 자신의 열정을 바쳐 사랑을 실천하는 사람들의 밝은 모습이 넘쳐나고 있다. 미바 마니피캇 합창단과 PBC 소년소녀 합창단, 송현·율전동성당 성가대가 몸으로 피워낸 아름다운 목소리는 성전을 행복과 희망으로 가

이 남자 | 김태실 수필

득 채웠다. 영성지도신부인 김봉기(마태오) 율전동 주임신부님은 흰 한복차림으로 등장해 소프라노 유미자(아녜스)와 함께 노래를 불렀다. 사랑의 손길을 펴기 위해 기쁘게 봉사하는 음악인들이 참으로 거룩해 보였다.

미바(Missons Verkehrs Arbeitgemeinshaft, 약칭 MIVA)라는 말은 '선교를 위한 교통수단을 제공하는 단체'라는 의미로 독일어의 앞 자를 딴 것이다. 무사고 운전과 탑승에 감사하는 마음으로 1Km를 주행할 때마다 1원씩 후원하는 선교 단체이다. 1927년 아프리카 선교를 하던 오스트리아의 슐츠 신부는 병자들을 옮기는데 사흘씩이나 걸리는 오지에 살고 있었다. 한번은 산골의 병든 사람의 생명을 구하지 못하는 일이 발생하게 된다. 이 때 슐츠 신부는 열악한 환경의 오지에서 인간의 생명을 구하고 제대로 선교하려면 교통수단이 필요하다는 사실을 깨닫게 된다. 이후 1935년 이 소식을 들은 '콤프뮐러'가 선교사에게 차보내기 운동을 시작했고, 이 운동이 오늘에 이르고 있다. 아름다운 봉사는 간절함 속에서 이루어지고 그 간절함에는 거룩한 사랑이 담겨 있다.

아프리카 수단에서 선교사로 활동했던 故이태석 신부님이 몰고 다니던 자동차도 미바회에서 보내준 것이다. 신부님은 구급차 덕분에 많은 생명을 구했다고 감사를 表하며 가난과 질병, 전쟁에 시달려온 그들을 돕다 2010년 1월 4일 마흔여덟의 나이로 선종 했다. '울지마 톤즈' 영상에서 먼지를 날리며 달리던 신부님의 자동차를 생각한다. 한센인들의 뭉그러진 손과 발, 피부를 치료하기 위해 차로 달렸다. 일그러진 그들의 발을 보호해 줄 신발을 주문 생산하고 그것을 전해주기 위해 차로 달렸다. 집을 짓고 글을 모르는 그들에게 글을 가르치고, 희망이 없는 아아들에게 악기를 전하며 꿈과 사랑을 심어주기 위해 차로 달렸다. 나눔은 사랑이며 관심이라는 신부님은 사랑을 실천하기 위해 자동차를 이용했다. 비록 아프리카로 달려가진 못해도 미바회의 후원을 통해 우리는 거룩한 그 일을 할 수 있는 것이다.

미바회는 선교사들에게 용기를 준다. 선교사들은 미바회가 보내준 자동차를 타고 가는 곳마다 사랑의 꽃을 피운다. 한국이 어려울 때 받았던 도움을 이제 베풀면서 세상을 밝히는 것이다. 이런 미바회의 수호성인은 성 크리스토폴이다. 크리스토폴은 사람들을 어깨에 메고 강을 건너주는 일로 생계를 꾸려나가는 거인이었다. 그는 자기보다 더 힘센 사람이 나타나면 그를 주인으로 알고 섬기겠다는 생각을 가지고 있었다. 어느 날 손님 중 조그마한 소년을 만나게 된다. 그가 강을 건너려고 물속으로 들어가면 갈수록 어깨 위의 소년이 점점 더 무거워져 건널 수가 없었다. 그 때 "너는 지금 전세계를 옮기고 있는 것이다. 나는 바로 네가 찾던 왕, 예수 그리스도이다."라는 말을 듣게 된다. 이 이야기는 수세기를 통해 전해오는 크리스토폴(Christophoros)에 대한 전설이다. 미바회는 전 세계에 퍼져 사랑을 실천하고 있으니 거룩한 파견이다.

미바 음악회에 참석한 일은 내게 행운이다. 갈 수 없는 오지에 가는 것이고 가난하고 병든 그들을 만나는 길이었다. 하느님의 사랑을 전하는 선교사들의 손을 잡고 함께 살아가는 것이다. 세상은 보이지 않는 곳에서 행해지는 봉사와 희생으로 가득하다. 자신을 바쳐 절망에 빠진 생명을 건져내는 것이기에 그 삶은 거룩하다. 1Km에 1원이라는 작은 단위로 음악의 선율이 울려 퍼지듯이 사람들이 손에 손을 잡고 행하는 일, 선교사의 손과 발이 되어주는 자동차를 보내는 일은 참으로 가치 있는 일이다. 황막한 오지의 땅에 희망과 꿈이 자라게 하고 우리의 마음을 살찌우는 미바회 음악회에서 사랑의 의미를 새로 쓴다.

혼인 준비

나무에 매달린 열매는 때가 되면 익는다. 봄부터 꽃피고 열매 맺어 맛스럽게 익는 때가 온다. 농부는 익은 열매를 보람으로 바라보고 기쁘게 수확한다. 자연의 이치가 이렇듯, 자연의 일부인 사람도 다르지 않다. 태어나 하루가 다르게 자라고 성장하여 때가 되면 혼인을 한다. 부모 그늘에서 벗어나 새로운 가정을 꾸리고 제2의 인생을 살게 된다. 혼인을 통해 더욱 철이 들고 맛나게 익어 비로소 열매의 소임을 다하는 것이다. 혼인은 새로운 삶이 열리는 관문이다. 그 문을 향해 나아가는 발걸음을 짚어본다.

둘째 딸은 6개월 전부터 혼인 준비를 했다. 대학원 졸업을 앞둔 시점부터 한 발짝씩 혼인을 향해 나아갔다. 자신의 앞가림을 잘하는 딸의 철저한 준비로 엄마인 나는 생각보다 편안하다. 마치 극중의 배우가 간간이 엑스트라로 출연하는 것처럼 엄마의 자리가 필요할 때 그 자리에 있어주면 됐다. 그만큼 영근 딸이 믿음직하고 든든하다. 이제까지와는 다른 삶이 펼쳐질 관문을 향해 차근차근 준비하는 딸의 모습이 주인공다웠다. 최선을 다하는 모습에서 혼인의 거룩함이 느껴진다.

상견례 날짜가 잡혔다. 혼인이란 제목으로 예비사위 부모를 만난다는 사실이 부담되었다. 무슨 옷을 입어야 할지, 만나서 어떤 대화를 나눠야할지 걱정되었지만 이내 마음을 다잡았다. 있는 그대로 꾸밈없는 만남이어야하고, 정성들여 키운 자식들의 혼사이니 부모인 우리는 그저 정성을 다하는 마음이면 된다는 생각이 들었다. 상견례 날, 약속 장소에서 마주 앉으니 처음엔 어색했다. 그러나 앞으로 사위가 될 예비사위의 부모님이다 생각하니 바로 친근해지며 자연스러워졌다. 함께 식사를 하며 나누는 대화 시간이 즐겁고 편안했다. 자식을 통해 인연이 되었으니 참으로 귀한 인연이다.

요즘엔 혼인식을 앞두고 스튜디오 촬영이 한약방의 감초처럼 끼어있다. 야외 촬영이나 스튜디오 촬영을 미리하고 그 사진을 본식 때 식장에 전시를 한다. 눈부신 햇살이 꽃잎 위에서 찰랑이는 순간에 비길 수 있는 아름다운 시절, 그 모습이 담긴 사진은 신랑신부의 사랑을 느끼게 한다. 딸과 예비사위가 촬영을 위해 미리 한복을 입어보는 날 남편과 함께 갔다. 한복을 입은 둘의 모습이 귀엽고 사랑스러웠다. 돌잡이 때 한복을 입혀 사진 찍던 날이 엊그제 같은데 어느새 혼인한다고 한복을 입고 행복해하니 세월의 빠름을 느끼지 않을 수 없다.

드레스를 입어 보는 날, 웨딩드레스와 턱시도를 갖춰 입은 예비신랑 신부의 모습이 아름다웠다. 반짝이는 청춘이다. 남편이 딸을 향해 '오드리 햅번'같다는 말을 하고 나도 박수를 치며 공감했다. 혼인을 위해 해야 할 일이 많지만 그 중 드레스를 입는 일이 가장 가슴이 설레는 때가 아닐까 한다. 수십 년 전 드레스를 입었던 생각이 났다. 아버지의 손을 잡고 식장을 걸었던 때가 어제 일 같다. 새삼 부모님의 사랑이 가슴 저리게 다가온다. 이제 세월이 흘러 딸을 혼인시키게 되었다. 이상이 맞고 마음이 통하는 짝을 만나 제2의 인생을 살아갈 딸의 앞날을 위해 두 손을 모은다.

예단을 준비하면서 딸의 시부모를 생각했다. 어떻게 해야 할까 걱정이 되었다. 그러나 요즘엔 잘 닦인 길을 가듯이 의외로 시부모가 사용할 물건이나 그 밖의 예단이 잘 갖춰져 있다. 요와 이불을 비롯해 예쁜 수가 놓인 방석 베개 베갯잇, 고급스러운 그릇을 정성껏 준비하며, 자식 혼인과 동시에 부모도 새로운 마음으로 삶을 시작한다는 생각이 들었다. 시어머니 한복과 반지도 마련하면서 신세계의 첫걸음인 혼인은 집안과 집안끼리 맺는 인연이며 일륜지 대사임을 실감한다. 서로 존경하고 존경받을 수 있는 사돈지간이 될 수 있기를 기도한다.

혼인은 마음 바꿈이다. 진실한 삶에 눈 뜨는 숭고한 관문이다. 서로 다른 개체가 만나 한 길을 걸어간다는 것은 얼마나 고귀한 인연인가. 가다보면 고민하는 일이 생길 수도 있다. 그럴 땐 혼인을 준비하고 행복해하던 때를 생각해 서로 배려하고 이해하며 어려움을 이겨나가야 한다. 군데군데 솟아 있는 크고 작은 돌을 비켜가는 물의 속성을 닮는다면 탈 없이 살아갈 수 있을 것이다. 86,400초인 하루하루를 살아가며 마음이 깊어지고 넓어지는 것은 혼인이 주는 선물이다. 나무에 매달린 열매가 익어 수확하듯이 영근 딸의 혼인날이 다가온다. 초여름의 신부가 될 딸, 함께 했던 시간에 감사하며 그녀의 앞날을 축복하는 마음 간절하다.

그래, 그렇군

참으로 알 수 없는 것이 있다. 바다 깊숙이 자리 잡은 다양한 산호초처럼 갖가지 모양을 그려내는 것이 있다. 보이지 않으면서 드러나고 맡을 수 없으면서 향기가 난다. 바다보다 더 깊은 곳에서 우러나오는 맛이요 무지개보다 더 고운 빛깔이다. 간간이 그네처럼 흔들리기도 하고 활을 기다리는 과녁처럼 한 곳을 바라보기도 한다. 닭이 병아리를 품어 안 듯 가슴에 들어와 살기 시작한 자식 같은 나무 한 그루. 그 나무가 불러주는 이름 장모님. 딸을 혼인시키며 얻은 새 이름에 꽃이 피고 기쁨의 열매가 열린다. 장모의 마음이 이렇구나하고 느껴본다.

버스로 아홉 정거장 떨어진 곳에 딸의 신혼집이 있다. 딸은 사위와 같이 퇴근할 때면 친정집에 들러 한바탕 웃음보따리를 풀어 놓고 가곤 했다. 우리부부 적적할까봐 나름 마음 쓰는 것 같아 넌지시 권했다. 아빠엄마 걱정 말고 신혼집으로 바로 퇴근하라고 했다. 살림하면서 직장 일하는 맞벌이 주부들의 고단함을 짐작해서다. 또한 사위도 자신의 집이 더 편할 거라는 생각에서다. 그럼에도 불구하고 한주에 2~3회는 들리더니 이제 자연스럽게 한번으로 정해졌다. 서로 부담 없이 자신의 삶을 살아 갈 수 있으니 좋고, 오고 가는 둘의 모습이 어여뻐서 좋다. 가장이 된 사위나 아내가 된 딸이나 서로를 배려하는 마음이 신혼답지 않게 깊다. 흐뭇하다.

사위의 고향은 강원도이다. 강원도의 유명한 밭작물인 감자요리를 좋아한다. 하루는 부침개를 하겠다며 감자 한 봉투를 가져왔다. 주방에서 껍질을 벗기고 강판에 갈아 약간의 간을 한 후 팬에 얇게 부쳐낸다. 그 모습이 신기하기도하고 신통하기도 했다. 부쳐낸 음식을 먹어보니 얼마나 쫄깃하고 맛있는지 사위의 수고가 합해져 더욱 맛있었다. 한 집안의 아들로 태어나 귀하게 자랐을 사위가 장인장모를 기쁘게 하기 위해 애쓰는 모습이 사랑스럽고 고맙다. 귀한 백년손님인 사위를 더욱 사랑해야겠다고 마음먹었다.

한 번은 요리를 하겠다며 주방에서 바쁘다. 딸과 같이 감자와 당근 양파를 썰고 고기 볶는 냄새도 났다. 도와주려고 주방에 들어가면 거실에서 쉬라며 밀어내기에 남편과 둘이 기대에 부풀어 기다렸다. 한참을 뚝딱이며 뭔가를 하더니 카레향이 집안을 가득 채운다. 군침이 돌며 갑자기 배가 고파졌다. 몇 가지 반찬을 식탁에 차리고 모두 같이 카레 얹은 밥을 비벼먹었다. 재료를 정사각형으로 예쁘게 썰고 간도 적당히 잘 맞췄다. 대견하다. 사위와 딸이 해준 카레 밥을 먹으며 새삼 행복의 의미를 새겨본다.

사위를 이서방이라고 부른다. 이서방은 식성이 좋아 무슨 음식이든 잘 먹는다. 이서방과 딸이 오는 날이면 정성을 다해 음식을 차린다. 미리 장을 보고 과일도 여러 가지 준비해 놓는다. 처갓집에 와서 귀한 왕자대접을 받는다고 느끼는 사위가 더욱 행복하기를 바라는 마음에서다. 신선하고 좋은 물건을 사기 위해 농협하나로 마트를 다녀오는 길이면 이서방과 딸의 집을 거쳐 온다. 그럴 때면 그 아파트가 왜 그렇게 반가운지 모르겠다. 때론 멀리 지나칠 때도 그 집 쪽을 바라보며 미소가 띠어지는 이유는 무엇일까.

참으로 알 수 없는 일이다. 떠올리기만 해도 사랑스러운 사위, 마음이 행복해지는 일이다. 딸과 사위의 목소리를 휴대폰을 통해 들어도 마치 얼굴을 마주한 듯 반갑고 사랑스럽다. 감추려 해도 드러나는 사랑은 일부러 자제를 해야 할 정도다. 그렇구나. 사위가 반짝이는 보석으로 마음에 들어앉는구나. 모래처럼 많은 사람 중에 나의 백년 손님이 된 사위가 귀하고 귀하다. 장모의 마음을 실감하며 딸과 사위를 위해 오늘도 촛불 밝혀 기도를 올린다.

생명의 나무

겨울이다. 폭설의 잔재가 구석을 의지해 존재하는 한겨울이다. 유난히 많이 내린 눈으로 나무는 눈꽃 피우기를 자주 했다. 내리고 얼고 내리고 얼기를 반복하는 한겨울의 혹독한 바람에 맞서 견디며 봄을 기다린다. 입춘이 가까우니 봄은 멀지 않다. 봄바람에 솟은 새잎이 귀여운 모습으로 팔랑거릴 때 북풍한설을 넘긴 기쁨은 더 클 것이다. 그런 기쁨을 갖기 위해 겨울나무처럼 견디는 일이 있다. 자신의 몸이 새순의 집인 것을 자각하고 온갖 삭풍을 견디는 일이다. 선택받은 자에게만 주어지는 일, 인류의 역사를 잇는 거룩한 일에 동참하는 그 일은 어려운 만큼 큰 기쁨을 내포하고 있다. 기적이 아닐 수 없다.

나뭇가지에서 솟아오를 때를 기다리는 새순처럼, 딸의 몸에 둥지를 튼 생명이 있다. 태명이 '한방이'인 생명은 태어날 때를 기다리며 몸을 불린다. 자신의 존재를 알리는 가장 확실한 방법으로 음식 냄새를 피하게 하고 이유 없이 속을 니글거리게 했다. 평소 즐겨 먹던 음식조차 외면하게 만들어 매일 출퇴근하는 직장생활에 괴로움을 얹어 주었다. 점점 맥을 못 추는 딸의 모습은 혹독한 겨울바람을 견디고 있는 나무 같았다. "언제까지 힘들게 할 건지 한방이에게 물어봐" 그 한마디로 딸을 위로할 수밖에 없었다. 기적은 그냥 생기지 않는다. 기적이 일어나기 위해선 버금가는 희생과 인내가 필요하다. 간신히 견디며 이겨내던 일의 결과가 눈앞에 펼쳐지는 날 기쁨은 충만할 것이다.

딸 부부가 다니는 산부인과를 가게 되었다. 그동안 관심 밖이던 곳을 삼십 년이 훨씬 지나 들어가 보니 새삼스럽다. 포대기에 쌓인 아기부터 아장걸음인 아기들이 아빠엄마와 북적대고 있는 풍경이 마치 다른 나라에 온 듯한 느낌이다. 얼굴에서 앳된 모습이 가시지 않은 청년이 아빠가 되어 아기 돌보기에 바쁘고, 마냥 어리게 보이는 여성이 배불뚝이로 걷는 모습이 신기했다. 음과 양의 조화가 기적을 만들고 그 기적을 돌보는 병원은 인류의 대를 잇는 역사의 장이 되어 주었다. 부모가 된다는 일은 참으로 숭고하다. 그 숭고한 일에 동참한 모든 부부가 아름답다. 기적은 곧 아름다움이다.

초음파 검사에 나타나는 태아의 모습이 선명하다. 다소곳이 웅크린 단단한 정강이뼈를 보여주고 음파를 그리며 힘찬 생명의 소리를 들려준다. 간격 맞춰 나란히 놓인 쌀알 같은 등뼈의 형체로 자신을 확인시키는 존재, 사방을 둘러보며 '깨끗하다'는 의사의 한마디가 선물로 보태진다. 기적이다. 세상에 태어난 모든 사람은 이 과정을 거쳤다. 자신의 우주인 따뜻한 태실에서 뼈를 키우고 핏줄을 완성했다. 지금 숨 쉬며 살고 있는 우리 모두는 그 방으로부터 눈보라와 혹한의 겨울을 보호받았다. 물 포대기의 따뜻한 사랑, 탄생하는 순간까지 영양을 공급해준 태반 덕분이다. 희생과 인내를 아끼지 않은 사랑이 이룬 기적이다.

내가 머물던 방을 떠올린다. 여섯 명의 생명이 살다간 태실은 더욱 따뜻했다. 기적같이 문을 통과한 형제들을 생각하며 나도 열심히 뼈를 키우고 살을 불려야 했다. 때론 가만히 누워 쉬고 싶었지만 부지런한 방주인 덕분에 깨어 있을 때가 많았다. 아침 일찍 시작되는 농사로 바쁘던 집, 쉴 사이 없이 밥을 짓고 밥상 차리기를 반복하는 모습을 지켜봤다. 밥을 짓는 일은 생명을 살리는 일, 그 일에 심혈을 기울이던 모습을 기억한다. 늦은 밤에야 잠자리에 들어 서걱대는 손바닥으로 쓸어주던 사랑, 삶의 고달픔을 묵묵히 참아내던 시기였는지 모른다. 알토란같이 품어 키워준 어머니가 그립다. 자신의 몸에 기적을 일으켜 생명을 키우는 나무, 세상의 모든 어머니는 위대하다.

바람 빛깔이 조금 바뀌자 음식이 친근하게 다가온다고 한다. 딸은 순간순간 먹고 싶은 것이 떠오르면 어떻게 해서든지 섭취한다는 것이다. 음식에 대한 열정이 남달라졌고, 많이 먹었는데도 배부른 줄 모르는 단계에 접어들었다. 몸무게는 부쩍 늘었다. 예로부터 생명을 잉태하고 생긴 사건들, 몸이 이곳저곳 불편하고 음식을 못 먹거나 잘 먹는 것을 '아는 병'이라 했다. 아는 병이니 먹고 싶다는 것을 굳이 막지 않는다. 기적을 실현하고 있는 중이다. 해야 할 일을 충실히 행하고 있는 중이다. 인류가 끊임없이 이어진 것은 아는 병으로 인해 이어져 왔다. 거룩한 일에 동참하는 이에게만 생기는 그 병은 어느 순간 말끔히 낫는다는 것을 알기에 걱정하지 않는다.

계절은 아직 겨울이다. 입춘을 코앞에 둔 겨울이다. 나무는 봄에 피울 이파리 생각에 겨울바람을 묵묵히 견딘다. 북풍한설이 아무리 매서워도 나무가 지닌 희망을 빼앗진 못한다. 생명을 잉태한 기쁨이 커서 아는 병으로 오는 불편과 괴로움을 희생으로 견디는 나무, 참아내고 이겨내는 것이 약이다. 겨울이 지나면 봄이 오듯 힘겨운 이 시간이 지나면 생명의 탄생이 기쁨으로 찾아올 테니까. 그 기쁨으로 온갖 괴로웠던 일들이 한꺼번에 무너져 내릴 테니까. 길고 긴 마라톤을 이제 반 달려왔다. 앞으로 남은 반은 숙달된 걸음으로 조금은 가볍게 달릴 수 있지 않을까. 기적 같은 만남을 꿈꾸며 기다리는 나무, 생명나무는 오늘도 달린다.

핏줄

한 뱃속에서 살다 나온 형제도 때가 되면 뿔뿔이 흩어진다. 어우렁더우렁 어울려 사는 것도 독립하기 전의 일이다. 혼인을 하게 되면 부모와 형제를 떠나 자신의 보금자리를 꾸리고, 스스로의 삶을 살아가기에 형제끼리 자주 만나기는 쉽지 않다. 규칙적으로 모임을 이어가는 가정에서는 자주 얼굴을 마주하겠지만 먼 타국에 있는 형제와는 만나기가 더욱 어렵다. 그나마 요즘은 멀리 있어도 가까이 있는 것처럼 정을 나눌 수 있는 다양한 통신 기능이 있어 다행이다. 또한 마음을 담은 정성을 나눌 때 두터운 형제의 정을 확인한다. 핏줄의 정이다.

딸 둘이 혼인을 하고 첫째는 미국 샌디에고에, 둘째는 한국에 살고 있다. 멀리 떨어져 있으니 만나기가 쉽지 않다. 얼굴을 맞대고 마음을 나누지는 못하지만 휴대전화를 통해 서로의 삶을 주고받는다. 실시간으로 올라오는 소식이 환하다. 마침 둘째가 아기를 갖게 된 소식을 미국에 있는 큰 딸이 알게 됐다. 그날부터 이모로서 조카에게 줄 선물에 관심을 갖게 되었다고 한다. 아기가 태어나면 필요한 유아용품을 사 모으기 시작했다. 튼튼한 유모차를 비롯해 귀엽고 앙증맞은 옷과 양

이 남자 | 김태실 수필

말 신발 우유병 등이 한국으로 배달됐다. 언니가 보내온 아기용품을 보며 행복해하는 동생과, 동생의 임신을 축하하며 정성들여 고르고 산 물건을 보내준 언니의 따뜻한 정이 확인되는 순간이다. 피를 나눈 자매이기에 가능한 일이다.

오래전에 미국으로 건너간 나의 둘째 언니는 플로리다에 산다. 이산가족 상봉하는 것만큼이나 만나기가 힘들다. 언니 집에 다녀온지도 거의 20년이 다 돼간다. 비록 만나지는 못하지만 자주 통화를 하고 축일 때마다 자매의 정을 주고받는다. 특히 크리스마스가 되면 1년 동안 사 모은 선물을 보내오는데 물건 하나하나에 한국 가족들 이름을 쓴 작은 종이가 붙어있다. 옷과 구두 가방 등에 붙어 있는 이름을 찾아 나누며 멀리 있는 자매의 정을 확인한다. 해마다 반복되는 이 일이 칠순을 넘긴 언니에게 힘들 만도 한데, 한국 가족들을 생각하며 선물을 챙기는 그 정성이 뜨겁다. 핏줄이 아니면 할 수 없는 일이다.

칠 남매 중에 한 사람이 세상을 등졌다. 남아있는 우리는 먼저 떠난 언니를 잊지 못한다. 언니가 떠날 때는 조카들이 초등학생이었다. 그 때 엄마 격인 이모가 조카들을 자식처럼 돌봐줬어야 했는데 그러지를 못했다. 가끔 찾아가 만나기는 했지만 아빠를 잃고 3년 후에 엄마마저 잃은 그들에게 얼마나 도움이 되었겠는가. 조카들을 만나면 언니 생각이 나서 눈물이 쏟아졌고 가슴이 아파 견딜 수가 없었다. 다행히 친할머니가 계셔서 안심이 됐다. 지금은 삼남매가 모두 결혼해서 서로 이웃하며 살고 있다. 가끔 만나면 알 수 없는 당김이 있는데 그 끈끈한 당김은 핏줄이라는 유대감으로 흐르는 것 같다.

핏줄은 관계다. 태어난 순간부터 숨을 다하는 그 날까지 평생을 간다. 아니 생사를 달리한다 해도 끊어질 수 없다. 보이지 않는 끈으로 연결돼있어 벗어나고 싶어도 벗어날 수 없는 것이다. 황량하고 외로운 세상에 정을 나눌 가족이 있다는 것은 얼마나 든든한 일인가. 부모가 떠나고, 자식이 부모 되어 또 떠난다 해도 핏줄은 이어진다. 그 힘은 사랑이다. 딸들이 어렸을 때부터 자주 했던 말을 생각 한다 아빠엄마가 없으면, 언니는 엄마처럼 동생을 사랑하고 동생은 언니를 엄마처럼 믿고 따라야 한다고. 허허벌판 같은 세상에 의지할 내 편이 있다는 것은 행복이다. 세월이 흘러 멀리 떨어져 살고 있지만 자매의 정을 돈독하게 나누는 모습에 마음이 온화하다. 감사의 마음으로 두 손을 모은다.

봄 가면 여름 오듯

계절은 순리다. 도리를 벗어나지 않는 순종이다. 밤이 지나면 아침 오듯 계절은 서로의 차례를 거스르지 않는다. 한결같은 흐름으로 이어지는 계절처럼 순응하는 성향을 지닌 사람이 있다. '사람이 원한 것이 그의 운명이고, 운명은 그 사람이 원한 것이라며 프리츠 오르트만은 말했다. 그러나 순응하는 사람의 성향은 물 흐르듯 자신의 삶을 거스르지 않고 받아들인다. 태어난 환경과 자라온 상황에 성향이 만들어 지는 경우다. 그런 사람은 봄이 오면 꽃 피고 이어서 여름 오듯 자연스럽게 삶을 살아낸다.

평범한 가정의 막내로 태어난 내 자리는 일곱 번째다. 맏이의 권위를 세울 수도 없고 중간 세대의 자유분방한 삶을 살 수도 없었다. 가족이 모여 의논을 해도 막내의 의견은 힘을 발휘하지 못한다. 스무 살 차이가 나는 큰오빠의 의견이 주로 결정되곤 했다. 20세기 초에 태어난 부모님은 첫 자식에 대한 굳은 신뢰가 있었고 핵심적으로 집안일을 이끌어 가야할 사람은 역시 맏이라고 여겼다. 그 사실을 깨달은 후부터 내 자리를 받아들였다. 계절의 흐름에 눈뜨는 나무처럼 순응하는 성향이 나를 키웠다.

　필연으로 만난 한 남자와 가정을 이루고 새로운 삶이 시작되면서 그와는 끝없는 줄다리기를 해야 했다. 다양하게 열린 잡기에 젖어 사는 그의 삶을 가정으로 끌어들이려 노력했으나 남자는 자신의 성향을 바꾸기 힘들어 했다. 테니스와 친구들과 알코올이 그를 사로잡고 있었다. 수십 년을 함께 살아오면서 호탕한 그의 삶에 익숙해질 때쯤 그가 변했다. 조금씩 눈길을 가정으로 돌리더니 어느 날 알코올과 결별했다. 집안일을 거들고 아내를 이해하는 마음이 깊어진 그의 모습에서 행복을 맛본다. 진정한 인생의 맛을 느끼는 것은 물 흐르듯 자연스럽게 시간이 지난 후에 가능하다고 생각한다.

　피땀 흘려 이룩했던 꿈들이 한순간 사라지는 자연의 위력 앞에 절망을 떠올린다. 9.0규모의 대지진과 10m높이의 쓰나미가 달려든 일본 동부지방의 사건은 두려움 그 자체였다. 수마의 속력은 600km, 달려오는 물 폭탄을 피하기 위해 죽을힘을 다해 달리던 사람들의 모습이 잊혀지지 않는다. 수마의 손아귀에 맥없이 휩쓸린 그들은 아무리 뛰어도 살아날 수 없는 상황이었다. 힘들여 일군 소중한 삶들이 한순간 엉망이 되는 광경을 방송에서 목도했다. '이 세상이 아무리 비극적이고 환멸스러운 것들로 가득 차 있다 해도 용기를 갖고 맞서야 한다.'는 헤밍웨이의 말을 생각한다. 속수무책으로 당할 수밖에 없는 상황에 순응하고 꿋꿋하게 살아내야하는 것이 삶이리라.

　순리에 순응하는 계절처럼 현실을 받아들이는 마음은 평안하다. 무거운 바위를 산꼭대기로 밀어 올리는 신화 속의 시지프는 굴러 떨어지길 반복하는 바위를 묵묵히 밀어 올린다. 순응이다. 의미를 찾을 수 없는 일에 온 정신을 쏟는 그 모습은 비극 속에서도 희망을 향한 도전이라 할 수 있겠다. 부조리한 인생에 인간이 어떻게 맞서야 하는가를 알려주는 가르침일 수 있겠다. 주어진 현실을 받아들이고 고뇌를 감사로 바꾸면 고통은 사라지게 될 것이다. 봄이 가면 여름 오듯 자연스럽게 이어지는 계절처럼 순응은 우리의 삶을 행복으로 인도한다.

두 번째 어머니

인연은 연분이고 연분은 사람들 사이에 맺어지는 깊은 관계다. 스치는 바람처럼 의미 없이 흐르는 연분이 있는가 하면 한 번의 연분이 일생 영향이 되는 인연도 있다. 얕거나 깊게 맺어지는 무수한 인연으로 삶이 그려진다. 한평생 울고 웃을 수 있는 인연의 끈은 나무줄기를 통하는 수액처럼 사람을 살게 하는 힘이다. 장애를 가진 자식이 눈에 밟혀 죽음까지 미뤄뒀다는 어느 부모의 마음이나, 하늘이 베푼 귀한 인연으로 허투루 살 수 없다는 사람의 삶에는 특별한 인연의 수액이 흐른다. 산등성이에 선 작은 나무였던 내게 삶의 용기를 심어준 사람이 있다. 수액 같은 사랑으로 마음껏 잎을 반짝이게 한 사람이다. 언니는 내 두 번째 어머니다.

한 집안에 태어나 자매로 맺어진 언니에게 나는 가슴으로 낳은 자식이다. 경제력이 없는 부모를 대신해 학비를 대주고 취미와 특기를 키울 수 있는 문을 열어주었다. 등록금 고지서를 내밀면 다음날로 납부할 수 있게 해주었고, 꿈 많은 학창시절 내내 화구나 물감의 아쉬움 없이 그림을 그릴 수 있게 해주었다. 할아버지 할머니처럼 늙은 부모를 대신해 언니는 나를 키웠다. 오빠가 셋 언니가 셋인 내게 유독 둘째언니의 사랑은 뜨거웠다. 심장의 훈훈한 애정을 퍼부어 주며 눈길을 떼지 않았다. 언니의 각별한 돌봄 덕분에 예술세계에 눈 뜰 수 있었고 학교를 졸업할 수 있었다. 힘들게 직장생활을 했던 언니의 고충은 몰랐던 철부지였다.

결혼하고 얼마 안 되어 아버지가 돌아가시고 10년 후 어머니도 돌아가셨다. 그제야 사별의 아픔을 실감했다. 늘 그 자리에 있어야할 부모의 현존이 사라지고 난 다음의 공허는 메울 길이 없었다. 어머니에게 극진하고 살뜰했던 언니는 어머니를 잃은 슬픔이 말할 수 없이 컸을 것이다. 어머니가 편안하고 행복할 수 있도록 궁리궁리하며 채워 드리던 효녀였기 때문이다. 그럼에도 불구하고 형제들을 격려하고 다독였다. 큰오빠를 중심으로 가족이 바로 서야 한다며 슬픔을 달랬고 흐느적거리는 나의 정신을 일으켜 세웠다. 어머니를 보듯 언니를 봤다. 삶의 크고 작은 일도 언니를 생각하며 이겨냈다. 누구보다 막내를 챙기는 언니의 사랑은 변함없이 따뜻했다. 언니는 두 번째 어머니로 내 가슴에 자리 잡았다.

결혼 후 삼십년이 넘게 미국에서 생활하는 언니에게 나는 아직도 자식이다. 때맞춰 축하 카드를 보내오고 성탄절이면 가방, 속옷, 티셔츠 등을 차곡차곡 담은 박스를 보내온다. "막내냐~"하고 시작하는 전화 통화는 매번 2시간을 넘나들며 당신의 사랑을 아낌없이 보여준다. 생명의 수액이다. 자식을 대하는 어머니의 헌신적 사랑이다. 한없이 내려주는 그 관심과 배려가 나를 키운다. 지치지 않는 두 번째 어머니의 사랑 안에서 지금도 성장하고 있다.

설 명절 음식을 준비하는데 언니가 그리웠다. 인생의 가을이 깊어진 언니가 새삼 고맙고 고마웠다. 나는 언니에게서 어머니 그리운 목을 축였는데 언니는 어디에서 어머니 그리운 목을 축였을까. 내가 철없을 땐 언니의 보살핌을 받고 자랐지만 이제 나이 든 언니는 내가 보호하고 사랑해야 하지 않을까 하는 생각이 들었다. 돌아가신 부모님이 생각나고 자주 만나지 못하는 황혼의 오빠, 언니들이 생각났다. 모두 그립고 보고 싶었다. 명절 음식을 준비하고 전을 부치며 눈물을 흘리고 또 흘렸다. 그런 중에도 다행인 것은 언니는 미국 플로리다의 하늘아래 건강히 살고 있다는 것이다. 언제라도 목소리를 들을 수 있다는 것이다. 그 사실이 감사하고 큰 위로가 되었다.

수액이 막힘없이 흐를 때 나무는 푸르고 싱싱하게 살 수 있다. 필연으로 맺어진 관계에서 정성을 베풀고 받는 사이는 아름다운 삶을 그려낼 수 있다. 어린 나무 한 그루는 사랑의 생명수를 먹고 자라 굳건히 뿌리를 내렸다. 동생에게 어머니의 사랑을 베푼 언니, 어떻게 하면 그런 사랑을 내려줄 수 있을까. 어떻게 하면 따뜻한 눈빛을 그치지 않고 보내줄 수 있을까. 언니와 자매라는 인연으로 이 세상에서 살 수 있는 것은 내 인생의 축복이다. 인연의 소중함을 깨닫는 막내의 가슴에 감사의 꽃이 핀다. 사랑을 가득 받아 그 행복으로 꿈같은 삶을 살았음을 돌아보며 정성된 세배를 올린다. 태평양 너머에 있는 두 번째 어머니 가슴에 빨간 카네이션 한 송이 달아 드린다.

CD 한 장

인간의 기억에는 한계가 있다. 태어남과 동시에 접하는 많은 일들을 기억 속에서 지워버리는 것처럼 무작위로 뿌린 농작물의 어린 싹을 솎아주듯이 한정적이다. 가끔 기억력이 좋아 많은 것을 자세히 기억하는 사람이 있긴 하지만 드문 일이다. 하여 인간의 기억을 도와주는 물건들이 발달 과정을 거쳐 생활 속에 깊숙이 들어와 있다. 저장의 도구로 테잎, CD, USB 등 다양하지만 그 중 CD는 보편적으로 사용하는 도구가 되어 삶의 편리를 준다. CD의 효능에는 어림없는 일이지만 둥그런 CD모양에 빗대어진 내 별명은 'CD한 장'이다.

가톨릭사진가회에서 함께 활동하고 있는 마르첼라는 활달하고 터프하다. 그녀에게는 특별한 탈렌트가 있는데 모임 때마다 밝은 분위기를 만들고 모두를 행복하게 하는 재주가 있다. 그런 그녀가 내게 CD한 장이라는 별명을 붙여줬다. 순전히 한 장의 CD에 얼굴이 다 가려진다는 뜻이다. 아무리 잘 먹어도 얼굴에 살이 붙지 않아 고민했었다. 통통한 얼굴을 보면 귀엽고 넉넉해 보여 부러웠다. 인생의 후반기에선 얼굴이 그 사람을 대변한다고 하는데 나를 보는 사람들은 말랐다거나 '무슨 일이 있느냐'고 묻곤 한다.

사람의 기억에 한계가 있듯이 CD에도 저장용량의 한계가 있다. 기본이 700MB 인 CD 한 장에는 80분 정도의 영화를 저장할 수 있고 중간크기로 약 100장의 사진을 저장할 수 있다. 일정기간 보태거나 빼는 일 없이 간직할 수 있으니 현대에 없어서는 안 될 생활필수품 중 하나다. CD는 이렇게 중요한 몫을 차지하고 있는데 함께 어울려 살아가는 세상에서 별명이 CD인 나는 과연 사람들에게 어떤 대상인가 생각해봤다. 필요한 사항을 요긴하게 저장할 수 있는 CD처럼 이웃에게 신뢰로 마주할 수 있는 소중한 몫을 담당하고 싶다.

출사를 다녀오는 길에 차 안에서 분분한 의견의 차이가 있었다. 휴대전화를 한곳에 모아놓고 문자가 오거나 울릴 때마다 벌금을 물던 때가 언제였으며 그 때 누가 함께 했었나 라는 문제였다. 당시에 없었던 사람이 참석했다고 주장하기도 하고, 봉고차 혹은 다른 차였다는 헷갈리는 말에 폭소가 끊이지 않았다. 기억의 미로를 찾아 들어가 맞추어 겨우 정립하긴 했지만 5년 전의 일을 고스란히 기억할 수 없는 기억의 한계를 확인하는 자리였다. 누구는 50%정도를 잃어버리고 누구는 30%정도를 잃어버렸다. 인간의 기억이란 얼마나 시효가 짧은가. 우리가 겪는 일들이 하나도 빠짐없이 CD처럼 기억에 담겨진다면 그 또한 힘든 삶이 되겠지만 잊지 말아야할 일은 CD처럼 저장되었으면 좋겠다는 생각을 했다.

방송에서 대단한 기억력을 소유한 사람을 본적이 있다. 매우 복잡한 숫자를 척척 풀어내고 몇 번의 단계를 넘어도 첫 번째를 기억하는 그의 재주는 비상할 만큼 놀랍다. 무언가 기억한다는 것은 나름 방식이 있기도 하지만 우선 기억력이 좋아야 할 것 같다. 그대로 복사하여 저장되는 CD는 깨지거나 긁히는 경우에 저장되었던 기록을 되찾을 수 없다는 단점이 있다. 또한 5년 정도 지나면 CD의 저장 상태를 100% 신뢰해서는 안 된다는 것이다. 그렇다면 더러더러 잊어가면서 수십 년이 흘러도 중요한 일은 잊지 않는 인간의 기억력에 고마워해야 할는지 모른다. CD 한 장이란 별명답게 기억의 창고에 좋은 기억만 담아 저장해 두어야겠다. 더불어 둥근 모양처럼 웃고 살아야겠다.

환경이의 얼굴

어떤 일이 시작될 때 아주 작은 변화가 엄청난 결과를 초래 할 수 있다는 나비효과는 우리 삶에서 자주 일어나고 있다. 그 중 전세계가 초점을 맞추고 있는 지구 온난화는 점점 더 심각해져 가고 있는 중이다. 폭염, 홍수, 한파, 폭설, 가뭄 사건이 신문과 TV방송을 통해 자주 보도되고 있다. 우리가 일상생활에서 사용하고 있는 자동차와 난방기구 등이 이런 결과를 부르고 있다고 한다. 지구가 몸살을 앓고 환경이 변하고 있다.

지난 1백년간 지구 평균기온은 약 0.7도 상승되었다고 한다. 1년에 걸쳐 녹아야할 빙하가 35일 만에 녹기도 하고 2003년 여름 유럽에서는 수천 명이 사망하는 폭서가 일어나기도 했다. 2004년 12월 26일 남부 아시아 해안을 덮친 지진해일(쓰나미)은 손도 쓰지 못하고 맞은 재앙이다. 걱정하던 일들이 실제로 일어나는 기상이변으로 사람들은 더욱 심각해져 있다. 인간의 노력으로 자연재해를 막을 수만 있다면 기꺼이 감수해야 함에도 환경에 마음을 쓰는 사람은 한정되어 있는 듯하다. 이로 인해 사건사고는 예상치 않은 곳에서 불시에 일어나고 있다.

한 해를 정리하는 시기인 2007년 12월 7일 우리나라에 검은 재앙이 일어났다. 충남 태안 앞바다에서 유조선과 바지선이 충돌해 1만 2,500t의 원유가 바다로 유출 되었다. 48시간동안 유조선에서 쏟아진 원유는 서해 119개 섬 중 23개 섬에 피해를 입히며 청정지역 태안반도를 검게 물들였다. 세계 5대 갯벌로 꼽혀 여름이면 관광객과 파라솔이 아름답던 서해안이 기름벌로 변한 것이다. 해수욕장 모래와 바위, 갯벌은 원유로 뒤덮었고 양식장의 조개, 굴, 전복, 해삼은 기름에 절어 폐사했다. 기름 덩어리를 흠뻑 뒤집어쓴 겨울 철새들은 날개를 펴지 못하고 죽어갔다.

해상유출 최악의 사고인 검은 재앙은 태안반도를 재해지역으로 선포하게 했다. 바닷가에서 삶을 일구던 어민들은 생계를 위협받으며 통곡했고 안타까운 한숨소리는 전국으로 퍼져 나갔다. 세계적인 환경오염에서 자연을 살리자는 사람들의 발걸음이 연일 줄을 이어 재해지역을 찾았다. 자원봉사자들은 파도에 밀려와 발목까지 푹푹 빠지던 원유를 퍼내고 모래나 암벽, 방파제에 엉겨 붙은 기름을 긁어내거나 흡착포로 닦아냈다. 기름 묻은 자갈과 모래를 물에 씻어 다시 바닷가에 돌려보내는 방제 작업을 하며 자연의 원상복구를 위해 힘을 썼다. 원유에서 풍기는 심한 악취는 공기 속에 섞여 봉사자들을 괴롭혔고 심화되어 또다른 재해의 바탕이 되어 갔다. 한번 입에서 나온 말을 주워 담을 수 없듯이 바다에 쏟아낸 기름의 흔적은 끝이 없었다.

사고지역을 찾은 자원봉사자는 2달 만에 백만 명을 넘어섰다. 매일 수천수만 명의 봉사자들의 정성으로 바닷가는 많이 회복되었지만 아직도 사고 전의 환경으로 돌아가지 못하고 있는 곳이 많다. 해양 기름유출로 인해 오염된 환경이 자연의 자정능력에 맡겨둘 경우 최소 10년, 길게는 100년 이상 걸릴 것으로 보고 있다. 사고선

주변에 살포한 기름 유화제와 바다 위에 몇 겹으로 쳐놓은 차단막과 상관없이 바다 속으로 떠다니는 타르 덩어리는 막을 수가 없는 것이다. 중국 북경에서의 나비 날갯짓 같은 작은 변화가 대기에 영향을 주고 또 이 영향이 시간이 지날수록 증폭되어 긴 시간이 흐른 후 미국 뉴욕을 강타하는 허리케인과 같은 결과를 가져온다는 나비효과처럼, 유조선과 예인선 선원 몇 명의 잘못이 지울 수 없는 사건으로 남게 되었다.

2004년 개봉한 영화 '투모로우'는 지구 온난화가 인류에게 몰고 올 재난에 대한 경고의 메시지를 던져주는 재난영화다. 지구 온난화 때문에 지구의 난방시스템 역할을 하는 해양 대순환이 제대로 작동하지 않게 되고, 이로 인해 지구 전체가 빙하기에 접어든다는 끔찍한 내용을 담고 있다. 인간의 잘못으로 환경이 영향을 받고 그 환경이 인간에게 재해로 돌아오는 악순환이 이어지고 있는 것이다. 우리가 사용하고 있는 냉, 난방 에너지를 절약하고, 자동차 공회전 자제와 폐지 재활용을 하며 온난화를 줄이는데 일조해야 한다. 소각 과정에서 발생하는 이산화탄소 배출량을 줄이기 위해 폐기물 발생량을 줄이는 일 또한 우리가 해야 할 일이기도 하다.

우리가 행하는 일련의 작은 행위들이 모이고 모여 엄청난 재앙을 막을 수 있다면 기꺼이 불편을 감수해야 하지 않을까 생각한다. 바람이 불지 않을 때 바람개비를 돌리는 방법은 앞으로 달려나가야만 하는 것처럼, 어려움이 닥쳤을 때 굴하지 않는 방법은 그 어려움을 발판으로 삼아 적극적으로 예방하는 일일 것이다. 지구에서 일어났던 환경 재앙을 잊지 않고 자신의 자리에서 환경 살리기에 마음을 쓴다면 자연재해는 훨씬 줄어들 것이 분명하다. 사람과 환경이 함께 어울리는 살기 좋은 지구의 그림을 그려본다.

인식의 두레박으로
퍼내어 담아낸
수필문학의 진수

지연희 | 시인, 한국문인협회 수필분과회장)

인식의 두레박으로
퍼내어 담아낸 수필문학의 진수

새해 벽두에 서기를 안고 웅장하게 말을 달리는 듯한 웅비로 시집, 수필집 한 쌍을 출간한 작가가 있어 덩달아 활기가 솟는다. 시인이며 수필가인 김태실 작가이다. 근 7년 전 「그가 말하네」라는 첫 수필집을 출간하고 오랜 시간 작품을 숙성시키더니 제2수필집 「이 남자」를 세상에 선보이고 있다. 무엇보다 창작활동에 게으름이 없던 작가의 당연한 결과물이어서 기대를 갖게 된다. 그만큼 대상을 바라보는 깊은 성찰과 사유의 걸음으로 작품의 지평을 넓히고 있는 김태실 작가의 글은 잔잔한 이야기로 독자의 지성과 감성을 흔드는 마력을 지니고 있다. 세상 삶의 저변에 놓인 아픔과 기쁨의 크기를 인식의 두레박으로 퍼내어 담아낸 수필문학의 진수가 아닐까 싶다.

세상의 모든 존재들에게는 표정이 있다. 그중 유독 사람에게는 기쁨, 호기심, 천진함, 슬픔 등이 묻어나는 표정에서 마음의 이야기를 전달받는다. 봄이면 새싹이 돋고 화사하게 꽃을 피우는 자연에서 생기발랄한 어린이의 마음을 읽을 수 있듯이 뚝뚝 떨어지는 낙엽을 보면서 한 생을 살아온 노년의 자연을 들여다볼 수 있다. 비가 오면 우산을 쓰고 바람이 불면 옷깃을 여미며 자연의 생각을 찾아낼 수 있게 하는 날씨와 하늘은 계절의 표정인 것이다. 연인의 눈빛에서 사랑을 확인하고 어머니의 얼굴에서 고귀한 희생을 발견하듯이 감춰지지 않는 것이 표정이다. 마음이 전달되는 얼굴은 쓰지 않아도 읽을 수 있는 편지가 된다. 때 묻지 않은 미소로 눈이 마주치면 자신이 웃는지조차 모르게 웃는 순수함, 지구에 생존하는 사람들의 공통점이다.

수필 「사람과 사람, 그 숨김없는 표정」 중에서

따사로운 햇살이 얼음과 어울린다. 얼음은 마음을 풀어 햇살에 화답한다. 자연은 겨울이 만든 신비로운 가르침에 조화를 이루는 꽃이 되어 피고 지기를 반복한다. 행여 우리가 걷는 길이 날카로운 겨울이라 해도 그 안에 따사로운 햇살이 비추일 때면 마음을 녹여야 한다. 마음을 녹여 본연의 모습으로 돌아와야 한다. 그럴 때 우리는 순연한 제 모습을 갖추게 되는 것이다.

겨울 길을 걸었다. 하얀 입김을 풀풀 내뿜으며 걸었다. 한 바퀴 돌아 다시 이 계절이 와야만 만날 수 있는 겨울의 얼굴에 내 얼굴을 가까이하고 속삭인다. 다음 세상에 아무리 모진 생명으로 다시 태어난다 하더라도 윤회를 믿는 것이 차라리 마음 편하다는 무라카미 하루키의 소설에서처럼 나는 늘 이쪽에서 너를 잊지 않겠다고. 태양이 떠오르기 전 어둠 같은 겨울이지만 눈과 얼음으로 꽃을 피우는 너는 아름답다고. 다가오는 계절은 또 다른 희망을 품고 달려오고 있겠다

수필 「겨울 향기」 중에서

수필 「사람과 사람, 그 숨김없는 표정」은 사람의 다양한 얼굴 표정이 지닌 메시지를 전달하고 있다. 어린아이의 반짝이는 눈빛과 천진하게 웃음 짓는 얼굴, 세상 모든 근심 걱정을 너그러움으로 치유하는 인자한 어머니의 얼굴, 온갖 고뇌의 수렁에 빠진 한 남자의 절망에 찬 얼굴 등을 감성의 크기로 짚어내는 수필이다. 때문에 그 사물에 부딪혀 일어나는 천연한 바람의 흔들림 같은 갈래를 지닌 조각조각의 표정들은 순수의 옷을 입은 자연이다. '아무것도 섞이지 않은 옹달샘의 순수가 깃든 표정은 문명이 스며들지 않은 자연에서 마음껏 날갯짓하는 한 마리의 새다. 빠진 이를 드러내고 웃고 있는 천진스러운 아이의 표정은 그대로가 자연이다.' 라고 말하고 있다. 때묻지 않은 감성의 깊이로 적시어 내는 무명천의 순연한 질감을 감각하게 하는 수필이다.

보다 깊은 사유의 그물로 건져 올린 김태실 수필은 어디서 무엇을 만나거나 보석처럼 빛을 낸다. 어떤 현상을 만나 어떤 의미를 발견하더라도 그 기존의 가치를 키워 번쩍 번쩍 윤기를 더하는 대장장이의 힘을 지니고 있다. 수필 「겨울 향기」는 양수리 두물머리 언 강물의 겨울 풍경을 아름다운 물꽃으로 피워내고 있다. 남한강과 북한강이 하나로 만나는 두물머리 강 표면에 핀 얼음꽃을 겨울 생명의 반짝임으로 묘사해 내고 있는 것이다. '언 물 표면으로 희미하게 반영되는 산 그림자가 외롭다. 누군가 던진 작은 돌멩이들이

점을 찍으며 앉아 있을 뿐 겨울 강은 침묵한다. 아직 피어오르지 않은 태양의 기운은 어둠의 저편에서 잠들어 있고 새벽이 비춰주는 빛은 물가의 다양한 얼음 꽃을 눈뜨게 한다. 물이 꽃을 피웠다. 물꽃으로 가득한 계절이다.' 라는 아름다운 작가의 시선은 겨울이라는 계절이어야 꽃피워 낼 수 있는 물꽃의 반짝임을 연상하게 한다.

오래된 물건들이 어우러져 있는 가게에서 풍로를 봤다. 할 일을 다 한 사람처럼 의연히 앉아 있는 풍로는 잊었던 어머니를 생각나게 했다. 꺼져가는 불씨를 살려 주고 꿈과 열정을 부추기던 어머니가 생각났다. 시대를 흘러 먼지가 앉은 채 저녁 햇살을 받고 있는 저 풍로는, 누구의 곁에서 삶을 지피다 여기까지 흘러온 것일까. 한 가정의 고락을 사랑의 바람으로 변화시킨 수고가 고스란히 느껴졌다. 고귀한 삶이다. 풍진 세상을 살던 어머니도 지금은 평안 속에 머물러 있다. 희생으로 점철된 삶이 가슴을 흔들어 놓는다. 한달음에 달려간 기억이 그 품을 파고든다. 생각에 젖어 한참을 바라보던 눈길을 거두고 발길을 돌렸다. 나를 두고 홀연히 떠난 어머니처럼 나 또한 어머니 같은 풍로를 두고 떠나왔다.

세상을 존재케 하는 것은 풍로 같은 사랑의 바람 덕이다. 어머니에서 자녀로, 자녀에서 그 자녀로 끊이지 않고 이어지는 어머니들이 세상을 버티게 했다. 뜨겁고 힘 있는 열정이었다가 점점 힘을 잃으면 뒤이어 살아나는 새로운 바람, 그렇게 세대는 교체됐다. 어머니가 되면 안다. 풍로 같은 심장을 쉼 없이 움직여 자식의 꿈을 지피고 희망을 살려내야 한다는 것. 상처 난 가슴에 사랑의 약을 발라 새살이 돋게 용기를 주어야 한다는 것. 구석구석 어둠을 몰아내고 평안과 행복을 햇살처럼 피워내야 하는 것은 어머니만이 할 수 있는 일이다. 한평생 일궈내는 사랑의 바람은 삶의 이치를 깨닫는 눈을 뜨게 하고 보잘것없는 삶을 보석과 같이 빛나게 만든다. 삶의 참 의미를 깨닫게 해주는 어머니, 얼마나 고귀한 이름인가.

수필 「꿈을 지피는 풍로」 중에서

남자의 어깨가 출렁인다. 한잔 술에 취해 세 여자 앞에서 울고 있다. 깊은 가을 때문일까. 아니면 도로를 구르는 마른 낙엽의 건조하고 바삭한 소리가 그를 슬프게 만들었을까. 이미 초겨울로 접어들어 가을의 흔적은 사라져 가고 있는데 남자는 가을처럼 울고 있다. 마치 사춘기를 맞은 소년처럼 살얼음 같은 감성을 지니고 흔들리는 남자가 되어 방황하고 있다.

삶의 길에서 우리는 얼마나 많은 좌절을 겪는가. 그리고 회복하는가. 그럴 때마다 한마디씩 자라는 나무처럼 철이 들거나 홍역을 이겨낸 아이처럼 성숙해지곤 한다. 때론 과감히 가던 길을 되돌아서 또 다른 방향으로의 길을 찾아 나서기도 해야 한다. 그런 과정은 어느 누구도 대신해 줄 수 있는 부분이 아니며 오로지 자신과의 싸움에서 이겨 내야만 하는 것이다. 지금 이 남자에게 그런 때가 왔는가 보다. 앞으로 어떤 길로 들어설지 모를 남자는 인생의 깨달음을 줍고 있다. 화려했던 지난날에서 깨어나고 소유물에 대한 집착에서도 벗어나야 하며 다른 사람이 인정해 주는 것에 목매이지 않는 자유를 누려야 할 때다. 비우면 비운만큼 빛으로 채워질 남자의 인생은 스스로 소화해 나가야 할 과제가 되어 그의 앞에 놓여 있다. 사랑하는 것은 곁에 있어 주는 것, 오늘 나는 내 남편 이 남자가 별을 줍는 마음이 되길 기다린다.

수필 「이 남자1」 중에서

수필 「꿈을 지피는 풍로」는 2013년 사단법인 한국수필가협회 기관지 월간 『한국수필』에 발표된 700여 편의 수필 중에서 '올해의 작가상'으로 선정된 작품이다. 어머니의 헌신적 삶과 풍로의 실용적 가치를 형상화시켜 동일시하는 수법을 보여 준 이 수필은 매우 감동적이다. 인물과 사물의 동일시, 나아가 물아일체物我一體의 우주적 통찰의 넓은 안목을 보여주는 이 수필은 작가가 획득하려는 주제의 구체적 의미를 감동적인 문체로 보여주고 있다. '자연이 성장하여 성숙되듯 우리를 철들게 하는 바람은 어머니를 닮았다. 만삭의 몸에서 분신을 쏟아내는 순간 눈으로만 세상을 볼 수 있는 것이 아니라는 것을 알게 되는 것처럼, 보이지 않는 곳을 살필 수 있는 또 하나의 눈을 뜨게 했다. 어머니라는 이름은 사랑의 바람을 일으키는 풍로다.'라고 하는 작가의 깊은 안목은 가족을 위해 헌신적인 어머니의 사랑을 극명하게 짚어내고 있다.

수필 「이 남자1」은 평생 몸담았던 직장에서 퇴직하고 가을날 마른 땅에 굴러다니는 낙엽처럼 방황하는 가장의 고뇌를 보여준다. 34년 3개월을 한 직장에 뿌리내렸던 남자가 명예퇴직을 하고 1년 4개월 동안 용역업체에 근무하던 이 남자는 그 일마저 정리하고 어깨를 들썩이며 울고 있다. 깊은 우울증으로 몇 날 며칠 술을 마시며 허무의 늪을 걷고 있

작품해설

는 것이다. '한참을 방황하던 남자가 찬바람을 몰고 들어왔다. 식탁 위에 누렇게 바랜 은
행잎 4장을 올려놓는다. 황금색은 사라지고 일부분이 갈색으로 퇴색된 부채 모양의 잎
을 희망처럼 품고 왔다. 버석대는 잎들을 헤치고 식구 수대로 마음에 드는 낙엽을 골랐
을 남자의 손을 생각했다'는 삶의 좌절 속에서 텅 빈 생의 껍질만 끌어안고 우는 한 남자
의 가을을 읽는 이 수필은 제 할 일을 잃어버린 이 시대 가장의 우울을 절실하게 보여준다.

　　사람이 지니고 있는 성향은 서로 다르다. 한결같지 않은 성향으로 다툼이 일어나기도 한다. '내
가 이러하니 너도 이러해라.' 한다고 해서 그렇게 되지 않듯이 '네가 그러하니 나도 그러하겠다.'
한다고 되는 일이 아니다. 행여 '그리 살아 보리라.' 결심한다 해도 얼마간 견딘 후엔 밤이 지나 아
침이 오듯 다시 제자리로 돌아 오고 마는 것이 성향이다. 다른 사람의 삶을 살 수 없는 자신만의
독특한 기질을 가지고 있기 때문이다. 태어난 환경과 자라온 상황이 나를 만드는 경우가 허 다하
다. 길들여지고 젖어든 일상은 벗어 버릴 수 없는 자신의 성향이 된다. 그렇게 자리 잡은 허무주
의가 나를 키웠다.
　　피하려 해도 피할 수 없는 힘 앞에 인간은 한 닢 나뭇잎과도 같다. 속수무책으로 당할 수밖에
없는 것이 인생인지도 모른다. '이 세상이 아무리 비극적이고 환멸스러운 것들로 가득 차 있다 해
도 용기를 갖고 맞서야 한다.'는 헤밍웨이의 말은 무엇을 뜻하는가. 대항하고 도전해도 이길 수 없
는 싸움을 언제까지 해야 하는가. '시지프의 신화'를 기억한다. 신들을 모멸했다는 죄로 무거운 바
위를 산꼭대기로 밀어 올리는 형벌을 받은 그가 굴러떨어지길 반복하는 바위를 묵묵히 밀어 올
리는 자세를 생각한다. 의미를 찾을 수 없는 그 일에 온 정신을 쏟는 그의 모습은 비극 속에서도
희망을 향한 도전이라 할 수 있겠다. 부조리한 인생에 인간이 어떻게 맞서야 하는가를 알려주는
가르침일 수 있겠다. 과연, 주어진 현실을 운명이라 받아들이고 고뇌를 기쁨으로 바꾸면 고통이
사라지게 될까. 나는 오늘도 어제와 같이 바위를 산꼭대기로 밀어 올리고 있다.

수필 「허무주의자의 고백」 중에서

　　앙상하게 겨울바람을 맞고 섰는 나무에 꽃이 피길 기다린다. 칙칙했던 잿빛 세상이 화사한 색
깔로 물들고, 일이 풀리지 않아 힘들었던 삶에 앞날이 활짝 열릴 것 같은 새봄을 기다린다. 어느

순간 다가와 싱그러운 나무처럼 살아 있음에 감사 하며 바다와 산과 계곡을 찾는 여름을 즐기다 가도 푹푹 찌는 무더위가 물러가주기를 기다린다. 일색이던 나뭇잎이 몸 색깔을 바꾸는 가을엔 화려함에 취해 쓸쓸해지는 자신을 돌아본다. 한 해가 지나가는 것을 실감나게 느끼는 가을에 외로움에 떨며 선뜻선뜻 찬바람을 맞을 때면 펄펄 날리는 눈송이에 누군가를 그리워 할 수 있는 겨울을 기다린다. 우리는 쉬지 않고 이어지는 계절을 기다린다. 그렇게 새해를 기다리고 희망을 기다린다.

기다린다는 것은 오늘보다 나은 내일이며 지금보다 나은 미래이다. 현대 사회 심리학자 엘리히 프롬은 94%에 해당하는 많은 사람들이 자신의 인생의 목적을 기다린다고 했다. 더 좋은 사람을 기다리고 더 좋은 기회를 기다리고 더 좋은 소식을 기다린다. 불행하기 위해 앞날을 기다리는 사람은 없다. 불행을 딛고 일어서 행복하고 싶어 내일을 기다린다. 기다릴 줄 아는 사람은 지칠 줄 모르는 꿋꿋함으로 어려움을 이겨내고, 낙심하거나 포기하지 않는다. 수십 번 거쳐 온 성탄절이고 새해건만 항상 이맘때면 뭔가 다를 것이란 기대를 갖게 된다. 기다림은 행복이다. 연극의 막이 오르기 전 관객의 마음이며 태어나는 아기에게 향하는 사랑의 초점 이다. 기다림은 우리의 삶을 이끄는 힘이다. 인생의 수레바퀴다.

수필 「기다리는 마음」 중에서

수필 「허무주의자의 고백」은 작가의 피할 수 없던 삶 속 내면에 흐르던 고뇌의 세계를 꺼내어 보여준다. 일곱 남매의 막내로 자라며 형제들에게 눌려 자신의 의지는 늘 허망하게 무너지던 날들의 연속이었다 한다. '맏이의 권위를 세울 수도 없고, 중간 세대의 자유분방한 삶으로 나갈 수도 없었다.' 는 화자는 그렇게 의타적인 환경 때문일까, 앞에 나서기보다 뒤에서 박수치는 일에 익숙한 삶을 살았다고 한다. 오빠나 언니의 주장에 순종하여 따르는 일이 '내가 사는 길이지.' 라며 순응하는 삶을 익혀왔다는 이야기가 이 수필의 핵심적 메시지이다. 나아가 이같이 매사에 순종하여 익숙해진 삶의 저변에는 허무주의자의 체념이나 절망에 빠지는 과정에 이르고 있다. '굵은 동아줄이 가는 새끼줄로 바뀌도록 줄다리기는 계속되었지만 쓸데없는 일이라는 것을 알게 되었다. 별짓을 다 해도 되지 않더라는 수없는 허무를 반복하면서 지냈다. 결국, 오늘까지 나를 살린 건 그 허무다라는 숨겨진 아픔을 그려내고 있다. 남편과 가정을 이루며 살면서도 반복되는 체념이나 절망이 허무주의자를 만들었다는 이 수필은 작가의 진솔한 고백이며 지난 삶의 반추이다.

수필 쓰기는 진실한 필자와 필자의 자신이 마주앉아 한 잔의 차를 마시듯 한 고요한 문학장르이다. 때문에 한 편의 수필작품을 시작하여 완성하는 과정은 온전한 '나'와 만나지 않을 수 없다. 어떤 면에선 보이지 않던, 혹은 확인하지 못했던 나를 만나는 과정이 수필문학을 대하는 자세이다. 수필 「기다리는 마음」도 바로 그와 같은 마음의 도정이라고 믿는다. '앙상하게 겨울바람을 맞고 섯는 나무에 꽃이 피길 기다린다. 칙칙했던 잿빛 세상이 화사한 색깔로 물들고, 일이 풀리지 않아 힘들었던 삶에 앞날이 활짝 열릴 것 같은 새봄을 기다린다.'는 것이다. 수필 「기다리는 마음」은 무엇인가를 향한 진정한 기대이며 설렘이다. 앙상한 나무에 꽃이 피는 신비이며, 그만큼 온갖 꽃들의 향연으로 향기로운 봄날의 두근거림으로 이 수필은 독자의 감성을 차분히 끌어당기고 있다.

싱싱한 나무들 틈에서 유난히 우람한 나무를 발견했다. 키는 구 척 장수요 몸통은 씨름선수처럼 탄탄하다. 살아가자면 다른 나무들보다 생수가 많이 필요하고 햇빛도 더 끌어들일 것이다. 주위 나무들보다 양분을 더 취하며 약한 나무의 입장을 살펴주지 않을 수도 있다. 아버지가 그랬다. 하늘 아래 둘도 없는 권위로 당당했던 아버지, 우뚝 솟은 산이요 고독한 나무였다. 다 큰 자식들은 어려워하며 가까이 할 수 없었지만 철없는 새끼 다람쥐는 나무를 타고 올라 그 품에서 놀았다. 안고 얼러주며 즐거워하시던 아버지였다. 위엄 있고 근엄할수록 마음 한구석은 외로울 수 있다는 생각이 든다. 흙이 된 아버지를 누구도 탓하지 않듯이 나무 동네에서는 아버지 같은 나무를 원망하지 않는다. 서로의 삶을 인정하며 함께 사는 나무의 마음이다.

숲의 가슴이 안온하다. 폐부에 스며드는 향긋함, 어머니의 향기다. 많은 나무들을 올곧게 설 수 있도록 붙잡아 주고 다독이는 어머니의 품이다. 삶이 고달플 때 어머니를 찾으면 평온을 되찾곤 했다. 문제에 쌓여 고뇌할 때도 어머니가 들려주는 이야기에 답답함을 날려 버릴 수 있었다. 깊고 깊은 어머니 마음의 호수는 깊이를 잴 수 없었고, 넓고 넓은 어머니 가슴의 넓이는 측정조차 할 수 없었다. 그 품 같은 나무 동네를 마냥 거닐었다. 어머니의 사랑 가득한 눈빛에 일어서고, 다시 일어섰던 것처럼 숲의 정기를 받으며 새 힘을 얻는다. 세상을 향긋하게 살아갈 체취를 흠뻑 마신다.

수필 「초록 날개」 중에서

바람이 머리칼을 헝클어 놓는다. 옷깃을 흔든다. 그리운 이의 손길처럼 자신의 위치를 알리려는 듯 세상의 모든 것을 흔들고 있다. 햇살을 받은 서호의 물결 위에 잔잔한 파랑을 만들어 쉬지 않고 넘실거리게 하고 마른 풀잎에 생명을 불어 넣으려는 듯 일으켜 세우려 하고 있다. 자연으로 돌아간 부모님을 생각한다. 무덤에서 건져져 고운 가루가 되어 자유롭게 자연으로 돌아간 부모님을 기억한다. 11월의 바람에 섞여 내게 찾아와 당신들이 가신 길을 일깨워 주고 있다. 바람에 흔들리는 나뭇가지의 너울거림이, 은빛 물결의 출렁임이 당신의 목소리임을 알아듣기를 바라고 있는 듯하다. 눈 감고 한참을 귀 기울였다. 오래전에 나누었던 다정한 목소리가 11월 바람에 섞여 있다. 바람의 손을 잡고 들려오는 다정한 이들의 음성을 듣는다.

누구에게나 매일매일 흠 없는 하루가 주어진다. 아무도 밟지 않은 눈길 같은 소복한 한 해가 주어지고 그 해의 끄트머리에서 돌아볼 수 있는 기회도 주어진다. 한 해를 마무리하기에 앞서 11월 위령성월에 들려오는 먼저 떠난 이들의 목소리를 들으며 나를 돌아본다. 아침에 눈을 뜨며 하루를 살 수 있는 여유를 주심에 감사하고, 잠자리에 들며 내게 주어졌던 하루가 후회 없는 시간들이었는지 생각했다. 인간의 수명이 70살이라고 할 때 우리는 3천 번 울고, 54만 번 웃으며, 27억 번 심장이 뛴다고 한다. 자신도 모르게 뛰고 있는 심장에 고마워하지 못한 나를 발견했다. 의식하지 못하는 순간에도 숨 쉬고 있는 호흡에 고마워하지 못했다. 매 순간 일어나고 있는 기적 같은 일에 눈길도 돌리지 않은 무심한 날들이었다. 모두 다 사라진 것이 아닌 달에 들려오는 목소리를 들으며 삶에 더욱 충실할 수 있는 마음을 갖게 되었다. 사라지지 않고 내게 말을 건네는 11월의 목소리에 귀를 기울이며 소중한 하루를 연다.

수필 「11월의 목소리」 중에서

수필 「초록 날개」는 나무들이 사는 삶의 세상을 사람 사는 생존의 질서로 비유해 바라보는 작가의 시선을 만나게 된다. 아버지 같은 나무, 어머니 같은 나무, 할머니 같은 어린아이 등 나무들이 사람의 세상에서처럼 제 역할을 다하며 서로를 보듬고 산다는 메시

작품해설

지를 전한다. 숲이 지닌 생명력이다. 生을 다하여 스러지는 나무가 있고, 이제 새 생명의 힘으로 돋아나는 어린나무들을 만나게 된다. 무릇 사람의 세상이나 나무의 세상이나 생명의 숲으로 이룩된 생존의 가치와 의미를 이 수필은 제시하고 있다. '나무동네를 돌아나오는 길에 어린나무를 보았다. 귀를 가까이 대어 보니 젖을 빠는 아기처럼 심지를 타고 흐르는 물소리가 힘차게 느껴진다. 어머니 젖가슴에 안겨 있으니 잘 자랄 것이다. 아빠 나무, 할머니 나무도 있으니 행복한 아기 나무라는 생각이 들었다'는 작가의 시선은 가족이 함께하는 다복함과 소중함을 숲의 공간으로 깨닫게 한다.

가톨릭 신앙은 11월을 위령성월이라 부르며 돌아가신 사람을 기억하고 그들을 위해 기도드린다. 신심이 두터운 가톨릭 신자인 김태실 수필가의 신앙의 크기를 가늠하게 하는 수필 「11월의 목소리」는 죽은 이들을 위한 추모의 마음과 죽음이라는 절대 이별이 남긴 사람들의 목소리에 귀 기울이게 한다. '바람에 섞여 들려오는 목소리는 깨달음을 준다. 욕심을 내려놓는 겸허함과 피안의 세계에 눈뜨는 혜안을 열어준다. 현재의 삶이 전부가 아니라는 그 목소리는 성실을 가슴에 묻고 살아가야 한다는 것을 알게 한다. 오늘은 내게, 내일은 네게(hodie mihi cras tibi)의 진리 앞에서 언젠가 만나게 될 죽음을 낯설지 않게 맞이할 마음의 준비를 하게 한다'는 것이다. 고운 가루가 되어 자연으로 돌아간 부모님을 생각하고, 동문수학했던 문우를 그리워하며 죽음이 낯설음이 아닌 누구나에게 주어진 겸허한 기다림이라는 것을 보여주었다.

김태실 수필을 한 편 한 편 감상하다 보면 진솔한 사실 체험을 바탕으로 세우는 수필문학의 진정한 아름다움 만나게 된다. 또한, 작품 모두를 위해 얼마나 최선의 열정으로 노력했는가를 느끼게 한다. 하나의 의미를 위한 언어의 진중한 선택과 어떤 문학에서도 배재시킬 수 없는 주제의 선명함을 김태실 수필은 단호한 정신으로 보여준다. 슬픔의 크기 하나를, 기쁨의 크기 하나를 제시함에 있어 그 배경의 구체적 비유는 독자의 지성과 감성을 흔드는 언어 구조적 성장의 힘이라고 생각된다. 한 쌍의 나비처럼 황홀한 춤사위를 출간의 의미로 대신하는 시집, 수필집이 독자의 가슴에 감동이 되리라 믿으며 작품 읽기를 줄인다.

이 남자 | **김태실 수필**

김태실 수필집

이
남
자

김태실 수필집

이
남
자